Solomon Northup (1808-c. 1863) era un hombre afroamericano libre del estado de Nueva York que en 1841 fue secuestrado y vendido como esclavo en Washington D. C. Trabajó forzosamente en varias plantaciones de Luisiana hasta que fue rescatado en 1853. Poco después de su liberación publicó sus memorias, que tuvieron una gran acogida y reforzaron el abolicionismo, una causa que ya había sido apuntalada el año anterior con la publicación de *La cabaña del tío Tom*, de Harriet Beecher Stowe, y que habría de desembocar en la Guerra Civil estadounidense. Northup llevó a sus captores ante los tribunales, aunque nunca llegaron a ser procesados. Desde entonces, se desconocen los detalles de su vida, pero se cree que murió en Glens Falls, Nueva York, en torno a 1863.

Marta Puxan-Oliva es doctora en humanidades (especializada en literatura inglesa y comparada por la Universidad Pompeu Fabra, 2010) e investigadora posdoctoral Marie Curie con un proyecto en el que ha trabajado en el Department of Comparative Literature de la Universidad de Harvard (2012-2015) y en el Departamento de Filología Románica en la Universidad de Barcelona (2015-2016). Es especialista en narratología, literatura comparada, literaturas norteamericana y afroamericana, y estudios raciales y poscoloniales. Ha publicado artículos sobre dichos temas en *Mississippi Quarterly*, *Amerikastudien/American studies*, o *The Journal of Narrative Theory*. Actualmente está completando el manuscrito de un libro titulado *Narrative Reliability, Racial Conflicts and Ideology in the Modern Novel*.

SOLOMON NORTHUP

Doce años de esclavitud

Introducción de
MARTA PUXAN-OLIVA

Traducción de
NOEMÍ SOBREGUÉS
JUAN CAMARGO
JUAN CASTILLA
JAVIER FERNÁNDEZ DE CASTRO

PENGUIN CLÁSICOS

Título original: *Twelve Years a Slave*

Primera edición: octubre, 2016

Printed in Spain – Impreso en España

ISBN: 978-84-9105-245-6
Depósito legal: B-17.329-2016

Compuesto en gama, s. l.

Impreso en Liberdúplex
Sant Llorenç d'Hortons (Barcelona)

PG 5 2 4 5 6

Penguin
Random House
Grupo Editorial

Índice

Introducción

Los motivos que hayan llevado al lector a escoger este libro serán variados, pero muy probablemente entre ellos se contará el recuerdo de la excelente película de Steve McQueen *12 años de esclavitud* (2013), aclamada tanto por su dirección como por la actuación de los protagonistas Chiwetel Ejiofor y Lupita Nyong'o, y cuya estética fílmica y renovada presentación de la violencia esclavista imprimieron imágenes duraderas, aunque no menos polémicas, en los espectadores. Además, para el público español quizá exista un interés genuino por conocer la lejana historia de la esclavitud, en un ignoto lugar del llamado «Deep South», o el Sur profundo de Estados Unidos, en tiempos ya remotos, dos siglos atrás; el epítome de la explotación y la semilla de la consiguiente discriminación e injusticia racial en ese país.

Por distante que pueda parecer, este pasado no nos es para nada ajeno. El relato de Solomon Northup es también parte consustancial de la historia española, y de la de algunos países latinoamericanos. En España no son nada extrañas hoy estas motivaciones exotizantes, por el hecho de que la historiografía española ha maquillado y silenciado su historia imperial y esclavista tanto como ha podido hasta tiempos bien recientes. Pocos son los historiadores que, como Josep Maria Fradera, han trazado las relaciones entre los territorios metropolitanos y coloniales españoles. En cualquier caso, esos escasos estudios no han penetrado todavía en la educación primaria y secundaria, que ha relegado

9

nada menos que cuatrocientos años de historia española a capítulos complementarios de la historia peninsular. Pero la conveniencia de la distancia transoceánica no exime de la brutalidad de nuestra historia, al igual que la brutalidad del sistema esclavista tampoco impidió el enriquecimiento peninsular. No en vano el cementerio de Nueva Orleans está poblado de tumbas con apellidos españoles y catalanes; no en vano España se embarcó en una larga y sangrienta guerra para impedir la independencia de Cuba, la colonia esclavista azucarera más importante del mundo; no en vano Cataluña se convirtió en uno de los principales productores mundiales textiles de algodón durante las décadas centrales del siglo XIX, ese mismo algodón que Northup y otros miles de esclavos recogían a golpe de látigo en las plantaciones de Luisiana. Esta no es ni una observación con intención moralista ni un gesto redentor, sino más bien un aviso a la necesidad de una, aunque tardía, aún pendiente concienciación histórica, que debería condicionar nuestra lectura de la narración de Northup y de las narraciones de esclavos. El periplo de Solomon Northup es, en definitiva y lamentablemente, parte de nuestra historia.

Un relato de esclavitud

En *Doce años de esclavitud* (1853) Solomon Northup relata su experiencia como esclavo durante doce años en la región de Bayou Boeuf, en el corazón del estado de Luisiana, Estados Unidos. Solomon Northup era un hombre afroamericano libre, ciudadano del estado de Nueva York, que fue secuestrado en la localidad en la que vivía, Saratoga Springs, en 1841, cuando dos hombres le engañaron ofreciéndole un trabajo como violinista en Nueva York y en la ciudad de Washington. Tras ser intoxicado, lo despojaron de sus ropas y pertenencias y lo trasladaron a un corral de esclavos, William's Slave Pen, muy apropiadamente situado cerca del capitolio. De ahí, el negrero James H. Burch lo embarcó junto con otros esclavos hacia Nueva Orleans, vía

Richmond. En Nueva Orleans fue vendido al propietario de una plantación que era además un parroquiano, William Ford, quien en menos de un año lo vendió a su vez a John M. Tibeats, quien por último lo traspasó al que sería su amo durante diez años, el cruel propietario Edwin Epps. Bajo el nombre falso de Platt, que encubría su verdadero nombre y condición, Solomon sobrevivió a la inhumana explotación laboral y personal propia de la esclavitud y experimentó todos los aspectos de la sociedad, la economía y la psicología esclavista. Tras algunos intentos fallidos, Solomon logró escapar haciendo llegar una carta a manos de un abogado y amigo personal, Henry B. Northup. De acuerdo con una ley del estado de Nueva York que dictaba la obligación y responsabilidad por parte de ese gobierno de procurar por todos los medios el rescate de ciudadanos de Nueva York que hubieran sido secuestrados y esclavizados, Henry B. Northup se encarga de localizarlo y devolverlo a casa. Solomon estuvo esclavizado durante doce años y, a diferencia de muchos otros, recuperó su condición de libertad y se reunió de nuevo con su familia.

Perteneciente a un género muy popular durante la primera mitad del siglo XIX en Estados Unidos, narraciones como la de Solomon Northup pretendieron retratar y denunciar la esclavitud, y contribuyeron en gran medida a su abolición al fin de la Guerra Civil estadounidense (1861-1865). *Doce años de esclavitud* se publicó en 1853 y vendió nada menos que veintisiete mil copias en dos años. Defendida como sistema económico en muchos estados del sur de Estados Unidos y abolida en algunos otros del norte, la esclavitud floreció en la primera mitad del siglo XIX, a pesar de que se había abolido el tráfico de esclavos en 1808 y de que Gran Bretaña la suprimió en 1833. El sistema esclavista creció a partir de una expansión desde las colonias de Virginia y los estados de las Carolinas y Luisiana hacia el interior y hacia el oeste, los estados del Deep South, en dirección hacia el actual territorio de Texas y hacia los estados de Alabama y Mississippi. Durante el paso acelerado de una sociedad con esclavos a una sociedad esclavista entre 1810 y 1860, se produjo la introducción masiva de dos cultivos que transformarían la economía y convertirían la esclavitud en el sistema que hizo posible ese enorme crecimiento: la caña de azúcar y el algodón, este último a la par con el gran desarrollo de la industria textil a nivel mundial. Tras la expulsión de las poblaciones indias nativas refrendada por el llamado «Indian Removal» en la década de 1830, la esclavitud se expandió hacia nuevas tierras enormemente fértiles cuya explotación permitió la revolución de esos cultivos, que requerían mucha mano de obra y un trabajo intensivo. Las pequeñas plantaciones crecieron hasta generar una clase de grandes propietarios que endureció las condiciones laborales y vitales de los esclavos, consiguió reducir la población afroamericana libre y generó una violencia sistémica hasta entonces desconocida. Como comprueba el mismo Northup, escapar de las plantaciones de los estados del Deep South, o del también llamado «black belt» (cinturón negro) por la elevada proporción de población esclava, era casi imposible, puesto que la nueva clase económica de propietarios se encargó de blindar la explotación de personas en un engranaje muy eficaz que empezaba con castigos brutales en la propia plantación y terminaba con la actuaciones de los gobiernos, la implantación de leyes y la coerción organizada de los estados esclavistas. El relato de Northup da cuenta precisamente de esta postura sistémica en su intento de racionalizar la injusticia social en la que han crecido algunos amos «ignorantes» y que sus antepasados inmediatos han creado, y en la descripción de unos equilibrios entre explotación y preservación de la «propiedad» de los seres humanos que son propios de una visión de la esclavitud como sistema económico y social que trasciende la mera reflexión individual de la experiencia del esclavo.

Las narraciones de esclavos y el abolicionismo

Al poco tiempo de serle devuelta su libertad, Solomon Northup acude al abogado abolicionista David Williams para ofrecerle la historia de su secuestro, esclavización y liberación. Ese gesto no es novedoso ni arbitrario. No es novedoso porque las narraciones de esclavos ya gozaban de una inmensa popularidad y estaban siendo utilizadas directamente como instrumentos políticos en las campañas abolicionistas que demandaban el fin de la esclavitud . Y tampoco es arbitrario porque los antiguos esclavos eran los primeros interesados en difundir las realidades ocultas y la injusticia de su situación frente al disfraz ideológico proesclavista, que vino a llamar a ese sistema, de modo eufemístico, «la institución peculiar». Los editores que trabajaban y prologaban los textos, y que en definitiva hacían posible su publicación, eran casi sin excepción hombres y mujeres blancos de los estados del norte y de ideología abolicionista. En la mayoría de los casos, la crítica incluso atribuye la autoría de esos relatos a sus editores, por lo general figuras relevantes y activas dentro del abolicionismo estadounidense. Como se verá más adelante, la «autenticidad» de esas narraciones «escritas por uno mismo» ha sido la preocupación central de la crítica literaria respecto a ellas. En cualquier caso, y más allá de la autoría de editores, antiguos esclavos o la mixtura de los dos, esos relatos se convirtieron en elementos instrumentales de las campañas abolicionistas porque, en primer lugar, ofrecían testimonios de las horrendas condiciones del sistema esclavista y de la vida de los esclavos, y en segundo lugar, porque supusieron la aparición de un género narrativo que superaba a la literatura abolicionista de ficción en cuanto a que el relato era histórico y verificable. Los autores «escribían por sí mismos» su vida como esclavos y su huida a los estados libres. Dado que estos fueron realmente esclavos que habían huido recientemente, sus narraciones ofrecían testimonios verídicos de la esclavitud, y aunque de hecho en muchos casos fueron tildados de testimonios falsos por parte de los proesclavistas, su peso político era mucho mayor que el de la literatura de ficción abolicionista. Si bien esta ofrecía historias con una capacidad empática y sentimental más elaborada y por lo general una perspectiva más global de la esclavitud, no dejaba de tratarse como ficción, y por lo tanto era fácilmente denunciable como una falsa representación de ese sistema. *Doce años de esclavitud* es un texto óptimo para comprender ese tipo de acusaciones, puesto que el caso de Solomon le sirve a Harriet Beecher Stowe en el libro *Key to Uncle Tom's Cabin* (1853) para exponer la documentación histórica de *La cabaña del tío Tom* (1852) y justificar que su novela se inspira en hechos reales; a su vez, *Doce años de esclavitud* abre su relato con una cita y una dedicatoria a la escritora. Las acusaciones de falsedad que recibe la ficción abolicionista, por lo tanto, llevan a Solomon Northup a puntualizar al comienzo de su narración que su objetivo es «ofrecer un sincero y veraz resumen de hechos concretos, narrar la historia de mi vida, sin exageraciones, y dejar para otros la labor de determinar si incluso las páginas de las obras de ficción ofrecen una imagen errónea de mayor crueldad o de una esclavitud más dura» (pp. 41-42). Los abolicionistas acogen a los esclavos huidos y los hacen contribuir a su causa con sus narraciones, mostrándolos como víctimas de la esclavitud y protegiéndolos de mecanismos destinados a preservarla, como la polémica Fugitive Slave Law de 1850, que obligaba a devolver a los esclavos huidos a sus amos y criminalizaba a los que los protegían. Como los abolicionistas, muchos esclavos huidos ayudarían luego a otros a hacer lo mismo con sistemas organizados, como parece que colaboró Northup a través del conocido Underground Railroad.[1] Es cierto, sin embargo, que los abolicionistas ejercieron un inmenso poder en la manipulación de las narraciones, que despliegan una fuerte propaganda; y sobre los mismos antiguos esclavos, a quienes se les tergiversó la voz y se les asignó su lugar en la causa como tales: debían contar su experiencia pero no elaborar argumentos de índole política o dedicarse a ella (con la excepción de Frederick Douglass, a quien esa censura precisamente acabó por desmarcarlo de su protector, el abolicionista William Lloyd Garrison). Dichos comportamientos han sido criticados con vigor, hasta el punto de que, por un tiempo, la manipulación ideológica presente en muchas narraciones produjo que muchos críticos e historiadores las consideraran pura propaganda política. Aunque formaran parte de este intenso debate político, especialmente furioso en la década de 1850, justo antes de la Guerra Civil estadounidense, estos relatos han tenido ramificaciones e interpretaciones cambiantes a lo largo de la historia de Estados Unidos, y revisiones actuales los han leído mucho más allá de su función de propaganda, revelando su profunda influencia y su valor histórico y literario.

Los argumentos propios del abolicionismo que Philip Gould señala en estas narraciones son del todo distinguibles en el texto de Northup.[2] En primer lugar, el texto insiste en la humanidad de los esclavos, rebatiendo el argumento de que las personas de origen africano son inferiores a nivel moral e intelectual y, por lo tanto, no solo no son humanos en el sentido cognitivo y emocional, sino tampoco desde un punto de vista biológico. En la narración de Northup eso se percibe, por ejemplo, en la insistente atención a la humanidad de su propia voz, a la de cada uno de los esclavos y a los traumas que producen, por ejemplo, la separación de una mujer esclava como Eliza de sus hijos Randall y Emily. Ese elemento humano se retoma luego en la conversación política entre Edwin Epps y el carpintero Bass, artífice del rescate de Northup, en la que Epps trata a los esclavos de animales.

Cabe advertir que el argumento humanista abolicionista es también paternalista, y que no se debe confundir con la negación del racismo seudocientífico. El abolicionismo no era necesariamente antirracista. Es decir, creer en la abolición de la esclavitud no comportaba en todos los casos creer en la igualdad de las «razas», algo perceptible, por ejemplo, en la ya citada y exitosa novela antiabolicionista *La cabaña del tío Tom*, o en los discursos de Abraham Lincoln de 1862, que incluyeron al fin la abolición de la esclavitud como parte del compromiso de los estados unionistas del norte en la guerra. Tanto Stowe como Lincoln promovieron la supresión de la esclavitud, pero sus perspectivas eran todavía en gran parte racistas porque creían en las diferencias de raza y en sus distintas evoluciones, aun y estando en contra de la explotación inhumana del sistema esclavista.

La narración de Northup produce otros argumentos antiabolicionistas, confirmando y demostrando que la esclavitud no es una «escuela de civilización y de religión», como argumentaban los proesclavistas, sino que promueve la perversión y la hipocresía de la práctica religiosa y la negación de la educación del esclavo. La plantación no es, pues, una gran familia, sino una gran prisión explotadora, desmoronando así los argumentos paternalistas de la «institución peculiar». Del mismo modo, como señala Ira Berlin en su introducción a la edición inglesa, en la narración de Northup se enfatiza la industria de los estados del norte como mucho más eficaz y técnicamente evolucionada, y se puntualiza que en realidad el trabajo verdaderamente productivo resulta del trabajador que está contento y se siente realizado por su labor, no de aquel que trabaja exhausto y temiendo el castigo más cruel.[3] Así, Northup pone en duda incluso el argumento económico de que la esclavitud es el sistema más rentable y de que los esclavos trabajan en mejores condiciones que los obreros de un Norte industrializado.

Esclavo huido, esclavo secuestrado: sus narraciones

La narración de Northup es, sin lugar dudas, una narración de esclavos, pero es también un caso singular. La suya no es, como la mayoría, la historia común pero no menos extraordinaria de una persona nacida esclava y huida con el suficiente éxito como para contarlo. No. Northup nació libre y fue secuestrado. Fue esclavizado y, milagrosamente, consiguió escapar. No se sabe con exactitud el número de esclavos que fueron secuestrados, pero se conocen otros muchos casos, y el hecho de que el estado de Nueva York promulgara una ley en 1840 que responsabilizaba al estado mismo de la liberación de sus ciudadanos «raptados o reducidos a esclavitud» (p. 273) revela que la práctica fue, por lo menos, significativa. De una forma u otra, todas las narraciones de esclavos tienen un vínculo con el secuestro y el tráfico de esclavos en territorio africano como punto de origen. El abolicionismo insistió en la idea del rapto y el «robo de hombres y mujeres» como metáfora de la esclavitud en un sentido global. *Doce años de esclavitud* puede verse entonces como un «secuestro» que remite al secuestro inicial en suelo africano. No obstante, el caso de Northup responde también a otro tipo de rapto. El suyo se debe a las crecientes dificultades en la comercialización de esclavos en el mercado estadounidense que comenzaron con la ilegalización del tráfico internacional en 1808, que prohibía su importación a Estados Unidos pero no el comercio interno. Al no poder nutrirse del mercado transatlántico, el mercado interior experimentó grandes dificultades para conseguir esclavos y venderlos dentro del país, y el secuestro de individuos libres parece que fue una de las respuestas a esa situación.

Lo que diferencia el relato de Northup de la mayoría de los de su género es que su autor no nació esclavo, lo que le imprime un carácter distinto. Aunque presenta con claridad gran parte de los elementos característicos de las narraciones de esclavos, en muchos casos los presenta desde un ángulo distinto. Este tipo de obras evitan la identificación histórica de los nombres propios y las plantaciones, protegiendo así la identidad de los esclavos huidos. En casi todos los casos, además, el miedo de estos a ser descubiertos hizo que escribieran bajo seudónimo. Esta práctica aumentó a partir de 1850, año en que se promulgó la ya mencionada Fugitive Slave Law, que implicaba que cualquier exposición de un esclavo huido podía resultar en una repatriación inmediata. Un caso extremo es el de Frederick Douglass. Tras escribir la más famosa de estas narraciones, *Narrative of the Life of Frederick Douglass, an American Slave. Written by Himself* (1845), se trasladó a Gran Bretaña e incluso pagó su manumisión a su vuelta a Estados Unidos para evitar problemas legales. Del mismo modo, Harriet Jacobs escribió *Incidents of the Life of a Slave Girl* (1861) bajo el seudónimo de Linda Brent, y la dificultad de documentar históricamente su caso no hizo posible su identificación hasta la década de 1980.

La mayoría de estos narradores desconocen su fecha de nacimiento. Muchos ignoran también quién es su padre, en muchas ocasiones un hombre blanco que había abusado sexualmente de la madre esclava y que no había reconocido a su hijo o hija. En Estados Unidos, la descendencia seguía por ley la condición de las madres, lo que legalizó la violación de las esclavas por parte de sus amos en un sistema de explotación sexual cuyos frutos eran hijos que incrementaban la «familia» de la plantación, es decir, sus esclavos, sobre todo después de la supresión del tráfico atlántico. El caso de Northup es marcadamente distinto. Por ello se encarga de abrir el relato señalando que nació libre y que recuperó su libertad, y de trazar una genealogía que legitima su condición y consolida una identidad asentada por completo en el nido familiar desde su nacimiento. Porque no teme por el descubrimiento de su identidad y tiene la voluntad de asegurar su condición de verificabilidad, la narración de Northup es especialmente precisa en su detalle histórico en comparación con la mayoría de los ejemplos de su género. Aunque su experiencia de la esclavitud fue distinta, la narración de Northup comparte con las demás la atención a la vida cotidiana, que se desgrana en sus actividades diarias y en las penosas condiciones de vida. Un día a día marcado por el hambre, infinitas horas de trabajo, el agotamiento, el miedo y el castigo brutal e injustificado.

Por lo general, las narraciones de esclavos describen momentos en los que estos toman conciencia de que la esclavitud y su condición individual es una injusticia. Esta toma de conciencia se produce por lo general gracias a la alfabetización, que se prohíbe, pero a la que los esclavos acceden de forma clandestina con la ayuda de niños o de personas libres. La educación es, por lo tanto, un valor que los narradores consideran crucial en el camino hacia la comprensión del contexto político y de la profunda injusticia que viven, porque les permite leer textos políticos. La educación será el campo de batalla de los abolicionistas pero también, más adelante, de los movimientos contra la segregación racial. El caso de Northup es distinto, aunque no único. Northup ya ha recibido una educación, y enseguida se da cuenta de que solamente esta puede salvarlo. Tras algunos intentos fallidos, una carta depositada en las manos de un conocido con suficiente información permitirá su rescate. Se pueden considerar hasta cierto punto estas narraciones como un tipo específico de *Bildungsroman*, porque la mayoría de esclavos huidos pasan por un proceso de educación y de toma de conciencia que los llevará a decidir agarrar las riendas de su destino y arriesgar su vida para huir de las plantaciones hacia los estados del Norte, en lo que Robert B. Stepto dibujó como una «doble gesta».[4] En su lucha contra el sistema esclavista experimentan un proceso de individualización y de logros que de algún modo caracteriza a este tipo de novela de formación (traumática, en este caso). La narración de Northup no es la de un individuo que aprende en el seno de la plantación cuál es su identidad y su lugar, y tampoco la de quien comprende cuál es el contexto político del país y que una vez toma conciencia de ello busca una forma de salir de su injusta situación. Se podría ver el caso de Northup como un caso casi contrario: puesto que nació como ciudadano libre en el estado de Nueva York, Solomon Northup vive con mayor dramatismo su nueva condición y la entiende mejor porque tiene un elemento de comparación, su experiencia de ciudadano libre, que no es un objetivo futuro todavía por conocer sino un pasado ya conocido. Su narración no se forma tanto como un *Bildungsroman*, como un descubrimiento de uno mismo y del mundo —injusto— que le rodea, sino más bien como un descenso, como una deshumanización y pérdida de todos sus valiosos derechos de ciudadano. Su lucha no es tanto su dignificación como persona, su cambio de condición, su crecimiento personal e intelectual en relación con el contexto político que lo maltrata, sino más bien una lucha contra la degradación de la dignidad de su vida y de su individuo, contra el *des*aprendizaje y la pérdida de identidad —la pérdida de su nombre propio es devastadora—, y el *des*aprendizaje del mundo libre y la sociedad no esclava en la que había crecido. Y es esa lucha la que hace que su narración no se parezca tanto a una novela de formación, sino que más bien tenga puntos de contacto con la literatura de la Shoah, salvando por supuesto todas las distancias con ambos corpus literarios.

Me atreveré a ofrecer una observación arriesgada, pero que me parece coherente y que tiene interés señalar por su diferencia con otras narraciones y porque revela la complejidad y el frágil equilibrio del contexto político. En *Doce años de esclavitud* se sugieren al mismo tiempo una gran crítica a la posición ambigua del estado de Washington y un gesto denunciador más contenido que en otras narraciones con respecto al sistema esclavista. Northup relata el intento de enjuiciamiento de sus secuestradores, y cómo el tribunal de Washington confirma al principio las pruebas de su estatus de ciudadano libre pero no niega el testimonio falso de sus secuestradores y traficantes de esclavos, a quienes la justicia deja en libertad. Este acto sugiere la complicidad gubernamental con el comercio de personas. Además, el tribunal de Washington rechaza el testimonio legal de Northup por ser un ciudadano afroamericano, lo que señala la injusticia de la desigualdad, ahora sí, racial y generalizada en Estados Unidos. No obstante, al mismo tiempo y de un modo paradójico, la narración de Northup deja una puerta abierta a su recepción por parte de la sociedad esclavista. Lo que convierte en ilegal su situación es su secuestro. Esa es, en último término, la injusticia que la ley está dispuesta a subsanar, incluso con la aceptación de aquellos esclavistas, quienes, de acuerdo con la esclavitud y viviendo en una sociedad esclavista, también están de acuerdo con sus normas. Eso se ve reflejado en el hecho de que el mismo sheriff haga suya la acción de buscar y liberar a Northup, y en que el estado de Washington persiga el secuestro y la venta ilegal de Northup sin cuestionar el comercio de esclavos *per se*. En este escenario, esta narración podría recibir incluso una relativa aceptación por parte de proesclavistas que distinguieran el caso de Northup del de otros que eran esclavos por ley, a pesar de las injusticias del sistema. De algún modo, la última imagen de una Patsey desolada y de sus compañeros, que nunca van a tener la suerte de Northup de ser libres porque legalmente no lo son, deja esa brecha de interrogantes abierta. Ese detalle no reduce en lo más mínimo la brutalidad de la experiencia de Northup como esclavo ni su eficaz exposición de los horrores de ese sistema, pero de algún modo deja traslucir una cierta aquiescencia entre los estados pro y anti esclavistas, un cierto *statu quo* por parte de los no esclavistas que, si bien condenan la esclavitud, establecen un cierto compromiso con los estados que la mantienen que se revela en la Fugitive Slave Law y la recuperación de los ciudadanos del estado secuestrados y vendidos como esclavos como casos marcadamente distintos de los referentes a los huidos. Hay ahí entonces una irremediable ambigüedad en la posición tanto en la actitud de Northup como en su relato, generada por una distancia inevitable que distingue los esclavos legales de los ilegales, verbalizada en esa pregunta con la que Patsey interpela a un Northup que no contesta: «¿qué va a ser de mí?» (p. 257).

LAS NARRACIONES DE ESCLAVOS COMO LITERATURA

Desde que Charles T. Davis y Henry Louis Gates publicaron el estudio *The Slave's narrative* en 1985, la crítica ha considerado las narraciones de esclavos como un corpus sin duda literario. Además, este es precisamente el corpus que se ha tomado como fundacional de la llamada literatura afroamericana. De hecho, desde el punto de vista de la tradición, ha ejercido una influencia enorme en toda la literatura posterior, tanto en términos temáticos como formales. Sus particulares características han definido no solo los textos afroamericanos no ficcionales de corte político en contra de la segregación racial (1896-1964), sino también la literatura claramente de ficción, sobre todo las llamadas «neo-slave narratives», como por ejemplo la conocida *Beloved* (1987) de Toni Morrison. De igual modo, estos textos ejercieron una gran influencia en la literatura proesclavista del momento y las llamadas novelas de plantación, unas narraciones de corte nostálgico y evocador del llamado «Old South», por lo general posteriores a la Guerra Civil estadounidense. Esta nueva perspectiva de la narrativa de esclavos permite considerarla a la luz de la tradición literaria y muestra el reduccionismo de valorarla en términos de mera propaganda abolicionista, descubriendo a su vez nuevos elementos de su complejidad textual.

Aunque la narración de Northup ofrezca una historia distinta de la del esclavo huido, desde el punto de vista literario el texto presenta la mayoría de las convenciones del género. Por lo general, como recopiló *The Slave's Narrative* en su definición del corpus literario y continuó *The Cambridge Companion to the African American Slave Narrative* (2007), las narraciones de esclavos afroamericanos deben su origen genérico y mantienen lazos con la novela sentimental, los relatos de cautivos y las autobiografías espirituales.[5] Se han citado como distintivas algunas características formales generales. Estos relatos cuentan la vida de un esclavo que se fuga para convertirse en persona libre y escribe su historia en primera persona, la cual suele comenzar con la fórmula «Yo nací...», que justifica un título que en la mayoría de casos incluye un «Escrita por él mismo» o «Escrita por ella misma». Así, las narraciones configuran una nueva voz que hasta entonces no había aparecido como sujeto de enunciación. Además, se acompañan de un aparato de documentos que lo enmarcan y legitiman: epígrafes poéticos o no poéticos, un prólogo del editor, imágenes del esclavo y de algunos episodios (incluido un retrato firmado por el autor), cartas, notas de compra-venta, poemas, testimonios, certificados de matrimonio o de manumisión, extractos de documentos legales y apéndices varios. Los textos suelen aspirar a la objetividad, que se refuerza con una fuerte presencia de la técnica descriptiva, sobre todo de personajes, del entorno y de los detalles pormenorizados de la vida cotidiana de los esclavos, incluyendo descripciones de vestuario, comida y las precarias condiciones de vida. Abunda también el retrato físico y psicológico de los amos de la plantación y sus capataces, de su modo de vida y de sus comportamientos. Northup describe, además, la producción técnica del algodón y del azúcar, así como la industria maderera. En muchas ocasiones las narraciones toman de la novela sentimental los escenarios y el tono dramático, sobre todo en los aspectos relacionados con la convivencia de los esclavos, su empatía hacia el sufrimiento de sus congéneres, y muy especialmente la descripción de los espacios más íntimos, como las relaciones amorosas o familiares y su destrucción por parte de los amos. Del mismo modo, estas narraciones a menudo son relatos que se proclaman objetivos pero se revisten de un claro tono moral. Suelen incluir escenas codificadas de los mercados de esclavos, de las separaciones de sus familiares o seres queridos, escenas de alfabetización, del funcionamiento de la plantación y del trabajo, de los escasísimos momentos libres, escenas de los peores castigos y de los instrumentos de tortura como el látigo, de la insinuación de la explotación sexual a las mujeres por parte de sus amos y de la ira y envidia que despiertan en las amas, escenas del miedo permanente de los esclavos y de su agotamiento, de múltiples planes de fuga y huidas fallidas, de las dificultades para confiar los planes y la ayuda que requieren para llevarlos a cabo; motivos como el cambio de nombre, el desarrollo del sentido de supervivencia; y reflexiones sobre el sistema de la esclavitud y las oportunidades y los límites de la resistencia, que tejen todo el texto. El tema y objetivo general de estas narraciones es, entonces, el relato de las realidades de la esclavitud y la insistencia en la necesidad de abolirla. La estructura que se adopta hilvana un conjunto de episodios, descripciones y reflexiones ordenadas de forma cronológica que llevan al narrador protagonista desde su anterior condición de esclavo hasta su libertad, condición desde la que se relatan los hechos.

Al leer *Doce años de esclavitud* y a sabiendas ya de su contexto, emerge inevitablemente una doble pregunta: ¿es esa historia verdadera tal y como se cuenta? ¿Es Solomon Northup, un hombre que estuvo doce años reducido a la más desgraciada condición de esclavo, el autor de esta narración de tonos líricos y embellecimientos varios? Esa es, en efecto, la cuestión que ha centrado la crítica literaria e histórica de este género. En este caso particular, tanto el prólogo como el cuerpo de la narración insisten en la veracidad de los hechos tal y como se relatan, y los hechos de la vida de Solomon Northup han sido recorridos en la historia por parte de Sue Eakin, quien recuperó el texto del olvido publicando una edición ampliamente documentada en 1968.[6] Pero ella misma de un modo exagerado y otros críticos de manera más sutil argumentan que el cuerpo de la narración es enteramente o en gran parte de David Williams, su editor. El debate sobre la autoría existe para la mayor parte de estas narraciones, aunque es imposible verificar qué palabras son de quién y si el relato en voz del esclavo se produjo «exactamente» como se narra. De hecho, tal vez esa pregunta parezca solo relativamente importante para determinar su significación literaria e histórica, puesto que no tiene respuesta posible. Pero, como voy a intentar demostrar, es significativa la pregunta misma más que su respuesta, por lo menos para comprender cómo funcionan estas narraciones y qué efectos tienen en el debate sobre el género autobiográfico y los límites de la ficción.

En el caso del relato de Northup no disponemos de instrumentos lo bastante fiables como para decidir su autoría. Como observó James Olney, este es un caso ambiguo en particular, puesto que el editor menciona que los «hechos [...] le fueron comunicados», y que Solomon «ha repetido la misma historia, sin cambiar y sin desviarse en el más mínimo detalle, y también ha leído con detenimiento el manuscrito y ha ordenado corregir la más trivial inexactitud que haya podido surgir» (p. 39).[7] Pese a reproducir la historia de Solomon como la «recibió de sus labios», el editor admite posibles imperfecciones de estilo de forma ambigua, sin que se sepa si se refieren a su propio estilo como editor/escritor o al estilo de Northup. De esa forma el texto se muestra como de autoría mixta y de estilo inextricable. ¿Es ese un factor que invalida su autofiguración y su valor como relato autobiográfico? No necesariamente, aunque haya quienes hagan de esta cuestión una batalla en la que deba tomarse partido y encontrarse respuesta. No obstante, tampoco parece que esa inextricabilidad haga de la pregunta sobre la veracidad histórica y la autoría una cuestión desdeñable. Y no lo es en absoluto, porque la existencia de este género y su fuerte influencia se basan, precisamente, en esta pregunta, que el texto propone de un modo deliberado.

El mismo contexto social y político en el que las narraciones de esclavos surgen y adquieren un sentido inmediato hace de cualquier menosprecio de la verdad histórica que revelan una actitud claramente discutible. Los estudios sobre el género autobiográfico, hoy todavía en auge, pasaron por un antes y un después tras la crítica en las líneas de Philippe Lejeune y de Paul de Man, que indicaron de distinta manera que lo interesante de estos textos es la construcción de un yo, que en realidad se trata solo de una figuración textual sin correspondencia relevante o real con una materialidad del autor que en principio escribe su vida, y que por lo tanto la búsqueda de las circunstancias y verdad histórica que había centrado los estudios anteriores sobre la literatura autobiográfica era la pregunta equivocada en relación con el género.[8] Lejeune definió el famoso concepto del «pacto autobiográfico», con el que el lector se compromete a «creer» la verdad del mundo textual y la correspondencia entre autor que firma, narrador y personaje, pero sin necesidad de interrogar o explorar las relaciones entre hechos históricos y hechos textuales. Muchos de los estudios derivados de esta nueva perspectiva sobre lo que Nora Catelli denominó «espacio autobiográfico» cortaron de raíz cualquier interés por esas correspondencias entre el mundo textual de un yo figurado y el mundo material de un yo histórico, y se contentaron con asumir que en estos textos había un autor real que el género autobiográfico llamaba a identificar por contrato textual. Ese fue en parte el giro que se hizo a partir de la década de 1980 en la lectura de las narraciones de esclavos: estas eran literatura, y por lo tanto debíamos considerarlas en su valor literario, genérico y de autofiguración (mucho más que histórico) y en su influencia literaria posterior. Esta nueva perspectiva era imprescindible. Sin embargo, como Catelli ya sugirió en *En la era de la intimidad*, una vez asumida la perspectiva del momento autobiográfico como figuración de un yo que en realidad no existe, al final la sombra de los hechos históricos aparece incluso en las concepciones más resistentes a las correspondencias entre un yo figurado textual y un yo histórico.[9] Ese espacio que inscribe la experiencia del individuo en la experiencia histórica a través de la figuración literaria es, en definitiva, el espacio de lo autobiográfico.

Asumiendo hoy la perspectiva crítica de que los textos autobiográficos construyen un yo literario, hay no obstante un elemento en el tronco de la literatura afroamericana y muy en especial en las narraciones de esclavos que ya anuncia el problema de desestimar por completo la cuestión de la documentabilidad histórica de los textos. Si estos surgieron y tuvieron tales efectos fue porque pretendían escribir hechos reales, sobre los que basaban gran parte de su valor y su justificación. Si no, no hubieran desencadenado esas repercusiones, igual, de alguna forma, que los textos testimonio de los supervivientes de la Shoah poseen un valor en sí mismos no solo por el estilo sino también por lo que cuentan, y porque lo que cuentan es una experiencia vivida de fuerte relevancia histórica. Es más, si bien elementos como la narración de un nuevo sujeto enunciador afroamericano, los episodios codificados antes enumerados o la cultura popular que aparece en las narraciones de esclavos, son elementos literarios que han ejercido una influencia enorme en la literatura afroamericana, el elemento central que ha justificado su reelaboración, su recuperación y sus usos intertextuales es precisamente su función como testimonio, como voz que narra una experiencia real que ha marcado la historia de Estados Unidos y la de muchos otros países. Y es ese valor en realidad político en su propio contexto expresado literariamente el que ha permitido recuperar voces de un pasado histórico del que solo quedó la versión documentada de los propietarios de las plantaciones de esclavos y de la fría perspectiva sistémica, pero no el punto de vista de los esclavos mismos. No en vano, el gobierno de Franklin Roosevelt en 1936 organizó el Federal Writer's Project, en el que se grabaron los testimonios orales de los últimos esclavos vivos. Sus testimonios están condicionados por la fragilidad de la memoria y tienen otro estatus como textos, pero su valor histórico, aunque problemático, es evidente.

De hecho, los historiadores de Estados Unidos han impulsado en los últimos años un cambio en sus fuentes y en sus propios relatos historiográficos atendiendo a la microhistoria, a recorrer las vidas de individuos e incorporar sus testimonios para comprender mejor el funcionamiento de lo que las fuentes históricas de las grandes empresas —como las bélicas— o las grandes instituciones como parlamentos, haciendas públicas o gobiernos no dejan ver de la actividad social y económica a todos los niveles y de su impacto en las vidas de los individuos anónimos. Los estudios históricos sobre la esclavitud fueron de los primeros en adoptar ese giro metodológico y epistemológico, porque si había algún elemento ausente en las fuentes eran las voces de los que sufrieron la esclavitud en sus carnes. A la luz de la nueva historiografía y de los trabajos, por ejemplo, del mismo Ira Berlin, una imagen como la flor del algodón de la cubierta de esta edición de *Doce años de esclavitud* ya no invoca solo su extraordinario potencial económico, sino más bien revela las espinas que su delicado corazón blanco esconde y que se clavaban sin piedad cada día en los dedos de quienes debían desprenderla de sus ramas.[10] En la película de Steve McQueen, esa cámara que atiende al día a día de los esclavos y que observa la esclavitud desde su propia vivencia es la misma que se detiene en un primer plano casi ofuscante del esclavo Platt, en plena correspondencia con la revalorización de estas narraciones y de la experiencia que el documento histórico «oficial» y engañosamente «objetivo» no aporta sobre ese período histórico.

Volviendo al terreno literario, la literatura afroamericana, como sugirió de modo convincente Kenneth Warren en su punzante libro *What Was African American Literature?*, nace de esa misma necesidad política de terminar con la discriminación racial impuesta por la segregación (1896-1964).[11] El valor de experiencia de la discriminación y de manifiesto político que ya contienen las narraciones de esclavos empuja a considerar literatura y política como un solo gesto o, mejor dicho, la literatura como acto político y el acto político como arte. Así, uno de los intelectuales fundacionales de los estudios afroamericanos y de la lucha por los derechos civiles, W. E. B. Du Bois, escribió en 1926 el famoso dictamen «todo arte es propaganda y así debe ser siempre».[12] Si bien respetados críticos de la autobiografía en esta tradición literaria como Stepto argumentan con razón que quizá no deberíamos considerar las narraciones de esclavos como tal, estas sí ejercieron una influencia crucial en este género, que se convertiría en el más destacado de la literatura afroamericana. Las autobiografías de Booker T. Washington, Du Bois, James Weldon Johnson, Richard Wright, Malcom X o James Baldwin han generado una tradición muy relevante en comparación al lugar que este género ocupa en la mayoría de literaturas. Las razones quizá están en el *dictum* de Du Bois y en el hecho reconocido de que la necesidad de intervención política estuvo en el corazón de la formación misma de esta literatura. En vistas de eso, negar cualquier correspondencia entre contexto político/histórico y texto de corte autobiográfico es negar esa intervención, y por lo tanto la función estética y deliberada de interrogar ese contexto político y exponerlo. Las narraciones de esclavos generan un estilo propio que se define a nivel estético únicamente en relación con los límites y posibilidades de su intervención política. El error en una posición que corte ese cordón umbilical me parece que yace en creer que asumir esa correspondencia intencionada e impresa en el texto a pesar de los años es negar el valor del texto como tal y por lo tanto como construcción lingüística que se sabe con una autonomía artística y literaria de la que la vivencia misma en gran parte carece.

Vistas desde esta perspectiva, las narraciones de esclavos, más que ofrecer un intento fallido de autobiografía, en el que las voces de esclavo y editor se mezclan y en las que los yos figurados de hecho no escriben para contar solo su desarrollo individual sino para retratar la experiencia de la sociedad esclavista, son textos que aunque decidamos que no pertenecen al género autobiográfico ponen sobre la mesa una gran cuestión: la necesidad y la limitación (o la oportunidad de la limitación) de relatar la propia vida, como propia y como realmente vivida, como reveladora de un yo que es textual y es histórico, y que es tan poco textual como tan poco histórico a su vez. El caso particular de las narraciones de esclavos todavía va más allá, puesto que en ese carácter autobiográfico que no encaja en el género se muestra con mayor claridad la ambigüedad intrínseca del espacio autobiográfico, ese espacio que otorga una importancia creadora a su fundamental verdad histórica al mismo tiempo que configura un yo que se sostiene en el lenguaje literario, con los fines estéticos y la generación de un espacio propio que le es consustancial. La autobiografía en la tradición afroamericana, por su naturaleza fundacional y compacta de lucha política, es inextricable de su lugar contextual y acción política, a la vez que desarrolla ese espacio único de la construcción del yo del escritor. *Doce años de esclavitud*, por su papel de documento histórico excepcional, por su voluntad de no esconder el más mínimo detalle debido al hecho de que Solomon no es un esclavo huido que pueda ser reclamado y deba ser protegido, y por el uso histórico y literario que se ha hecho de su narración años después, es un perfecto ejemplo de una narración de esclavos peculiar como literatura, como documento histórico y como texto que expone el problema de los límites entre realidad y ficción, yo histórico y yo literario, ficción y propaganda, ficción e historia, contexto real y contexto necesariamente retocado, que es objeto del surgimiento mismo de la autobiografía como género.

Así, el lector tiene en sus manos una narración estilizada que incita una clara ideología y revela una historia documentable, vistiéndola de las convenciones del género en el que participa y la misión política a la que sirve, pero un texto que leído desde la perspectiva actual todavía sigue produciendo preguntas relativas a la concienciación histórica, a sus valores literarios y al problema mismo de las relaciones entre verdad histórica y ficción literaria que preocupan a los textos que dibujan el espacio autobiográfico. La historia de Solomon Northup, común al resto de los esclavos de Estados Unidos y relato en gran parte ejemplar de su género y a su vez extraordinario en la peculiaridad y peripecia de la vida de un solo individuo, invita con nuevas ediciones a nuevos lectores. Y sobre esa nueva mirada empática y crítica del lector en español cae la responsabilidad de que esta narración se sienta tan parte de la historia de España como lamentablemente lo es, y de que esa bella imagen de la flor del algodón no recuerde tanto los éxitos industriales españoles como los dedos entumecidos de quienes la recogieron.

MARTA PUXAN-OLIVA
2016

NOTAS

1. *Underground Railroad*: nombre metofórico que recibió la clandestina red de ayuda que mediante conductores (abolicionistas residentes tanto en los estados del Sur como del Norte), estaciones (lugares seguros) y carriles (rutas de escape) contribuyó con la causa.

2. Philip Gould, «The rise, development, and circulation of the

slave narrative», en Audrey Fisch, ed., *The Cambridge Companion to the African American Slave Narrative*, Cambridge y Nueva York, Cambridge University Press, 2007, pp. 11-27.

3. Ira Berlin, «Introducción», en *Twelve Years a Slave*, Londres, Penguin Books, 2012, p. XXIX.

4. Robert B. Stepto, *From Behind the Veil: A Study of Afro-American Narrative*, Urbana, University of Illinois Press, 1979.

5. Charles T. Davis y Henry Louis Gates, eds., *The Slave's Narratives*, New York, Oxford University Press, 1985; y Audrey Fisch, ed., *The Cambridge Companion to the African American Slave Narrative, op. cit.*

6. Solomon Northup, *Twelve Year's a Slave*, Sue Eakin y Joseph Logsdon, eds., Baton Rouge, Louisiana State University Press, 1968; edición revisada en Sue Eakin, *Solomon Northup's Twelve Years a Slave, and Plantation Life in the Antebellum South*, Lafayette, LA, Center for Louisiana Studies, University of Louisiana at Lafayette, 2007.

7. James Olney, «'I Was Born': Slave Narratives, their Status as Autobiography and as Literature», en *The Slave's Narratives, op. cit.*, pp. 148-175.

8. Philippe Lejeune, *Le pacte autobiographique*, París, Éditions du Seuil, 1975; y Paul de Man, «Autobiography as De-Facement», *MLN*, 94:5 (1979), pp. 919-930, y *Allegories of Reading: Figural Language in Rousseau, Nietzsche, Rilke, and Proust*, Yale, Yale University Press, 1979.

9. Nora Catelli, *En la era de la intimidad, seguido de: El espacio autobiográfico*, Rosario, Beatriz Viterbo, 2007, p. 67.

10. Véase especialmente Ira Berlin, *Generations of Captivity: A History of African-American Slaves*, Cambridge MA, Harvard University Press, 2003.

11. Kenneth W. Warren, *What Was African American Literature?*, Cambridge MA, Harvard University Press, 2011.

12. W. E. B. Du Bois, «Criteria of Negro Art», en Venetria K. Patton, y Maureen Honey, eds., *Double-Take : A Revisionist Harlem Renaissance Anthology*, New Brunswick, NJ, Rutgers University Press, 2001, p. 49.

Doce años de esclavitud

*Historia de Solomon Northup,
ciudadano de Nueva York, secuestrado
en la ciudad de Washington en 1841
y rescatado en 1853 en una plantación
de algodón cerca del Río Rojo, en Luisiana*

SOLOMON IN HIS PLANTATION SUIT.

Solomon Northrup

Es una extraña coincidencia que Solomon Northup fuera trasladado a una plantación de la zona del Río Rojo, la misma zona que fue escenario del cautiverio del Tío Tom, y su relato de aquella plantación, de su modo de vida y de ciertos incidentes que describe muestran un sorprendente paralelismo con esta historia.

La llave de la cabaña del tío Tom

A Harriet Beecher Stowe, cuyo nombre se identifica en todo el mundo con la gran reforma. Esta historia, que ofrece otra Llave para la cabaña del Tío Tom, está dedicada a ella con todo respeto.

Son tan necios los hombres de un solo uso
que ante lo viejo se inclinan por ser
antiguo y nada más que incluso abrazan
la servidumbre, el peor de los males,
por ser legada de padres a hijos
como fiesta sagrada y respetable.
¿Acaso es correcto, o siquiera
razonable, que un hombre de materia
igual a la de otro, tan compuesto
de lo mismo y en misma variedad,
cuya locura e impudicia comparte
con los esclavos a los que gobierna,
se erija en déspota absoluto y diga
quién es libre y quién no en su tierra?

WILLIAM COWPER

PRÓLOGO DEL EDITOR

Cuando el editor empezó a preparar la historia que aquí se relata, no suponía que este volumen tendría tantas páginas. Sin embargo, para poder presentar todos los hechos que le fueron comunicados, consideró necesario ampliarlo hasta su extensión actual.

Muchas de las afirmaciones contenidas en estas páginas han sido corroboradas por gran cantidad de pruebas, y otras se apoyan exclusivamente en el testimonio de Solomon. En cualquier caso, el editor, que ha tenido la oportunidad de detectar toda contradicción o discrepancia en sus afirmaciones, está convencido de que se ha ceñido estrictamente a la verdad. Ha repetido la misma historia, sin cambiar y sin desviarse en el más mínimo detalle, y también ha leído con detenimiento el manuscrito y ha ordenado corregir la más trivial inexactitud que haya podido surgir.

La suerte quiso que Solomon fuera propiedad de varios amos durante su cautiverio. El trato que recibió en Pine Woods muestra que entre los que poseen esclavos hay tanto hombres humanos como hombres crueles. De algunos de ellos se habla con emoción y gratitud, y de otros con amargura. Creemos que el siguiente relato de su experiencia en Bayou Boeuf ofrece una imagen exacta de la esclavitud, con sus luces y sus sombras, tal como existe actualmente en esta localidad. El único objetivo del editor, a su modo de ver al margen de presupuestos y prejuicios, ha sido ofrecer fielmente la historia de la vida de Solomon Northup, tal como la recibió de sus labios.

El editor confía en haber cumplido este objetivo, pese a las numerosas imperfecciones de estilo y expresión que pudieran encontrarse.

DAVID WILSON
Whitehall, Nueva York, mayo de 1853

I

INTRODUCCIÓN – ASCENDENCIA – LA FAMILIA NORTHUP – NACIMIENTO
Y ORIGEN – MINTUS NORTHUP – CASAMIENTO CON ANNE HAMPTON –
BUENAS DECISIONES – EL CANAL CHAMPLAIN – VIAJE EN BALSA A CANA-
DÁ – AGRICULTURA – EL VIOLÍN – LA COCINA – LA MUDANZA A SARATO-
GA – PARKER Y PERRY – ESCLAVOS Y ESCLAVITUD – LOS NIÑOS – EL INICIO
DE LA AGONÍA

Al haber nacido libre y haber disfrutado durante más de treinta
años de los privilegios de la libertad en un estado libre, y, transcurrido este período, haber sido secuestrado y vendido como
esclavo, situación en la que permanecí hasta que, en el mes de
enero de 1853, tras doce años de cautiverio, fui felizmente rescatado, me comentaron que el relato de mi vida y mi suerte no estaría desprovisto de interés para el público.

Desde que recuperé la libertad no he dejado de observar el
creciente interés en todos los estados del norte por el tema de la
esclavitud. Circulan, en cantidad sin precedentes, obras de ficción
que aseguran mostrar sus características, tanto en los aspectos más
agradables como en los más repugnantes, y a mi modo de ver lo
han convertido en un fructífero tema que se comenta y se debate.

Solo puedo hablar de la esclavitud en la medida en que la he
observado yo mismo, en que la he conocido y experimentado en
mi propia persona. Mi objetivo es ofrecer un sincero y veraz resumen de hechos concretos, narrar la historia de mi vida, sin

exageraciones, y dejar para otros la labor de determinar si incluso las páginas de las obras de ficción ofrecen una imagen errónea de mayor crueldad o de una esclavitud más dura.

Hasta donde he podido confirmar, mis antepasados por parte de padre eran esclavos en Rhode Island. Pertenecían a una familia que se apellidaba Northup, uno de cuyos miembros se marchó del estado de Nueva York y se instaló en Hoosic, en el condado de Rensselaer. Se llevó con él a Mintus Northup, mi padre. Tras la muerte de este señor, que debió de producirse hace unos cincuenta años, mi padre pasó a ser libre, porque su amo había dejado escrito en sus últimas voluntades que lo emanciparan.

El señor Henry B. Northup, de Sandy Hill, distinguido abogado y el hombre al que providencialmente debo mi actual libertad y mi regreso con mi mujer y mis hijos, es pariente de la familia en la que sirvieron mis antepasados y de la que tomaron el apellido que llevo. A este hecho puede atribuirse el tenaz interés que se ha tomado por mí.

Poco tiempo después de su liberación, mi padre se trasladó a la ciudad de Minerva, en el condado de Essex, Nueva York, donde, en el mes de julio de 1808, nací yo. No estoy en condiciones de asegurar con absoluta certeza cuánto tiempo se quedó en esta última ciudad. Desde allí se mudó a Granville, en el condado de Washington, cerca de un lugar conocido como Slyborough, donde durante unos años trabajó en la granja de Clark Northup, también pariente de su antiguo amo. De allí se trasladó a la granja Alden, en la calle Moss, a poca distancia al norte de la ciudad de Sandy Hill, y de allí a la granja que ahora es propiedad de Russel Pratt, situada en la carretera que va de Fort Edward a Argyle, donde vivió hasta su muerte, que tuvo lugar el 22 de noviembre de 1829. Dejó una viuda y dos hijos, yo mismo y Joseph, mi hermano mayor. Este último todavía vive en el condado de Oswego, cerca de la ciudad del mismo nombre. Mi madre murió en el período en que estuve cautivo.

Mi padre, aunque nació esclavo y trabajó en la situación desventajosa a la que mi desdichada raza está sometida, era un hombre respetado por su laboriosidad y su integridad, como pueden atestiguar muchas personas que siguen vivas y lo recuerdan muy bien. Dedicó toda su vida a las pacíficas labores agrícolas y jamás buscó trabajo en quehaceres más insignificantes, que son los que suelen asignar a los hijos de África. Además de ofrecernos una educación superior a la que solía otorgarse a los niños de nuestra condición, adquirió, gracias a su diligencia y al ahorro, suficientes bienes inmuebles para ejercer el derecho al voto. Nos hablaba a menudo de su vida anterior, y aunque en todo momento albergó el más cálido sentimiento de generosidad, incluso de afecto, hacia la familia en cuya casa había sido esclavo, nunca entendió la esclavitud y lo entristecía que degradaran a su raza. Se empeñó en inculcarnos el sentido de la moralidad y en enseñarnos a creer y confiar en Dios, que considera a las más humildes de sus criaturas exactamente igual que a las más elevadas. Cuántas veces el recuerdo de sus consejos paternales me vino a la mente cuando estaba tumbado en un corral de esclavos en las lejanas e insalubres tierras de Luisiana, dolorido por las inmerecidas heridas que un amo inhumano me había infligido y con la única esperanza de que la tumba que cubría a mi padre me protegiera a mí también del látigo del opresor. En el camposanto de Sandy Hill, una humilde piedra señala el lugar donde reposa, tras haber cumplido dignamente los deberes propios de la modesta esfera por la que Dios le asignó transitar.

Hasta aquel período me había dedicado sobre todo a trabajar en la granja con mi padre. Solía dedicar las horas de ocio que me concedían a mis libros y a tocar el violín, un entretenimiento que era mi principal pasión de juventud. También fue desde entonces una fuente de consuelo que complacía a las personas sencillas con las que me había tocado vivir y que durante horas apartaba mis pensamientos de la dolorosa contemplación de mi destino.

El día de Navidad de 1829 me casé con Anne Hampton, una chica de color que por aquel entonces vivía cerca de nuestra casa. El señor Timothy Eddy, juez y notable ciudadano, ofició la ceremonia en Fort Edward. Anne había vivido mucho tiempo en Sandy Hill, con el señor Baird, propietario de la taberna Eagle y miembro de la familia del reverendo Alexander Proudfit, de Salem. Este caballero presidió durante muchos años la Sociedad Presbiteriana de Salem y era muy conocido por sus conocimientos y su devoción. Anne todavía guarda un grato recuerdo de la extrema bondad y los excelentes consejos de aquel buen hombre. Mi mujer no es capaz de determinar su linaje con exactitud, pero en sus venas se mezcla la sangre de tres razas. Resulta difícil decir si predomina la roja, la blanca o la negra. Sin embargo, la unión de todas ellas en su origen le ha otorgado una expresión peculiar, aunque agradable, muy rara de ver. Aunque tiene ciertas similitudes con los cuarterones, no se puede decir que forme parte de este grupo, el tipo de mulato al que he olvidado mencionar que pertenecía mi madre.

En el mes de julio anterior había cumplido veintiún años, de modo que acababa de alcanzar la mayoría de edad. Privado del consejo y la ayuda de mi padre, y con una mujer que dependía de mí, decidí emprender una vida laboriosa, y a pesar de que mi color era un obstáculo y de que era consciente de mi humilde nivel social, me permití soñar que llegarían buenos tiempos en los que poseería una modesta casa con varias hectáreas de terreno que recompensarían mi trabajo y me proporcionarían los medios necesarios para ser feliz y vivir con holgura.

Desde el día de mi boda hasta hoy, el amor que he prodigado a mi esposa ha sido sincero y no ha disminuido un ápice, y solo los que han sentido la ternura de un padre por su descendencia sabrán valorar mi enorme cariño a los amados hijos que hemos tenido hasta la fecha. Considero adecuado y necesario decirlo para que los que lean estas páginas entiendan la intensidad de los sufrimientos que he sido condenado a soportar.

Inmediatamente después de casarnos, empezamos a trabajar en el viejo edificio amarillo que por aquel entonces estaba en el extremo sur del pueblo de Fort Edward y que con el tiempo se había convertido en una moderna mansión en la que se había instalado el capitán Lathrop. Se la conoce como Fort House. Tras la organización del condado, en esa casa se celebraban de vez en cuando sesiones municipales. También había vivido en ella Burgoyne, en 1777, porque estaba cerca del viejo fuerte de la orilla izquierda del Hudson.

Durante el invierno trabajé, junto con otros hombres, en la reparación de la parte del canal de Champlain que estaba al cargo de William Van Nortwick. David McEachron era el responsable directo de los hombres con los que yo trabajaba. Cuando se abrió el canal, en primavera, lo que había ahorrado de mi sueldo me permitió comprar un par de caballos y diversos materiales imprescindibles para navegar.

Contraté mano de obra eficaz para que me ayudara y llegué a acuerdos para transportar grandes balsas cargadas de madera desde el lago Champlain hasta Troy. Dyer Beckwith y un tal señor Bartemy, de Whitehall, me acompañaron en varios viajes. Aquella primavera aprendí a la perfección el arte y los misterios de la navegación fluvial, un conocimiento que más adelante me permitió prestar rentables servicios a un digno amo y que dejaba pasmados a los madereros estrechos de miras de las orillas de Bayou Boeuf.

En uno de mis viajes por el lago Champlain tuve que pasar por Canadá. Al detenernos en Montreal para reparar la embarcación, aproveché para visitar la catedral y otros lugares de interés de la ciudad. Desde allí seguí mi travesía hasta Kingston y otras ciudades, lo que me proporcionó un conocimiento de aquellos lugares que también me sirvió más adelante, como se verá hacia el final de este relato.

Tras haber cumplido con mis compromisos en el canal de forma satisfactoria tanto para mí como para quien me había encargado el trabajo, y temiendo quedarme ocioso, visto que se había vuelto a suspender la navegación en el canal, llegué a un acuerdo con Medad Gunn para cortar gran cantidad de madera. A esta ocupación me dediqué durante el invierno de 1831-1832.

Con el regreso de la primavera, Anne y yo planeamos quedarnos con una granja de los alrededores. Estaba acostumbrado a trabajar en el campo desde mi más tierna infancia y era una labor que me resultaba agradable, así que empecé a arreglar una parte de la vieja granja Alden, en la que mi padre había vivido años atrás. Con una vaca, un cerdo, un yugo para bueyes que compré en Hartford a Lewis Brown y otros bienes y efectos personales, nos dirigimos a nuestro nuevo hogar de Kingsbury. Aquel año planté diez hectáreas de maíz, sembré grandes campos de avena y empecé a cosechar a tan gran escala como me permitían mis medios. Anne se ocupaba de las labores domésticas mientras yo trabajaba duro en el campo.

Allí vivimos hasta 1834. Durante el invierno me llamaban a menudo para que tocara el violín. Dondequiera que los jóvenes se reunieran a bailar, allí estaba yo casi siempre. Mi violín era famoso en todos los pueblos de los alrededores. Y también Anne, durante su larga estancia en la taberna Eagle, se había convertido en una famosa cocinera. Durante las semanas en que se celebraban las sesiones municipales y en los eventos públicos, la Sherrill's Coffee House la contrataba para la cocina y le pagaba un buen sueldo.

Tras realizar estos servicios, siempre volvíamos a casa con dinero en el bolsillo, así que tocando el violín, cocinando y trabajando en el campo no tardamos en nadar en la abundancia y en llevar una vida próspera y feliz. Y, sin duda, lo habría sido si nos hubiéramos quedado en la granja de Kingsbury, pero llegó un momento en que dimos un paso hacia el cruel destino que me esperaba.

En marzo de 1834, nos mudamos a Saratoga Springs. Nos alojamos en una casa propiedad de Daniel O'Brien, en la zona norte de la calle Washington. En aquella época, Isaac Taylor tenía una gran pensión conocida como Washington Hall, en el extremo norte de Broadway. Me dio trabajo como conductor de un coche de caballos, a lo que me dediqué durante dos años. Transcurrido este tiempo, el hotel United States y otros establecimientos solían darme trabajo, y también a Anne, en las temporadas turísticas. Durante el invierno dependía de mi violín, aunque, cuando se construyó la vía férrea en Troy y Saratoga, trabajé duramente en ella muchos días.

En Saratoga solía comprar artículos que mi familia necesitaba en las tiendas del señor Cephas Parker y del señor William Perry, caballeros a los que recuerdo a menudo por sus muchos gestos de bondad. Por esta razón, doce años después, pedí que les hicieran llegar la carta que adjunto más adelante y que, al llegar a manos del señor Northup, fue la desencadenante de mi feliz liberación.

Mientras vivíamos en el hotel United States solía encontrarme con esclavos que habían llegado del sur con sus amos. Siempre iban bien vestidos y arreglados, y al parecer su vida era fácil, sin apenas problemas cotidianos que los perturbaran. A menudo charlaban conmigo sobre la esclavitud, y me pareció que casi todos ellos albergaban el secreto deseo de ser libres. Algunos expresaban el más ardiente anhelo de escapar y me consultaban el mejor método para conseguirlo. Sin embargo, en todos los casos, el miedo al castigo, que sabían que sin duda les esperaba si los capturaban y tenían que volver, demostró ser suficiente para disuadirlos de intentarlo. Aunque durante toda mi vida había respirado el aire libre del norte y era consciente de que albergaba los mismos sentimientos y afectos que se encuentran en el pecho del hombre blanco, aunque era consciente además de que mi inteligencia era como mínimo igual a la de algunos hombres de piel más clara, era demasiado ignorante, quizá demasiado independiente, para entender que alguien pudiera aceptar vivir en las abyectas condiciones de un esclavo. No me entraba en la cabeza que una ley, o una religión, que defiende o admite la esclavitud pudiera ser justa. Y me enorgullece decir que ni una sola vez dejé de aconsejar a todos los que acudieron a mí que buscaran su oportunidad y lucharan por la libertad.

Seguí viviendo en Saratoga hasta la primavera de 1841. Las prometedoras expectativas que, siete años antes, nos habían arrancado de la tranquila granja de la orilla este del Hudson no se habían cumplido. Aunque nuestras circunstancias siempre habían sido cómodas, no habíamos prosperado como esperábamos. La sociedad y las relaciones en aquel lugar turístico a orillas del río no estaban pensadas para preservar los sencillos hábitos de trabajo y ahorro a los que yo estaba acostumbrado, sino, por el contrario, para sustituirlos por otros que tendían a la ociosidad y el despilfarro.

En aquellos momentos éramos padres de tres niños: Elizabeth, Margaret y Alonzo. Elizabeth, la mayor, tenía diez años, Margaret era dos años menor y el pequeño Alonzo acababa de cumplir cinco. Eran la alegría de nuestra casa. Sus voces infantiles eran música para nuestros oídos. Su madre y yo hicimos multitud de castillos en el aire respecto a nuestros pequeños inocentes. Cuando yo no trabajaba, siempre salía a pasear con ellos, vestidos con sus mejores galas, por las calles y las arboledas de Saratoga. Me encantaba estar con ellos y los estrechaba contra mi pecho con un amor tan cálido y tierno como si su oscura piel fuera más blanca que la nieve.

Hasta aquí la historia de mi vida no presenta nada fuera de lo corriente, tan solo las esperanzas, los afectos y los trabajos habituales de un hombre de color que avanza humildemente por el mundo. Pero en aquel momento llegué a un punto de inflexión en mi existencia y crucé el umbral de la atroz injusticia, el dolor y la desesperación. Me metí bajo la sombra de una nube, en una densa oscuridad en la que no tardaría en desaparecer, y por tanto quedaría oculto a los ojos de mis seres queridos y excluido de la dulce luz de la libertad durante largos y agotadores años.

II

Una mañana, hacia finales de marzo de 1841, como en aquellos momentos no tenía nada que hacer, salí a pasear por Saratoga Springs pensando dónde conseguir algún trabajo hasta que llegara la temporada alta. Anne, como de costumbre, había ido a Sandy Hill, a unas veinte millas de distancia, para ocuparse del departamento de cocina de la Sherrill's Coffee House durante la sesión municipal. Creo que Elizabeth había ido con ella. Margaret y Alonzo se quedaron con su tía en Saratoga.

En la esquina de Congress Street con Broadway, junto a la taberna, que por aquel entonces llevaba y, que yo sepa, sigue llevando el señor Moon, me abordaron dos hombres de aspecto respetable, que no conocía absolutamente nada. Me da la impresión de que me los había presentado algún conocido mío, aunque no logro recordar quién, diciéndoles que yo era un experto violinista.

En cualquier caso, no tardaron en hablarme de este tema y me hicieron gran cantidad de preguntas sobre mis aptitudes.

Como, al parecer, mis respuestas les resultaron satisfactorias, me propusieron contratar mis servicios durante una breve temporada, y así comprobar, además, si era la persona que necesitaban. Por lo que me dijeron posteriormente, se llamaban Merrill Brown y Abram Hamilton, aunque tengo razones más que fundadas para dudar de que fueran sus verdaderos nombres. El primero parecía tener unos cuarenta años, era más bien bajito y rechoncho, con una expresión que indicaba astucia e inteligencia. Vestía una levita negra y un sombrero del mismo color, y dijo que vivía en Rochester o Syracuse. El segundo era un joven de complexión normal y ojos claros, y si tuviera que fijar su edad, diría que no tenía más de veinticinco años. Era alto y delgado, iba vestido con un abrigo de color marrón claro, un sombrero satinado y un chaleco elegante. Iba todo él a la última moda. Parecía algo afeminado, aunque era atractivo y tenía cierto aire de tranquilidad que denotaba que tenía mucho mundo. Según me contaron, estaban relacionados con una compañía de circo que en aquellos momentos se encontraba en la ciudad de Washington, hacia donde se dirigían de vuelta, tras haber viajado unos días al norte para ver el país, y sufragaban sus gastos haciendo exhibiciones de vez en cuando. También me comentaron que les había resultado muy difícil encontrar música para sus espectáculos y que, si los acompañaba a Nueva York, me pagarían un dólar por cada día de trabajo, y tres dólares más por cada noche que tocara en sus funciones, además del dinero para pagarme el viaje de regreso de Nueva York a Saratoga.

Acepté de inmediato la tentadora oferta, tanto por la remuneración que me prometían como por el deseo de ver la metrópolis. Estaban impacientes por salir cuanto antes. Como pensé que me ausentaría poco tiempo, no creí necesario escribir a Anne para decirle adónde iba, porque de hecho suponía que era posible que volviera antes que ella. Así que cogí algo de ropa para cambiarme y mi violín, y me dispuse a ponerme en camino. El carruaje arrancó. Era un coche cubierto, tirado por un par de nobles caballos que otorgaban al conjunto un aspecto elegante.

Su equipaje, que consistía en tres grandes baúles, iba atado a la baca, y tras subir al asiento del conductor, mientras ellos tomaban asiento en la parte trasera, me alejé de Saratoga por la carretera que se dirigía a Albany, entusiasmado con mi nuevo trabajo y más feliz que nunca en mi vida.

Atravesamos Ballston y, al llegar a la carretera de la montaña, como la llaman, si la memoria no me falla, la tomamos en dirección a Albany. Llegamos a esta ciudad antes del anochecer y nos detuvimos en un hotel al sur del museo.

Aquella noche tuve ocasión de presenciar uno de sus números, el único en todo el tiempo que pasé con ellos. Hamilton se colocó en la puerta, yo hice de orquesta y Brown ofreció el espectáculo, que consistió en lanzar pelotas, bailar sobre la cuerda floja, freír tortitas en un sombrero, hacer gritar a cerdos invisibles, entre otros trucos de ventriloquia y prestidigitación. El público fue extraordinariamente escaso, y no demasiado selecto, de modo que el informe de Hamilton respecto de las ganancias se limitaba a «una miserable cantidad de cajas vacías».

A la mañana siguiente, muy temprano, reemprendimos el viaje. Casi todo el tiempo hablaban de su impaciencia por llegar al circo cuanto antes. Seguimos el recorrido a toda prisa, sin volver a detenernos para actuar, y a su debido tiempo llegamos a Nueva York, donde nos alojamos en una casa de la zona oeste de la ciudad, en una calle que va de Broadway al río. Pensaba que la aventura había concluido para mí y esperaba volver a Saratoga con mis amigos y mi familia al cabo de un día, como máximo un par. Sin embargo, Brown y Hamilton empezaron a insistir en que siguiera con ellos hasta Washington. Me comentaron que en cuanto llegáramos, como se acercaba el verano, el circo se trasladaría al norte. Me prometieron trabajo y un buen sueldo si los acompañaba. Tanto hablaron sobre los beneficios que obtendría y tan halagüeñas fueron sus expectativas que al final acabé aceptando su oferta.

A la mañana siguiente me sugirieron que, dado que estábamos a punto de entrar en un estado esclavista, no estaría de más conseguir papeles de libertad. La idea me pareció sensata, aunque creo que, si no la hubieran propuesto, a mí no se me habría ocurrido. Nos dirigimos de inmediato a lo que entendí que era la casa de aduanas, donde declararon bajo juramento que yo era un hombre libre. Allí redactaron un papel, nos lo entregaron y nos indicaron que lo lleváramos a la administración. Eso hicimos, el empleado escribió algo más, les cobró seis chelines y volvimos a la casa de aduanas. Tuvimos que realizar varias formalidades más antes de pagar al funcionario dos dólares para dar por concluido el procedimiento, y que pudiera meterme los papeles en el bolsillo y dirigirme con mis dos amigos al hotel. Debo confesar que en aquellos momentos pensaba que esos papeles a duras penas merecían lo que nos había costado conseguirlos. Ni remotamente se me había pasado por la cabeza que mi integridad personal pudiera estar en peligro. Recuerdo que el empleado al que nos habíamos dirigido tomó nota en un libro enorme, que supongo que debe de estar todavía en aquel despacho. No tengo la menor duda de que consultar las entradas de finales de marzo o principios de abril bastaría para satisfacer a los incrédulos, al menos en lo relativo a esa transacción en concreto.

Con la prueba de que era libre en mi poder, al día siguiente de haber llegado a Nueva York cruzamos en ferry hasta la ciudad de Jersey y nos pusimos en camino hacia Filadelfia, donde nos quedamos una noche, y, a primera hora de la mañana siguiente, seguimos nuestro viaje hasta Baltimore. Llegamos a esta ciudad a la hora prevista y nos dirigimos a un hotel cercano a la estación del tren que no sé si gestionaba un tal señor Rathbone o se lo conocía como Rathbone House. Durante todo el trayecto desde Nueva York, la impaciencia de mis acompañantes por llegar al circo parecía cada vez mayor. Dejamos el carruaje en Baltimore, nos metimos en un vagón de tren y seguimos hasta Washington, adonde llegamos justo al anochecer, la víspera del funeral del general Harrison, y nos alojamos en el hotel Gadsby, en Pennsylvania Avenue.

Después de cenar me pidieron que fuera a su habitación, me pagaron cuarenta y tres dólares, una cantidad mayor de la que me correspondía, y me dijeron que aquel gesto de generosidad respondía al hecho de no haber hecho tantos espectáculos en nuestro viaje desde Saratoga como yo habría esperado. Además, me informaron de que la compañía circense tenía la intención de marcharse de Washington al día siguiente, pero, debido al funeral, habían decidido quedarse un día más. Fueron extremadamente amables, como lo habían sido desde el primer momento en que hablamos. No perdían ocasión de darme la razón en todo lo que decía, y también yo estaba muy predispuesto en su favor. Les concedí mi confianza sin reservas, y de buen grado habría creído casi cualquier cosa que me hubieran dicho. Su manera de dirigirse a mí y de tratarme —el hecho de que fueran previsores y sugirieran la idea de los papeles de libertad y otros cientos de pequeños detalles que no es necesario repetir— indicaba que eran amigos y que se preocupaban sinceramente por mi bienestar. Ahora sé que no era así. Ahora sé que fueron culpables de la terrible crueldad de la que entonces los creí inocentes. Los que lean estas páginas tendrán ocasión de determinar, exactamente igual que yo, si fueron cómplices de mis desgracias —hábiles e inhumanos monstruos con aspecto humano— y me lanzaron el anzuelo intencionadamente para alejarme de mi casa y mi familia por dinero. Si hubieran sido inocentes, mi repentina desaparición habría sido inexplicable, pero, por más vueltas que le doy a todas las circunstancias que se produjeron, en ningún caso puedo concederles tan caritativa suposición.

Después de darme el dinero, que parecían tener en abundancia, me aconsejaron que no saliera aquella noche, dado que no estaba familiarizado con las costumbres de la ciudad. Les prometí recordar su consejo, me marché, y poco después un sirviente de color me acompañó a un dormitorio en la parte trasera del hotel, en la planta baja. Me tumbé a descansar pensando en mi casa, mi mujer y mis hijos, y en la larga distancia que nos separaba, hasta que me quedé dormido. Pero ningún ángel bueno y piadoso acudió invitándome a escapar, ninguna voz misericordiosa me advirtió en sueños de las duras pruebas por las que estaba a punto de pasar.

Al día siguiente se celebró un gran desfile en Washington. El aire se llenó de rugidos de cañones y tañidos de campanas. En las casas colgaban crespones y las calles estaban atestadas de gente vestida de negro. A medida que transcurría el día, la procesión apareció, avanzando muy despacio por la avenida, carruaje tras carruaje, en larga sucesión, mientras miles y miles de personas la seguían a pie, moviéndose al compás de la melancólica música. Llevaban el cuerpo de Harrison a la tumba.

Desde primera hora de la mañana estuve con Hamilton y Brown. Eran las únicas personas que conocía en Washington. Estuvimos juntos mientras pasaba el desfile fúnebre. Recuerdo perfectamente que el cristal de la ventana estaba a punto de romperse y caer en pedazos al suelo cada vez que el cañón del cementerio lanzaba un disparo. Fuimos al Capitolio y paseamos un buen rato por los alrededores. Por la tarde fueron a dar una vuelta por la casa del presidente, conmigo siempre a su lado, mostrándome diversos lugares de interés. Aún no había visto ningún circo. De hecho, el día había sido tan agitado que apenas había pensado en el circo, por no decir que no había pensado en absoluto en él.

Aquella tarde mis amigos entraron varias veces en bares y pidieron licores, aunque, por lo que había visto, no tenían por costumbre cometer excesos. En aquella ocasión, tras servirse a sí mismos, llenaban un vaso y me lo ofrecían. Yo no me emborraché, como se deducirá por lo que sucedió a continuación. A última hora de la tarde, poco después de haber participado en una de aquellas rondas, empecé a sentirme muy mal, muy mareado. Comenzó a dolerme la cabeza, un dolor intenso que me dejaba embotado, indescriptiblemente desagradable. Cuando me senté a cenar no tenía hambre. La visión y el sabor de la comida me producían náuseas. Por la noche, el mismo sirviente me acompañó a la habitación en la que había dormido la noche anterior.

Brown y Hamilton me aconsejaron que me retirara, se compadecieron de mí amablemente y me expresaron su deseo de que me encontrara mejor por la mañana. Me quité solo el abrigo y las botas, y me dejé caer en la cama. Me resultaba imposible dormir. El dolor de cabeza era cada vez más intenso, hasta que se hizo casi insoportable. Al rato empecé a tener sed. Sentía los labios resecos. Solo podía pensar en agua, en lagos y ríos fluyendo, en arroyos en los que me había detenido a beber y en un cubo lleno de agua alzándose con su fresco néctar desde las profundidades de un pozo. Por lo que recuerdo, hacia la medianoche me levanté, porque ya no podía aguantar más aquella sed. Como no conocía el hotel, nada sabía de su distribución. Observé que no había nadie levantado. A tientas y al azar, sin saber por dónde iba, al final encontré una cocina, en el sótano. Dos o tres sirvientes de color iban de un lado a otro, y uno de ellos, una mujer, me ofreció dos vasos de agua. Me alivió momentáneamente, pero en cuanto llegué de nuevo a mi habitación volví a sentir el mismo deseo ardiente de beber, la misma sed que me atormentaba. Me torturaba incluso más que antes, y lo mismo sucedía con el salvaje dolor de cabeza, si es que tal cosa podía ser. ¡Estaba angustiado y doliente, en la más insoportable agonía! ¡Creí que iba a volverme loco! El recuerdo de aquella noche de horrible sufrimiento me acompañará hasta la tumba.

Aproximadamente una hora después de que volviera de la cocina, sentí que alguien entraba en mi habitación. Parecían ser varios —una mezcla de varias voces—, pero no sabría decir cuántos ni quiénes eran. Sería una mera conjetura aventurar si Brown y Hamilton estaban entre ellos. Lo único que recuerdo con absoluta claridad es que me dijeron que había que llevarme al médico para buscar medicamentos, que me calcé las botas y, sin ponerme el abrigo ni el sombrero, los seguí por un largo pasillo hasta la puerta de la calle, que daba a una esquina de la Pennsylvania Avenue. Al otro lado de la calle se veía una ventana con la luz encendida. Me da la impresión de que había tres personas conmigo, aunque todo es indefinido y vago, como el recuerdo de un doloroso sueño. Lo último que se grabó en mi memoria es que me dirigí hacia aquella luz, que suponía que procedía de la consulta de un médico y que parecía retroceder a medida que yo avanzaba. A partir de aquel momento perdí la conciencia. No sé cuánto tiempo pasé inconsciente, si fue solo aquella noche o muchos días con sus noches, pero cuando recuperé el conocimiento, me encontré solo, en la más absoluta oscuridad y encadenado.

El dolor de cabeza prácticamente había desaparecido, pero me sentía muy débil. Estaba sentado en un banco bajo de duros tablones, sin abrigo y sin sombrero. Me habían esposado. Tenía también pesados grilletes alrededor de los tobillos. Un extremo de la cadena estaba atado a una gran argolla en el suelo, y el otro, a los grilletes de mis tobillos. Intenté en vano ponerme en pie. Como acababa de despertarme de un trance tan doloroso, necesitaba algo de tiempo para ordenar mis pensamientos. ¿Dónde estaba? ¿Qué significaban aquellas cadenas? ¿Dónde estaban Brown y Hamilton? ¿Qué había hecho para merecer que me encerraran en aquel calabozo? No lo entendía. Ningún rincón de mi memoria lograba recordar lo que había sucedido durante un período de tiempo indefinido, antes de despertarme en aquel solitario lugar. Estaba en blanco. Escuché con atención en busca de algún indicio de vida, algún sonido, pero nada rompía el opresivo silencio, salvo el tintineo de mis cadenas cada vez que conseguía moverme. Hablé en voz alta, pero el sonido de mi propia voz me asustó. Me metí las manos en los bolsillos hasta donde los grilletes me lo permitían, en cualquier caso lo bastante hondo para asegurarme de que me habían robado no solo la libertad, sino también el dinero y los papeles. Entonces empezó a abrirse camino en mi mente la idea, en un principio débil y confusa, de que me habían secuestrado. Pero pensé que era inverosímil. Debía de ser un malentendido, un lamentable error. No era posible que a un ciudadano libre de Nueva York, que no había hecho daño a nadie ni violado ninguna ley, se lo tratara con tanta crueldad. Sin embargo, cuanto más pensaba en mi situación, más confirmaba mis sospechas. Sin duda, era una idea desoladora. Sentía que el hombre era un ser insensible y despiadado en el que no se podía confiar. Me encomendé al Dios de los oprimidos, me cubrí la cara con las manos encadenadas y lloré amargamente.

III

Pensamientos dolorosos – James H. Burch – El corral de esclavos de Williams en Washington – El lacayo Radrurn – Reivindico mi libertad – La ira del negrero – El remo y el látigo – La paliza – Nuevos conocidos – Ray, Williams y Randall – Llegada a la cárcel de la pequeña Emily y su madre – El dolor de una madre – La historia de Eliza

Transcurrieron unas tres horas en las que me quedé sentado en el banco, sumido en dolorosos pensamientos. Oí a lo lejos el canto de un gallo, y al rato llegó a mis oídos un rumor distante, como el ruido de carruajes rodando por las calles, así que supe que ya era de día, aunque en mi calabozo no entraba ni un solo rayo de luz. Por último, oí pasos justo encima de mí, como si alguien anduviera de un lado para otro. Se me ocurrió entonces que debía de estar en un sótano, y el olor a humedad y moho confirmó mi suposición. El ruido en el piso de arriba se prolongó durante al menos una hora, hasta que por fin oí pasos acercándose desde el exterior. Una llave tintineó en la cerradura, una enorme puerta giró sobre sus goznes y lo inundó todo de luz, y dos hombres entraron y se acercaron a mí. Uno de ellos era alto y fuerte, de unos cuarenta años y de pelo castaño oscuro algo canoso. Tenía la cara rechoncha y era de complexión generosa y de rasgos extremadamente toscos que solo expresaban crueldad y malicia. Medía alrededor de cinco pies y diez pulgadas de altura, y creo que por mi experiencia puedo decir, sin prejuicios, que era un hombre de aspecto siniestro y repugnante. Se llamaba James H. Burch, según supe después, era un famoso negrero de Washington y en aquellos momentos, o algo después, se había asociado con Theophilus Freeman, de Nueva Orleans. La persona que lo acompañaba era un simple lacayo llamado Ebenezer Radburn, que actuaba meramente como carcelero. Estos dos hombres viven todavía en Washington, o al menos vivían en el momento en que pasé por esta ciudad tras liberarme de mi condición de esclavo, el pasado mes de enero.

La luz que entraba por la puerta abierta me permitió observar la habitación en la que estaba encerrado. Era de unos doce pies cuadrados, con las paredes de sólidos ladrillos y el suelo de gruesos tablones. Había una pequeña ventana con barrotes de hierro y una contraventana exterior con cierre de seguridad.

Una puerta de hierro conducía a una celda o cámara adyacente sin una sola ventana ni ningún otro medio para dejar entrar la luz. Los muebles de la celda en la que me encontraba se limitaban al banco de madera en el que estaba sentado y una vieja y sucia estufa de leña, y, por lo demás, en ninguna de las dos celdas había cama, ni mantas, ni cosa alguna. La puerta por la que habían entrado Burch y Radburn daba a un pequeño pasillo que conducía, tras un tramo de escalones, a un patio rodeado por un muro de ladrillo de unos diez o doce pies de altura, pegado a un edificio de la misma anchura. El patio se extendía unos treinta pies desde la parte trasera del edificio. En un lado del muro había una gruesa puerta de hierro que daba a un estrecho pasillo cubierto que recorría un lado de la casa hasta la calle. La condena del hombre de color tras el que se cerrara la puerta que daba a aquel estrecho pasillo estaba sentenciada. La parte superior del muro sujetaba un extremo de un tejado que ascendía hacia dentro y formaba una especie de cobertizo abierto. Debajo del tejado, alrededor de todo el muro, había un increíble altillo para que los esclavos durmieran por la noche, si se lo permitían, o se protegieran de las inclemencias del tiempo en caso de tormenta. Era bastante parecido a un corral, salvo en que lo habían construido de manera que el mundo exterior no pudiera ver el ganado humano que se agrupaba entre aquellos muros.

El edificio unido al patio era de dos plantas y daba a una calle de Washington. Desde fuera tenía el aspecto de una tranquila vivienda particular. A cualquier extraño que la observara jamás se le pasaría por la cabeza imaginar el execrable uso que hacían de ella. Por extraño que parezca, al otro lado de aquella casa se alzaba imponente el Capitolio. Las voces de patrióticos diputados llenándose la boca con la libertad y la igualdad casi se mezclaba con el traqueteo de las cadenas de los pobres esclavos. Un corral de esclavos a la sombra del Capitolio.

Esta es una descripción correcta de cómo era en 1841 el corral de esclavos de Williams, en Washington, en una de cuyas celdas me encontré inexplicablemente confinado.

—Bueno, chico, ¿cómo te encuentras? —me preguntó Burch en cuanto cruzó la puerta.

Le contesté que estaba enfermo y le pregunté por qué estaba encerrado. Me dijo que era su esclavo, que me había comprado y que estaba a punto de mandarme a Nueva Orleans. Le aseguré, en voz alta y clara, que era libre, que vivía en Saratoga, donde tenía mujer e hijos, que también eran libres, y que me apellidaba Northup. Me quejé amargamente del extraño trato que había recibido y amenacé con pedir compensaciones por el malentendido en cuanto recuperara la libertad. Negó que yo fuera libre, soltó una palabrota y aseguró que yo era de Georgia. Le repetí una y otra vez que no era esclavo de nadie e insistí en que me quitara las cadenas de inmediato. Intentó acallarme, como si temiera que alguien pudiera oírme, pero yo no pensaba callarme y denunciaría a los causantes de mi encarcelamiento, fueran quienes fuesen, como a auténticos villanos. Al ver que no conseguía tranquilizarme, le dio un ataque. Lanzó juramentos blasfemos, me llamó negro mentiroso, fugitivo de Georgia y muchos otros calificativos soeces y vulgares que solo la mente más indecente podría imaginar.

Durante todo aquel rato, Radburn se mantuvo a su lado en silencio. Su trabajo consistía en supervisar aquel establo humano, o más bien inhumano, recibir a los esclavos, darles de comer y azotarlos a cambio de dos chelines diarios por cabeza. Burch se volvió hacia él y le ordenó que trajera el remo y el látigo. Radburn desapareció y volvió al momento con los instrumentos de tortura. El remo, como se lo llama en el vocabulario de tortura de esclavos, o al menos el primero que yo conocí, y del que ahora hablo, era un trozo de tablón de madera dura, de unas veinte pulgadas de largo, con forma de cuchara plana o de remo. En la parte plana y redondeada, cuyo tamaño era de aproximadamente dos palmos, habían hecho varios agujeros con un taladro. El látigo era una larga cuerda con muchas hebras sueltas, con un nudo en el extremo de cada una de ellas.

En cuanto aparecieron aquellos formidables instrumentos para azotar, los dos hombres me sujetaron y me desnudaron de manera brusca. Como he contado, tenía los pies atados al suelo. Me empujaron hacia el banco, boca abajo, y Radburn apoyó con fuerza el pie sobre los grilletes, entre mis muñecas, reteniéndolas dolorosamente contra el suelo. Burch empezó a pegarme con el remo, asestando golpe tras golpe a mi cuerpo desnudo. Cuando su implacable mano se cansó, se detuvo y me preguntó si seguía insistiendo en que era libre. Insistí, así que empezó a golpearme de nuevo, más deprisa y con más fuerza, si cabe, que antes. Cuando volvía a cansarse, me repetía otra vez la misma pregunta, y como recibía la misma respuesta, seguía con su cruel labor. Durante todo ese tiempo, aquel diablo reencarnado soltaba las más diabólicas blasfemias. Al final, el remo se rompió y se quedó con el mango en la mano, sin poder utilizarlo. Yo seguía sin ceder. Todos aquellos brutales golpes no podían obligar a mis labios a decir la absurda mentira de que era un esclavo. Burch, muy enfadado, tiró al suelo el mango del remo roto y tomó el látigo, que fue mucho más doloroso. Intentaba aguantar con todas mis fuerzas, pero era en vano. Supliqué piedad, pero solo respondió a mis súplicas con juramentos y arañazos. Pensé que moriría bajo los latigazos de aquel maldito bruto. Todavía se me pone la carne de gallina al recordar aquella escena. Tenía la espalda en carne viva. Mi sufrimiento solo se podía comparar con las ardientes agonías del infierno.

Al final guardé silencio ante sus constantes preguntas. No iba a responderle. De hecho, casi no podía ni hablar. Siguió dando latigazos sin descanso a mi pobre cuerpo hasta que pareció que la carne herida se me desgarraba de los huesos con cada golpe. Un hombre con un ápice de piedad en el alma no habría golpeado con tanta crueldad ni siquiera a un perro. Radburn dijo por fin que era inútil seguir fustigándome, que ya había quedado lo bastante dolorido. Y, acto seguido, Burch desistió y, agitando el puño amenazador ante mi cara y con los dientes apretados, me dijo que si me atrevía a volver a decir que era libre, que me habían secuestrado o cualquier otra cosa por el estilo, el castigo que acababa de recibir no sería nada comparado con el que me esperaba. Me juró que me vencería o me mataría. Tras estas reconfortantes palabras, me quitaron los grilletes de las muñecas, aunque mis pies siguieron atados a la argolla del suelo. Volvieron a cerrar los postigos de la pequeña ventana con rejas, que habían abierto, salieron, cerraron la enorme puerta con llave y me dejaron a oscuras, como antes.

En una hora, quizá dos, se me subió el corazón a la garganta al oír la llave repiqueteando en la puerta de nuevo. Yo, que había estado tan solo y que había deseado tan ardientemente ver a alguien, fuera quien fuese, de pronto me estremecí al pensar que se acercaba un hombre. Todo rostro humano me daba miedo, en especial si era blanco. Entró Radburn con un plato de hojalata en las manos que contenía un trozo de cerdo frito reseco, una rebanada de pan y un vaso de agua. Me preguntó cómo me encontraba y señaló que había recibido una dura paliza. Me censuró la falta de decoro de asegurar que era libre. Me aconsejó, en un tono más bien condescendiente y confidencial, que cuanto menos dijera sobre el tema, mejor sería para mí. Era evidente que se empeñaba en parecer amable, no sé si conmovido por mi triste situación o al observar que había renunciado a seguir reclamando mis derechos, pero no es necesario ahora hacer cábalas. Me desató los grilletes de los tobillos, abrió los postigos de la pequeña ventana, se marchó y volví a quedarme solo.

Para entonces estaba ya agarrotado y maltrecho. Tenía el cuerpo cubierto de ampollas y no podía moverme sino con gran dolor y dificultad. Por la ventana, solo veía el tejado apoyado en el muro contiguo. Por la noche me tumbaba en el suelo, húmedo y duro, sin almohada y sin nada con que taparme. Dos veces al día, siempre a la misma hora, Radburn entraba con el cerdo, el pan y el agua. Casi no tenía hambre, aunque la sed seguía atormentándome. Las heridas apenas me permitían aguantar unos minutos en cualquier posición, de modo que pasaba los días y las noches sentado, o de pie, o dando vueltas muy despacio. Estaba angustiado y desanimado. Solo pensaba en mi familia, mi mujer y mis hijos. Cuando el sueño me vencía, soñaba con ellos, soñaba que estaba de nuevo en Saratoga, que veía sus rostros y oía sus voces, que me llamaban. Al despertar de las dulces fantasías del sueño a las amargas realidades que me rodeaban, solo podía gemir y llorar. Pero no me habían roto el alma. No tardé en empezar a pensar en escapar. Pensé que era imposible que los hombres fueran tan injustos como para hacerme esclavo sabiendo que decía la verdad. En cuanto Burch confirmara que no era un fugitivo de Georgia, sin duda me dejaría marchar. Aunque a menudo sospechaba de Brown y Hamilton, me costaba aceptar la idea de que estuvieran involucrados en mi encarcelamiento. Seguramente me buscarían y me liberarían de la esclavitud. Ay, en aquellos momentos no era consciente de «la crueldad del hombre hacia el hombre» ni de hasta qué punto es capaz de llegar por amor al dinero.

Unos días después, la puerta se abrió y me permitieron salir al patio, donde encontré a tres esclavos, uno de ellos, un crío de diez años, y los otros dos, jóvenes de entre veinte y veinticinco.

No tardé en intimar con ellos y en saber cómo se llamaban y los detalles de su historia.

El mayor era un hombre de color llamado Clemens Ray que había vivido en Washington, había conducido un carruaje y había trabajado en una caballeriza durante mucho tiempo. Era muy inteligente y entendía perfectamente su situación. La idea de trasladarse al sur le causaba un profundo dolor. Burch lo había comprado un par de días antes y lo había dejado allí hasta que estuviera listo para mandarlo al mercado de Nueva Orleans. Por él me enteré de que estaba en el corral de esclavos de Williams, un lugar del que nunca antes había oído hablar. Me explicó cuáles eran sus funciones. Le conté los detalles de mi infeliz historia, aunque lo único que podía ofrecerme era el consuelo de su compasión. También me aconsejó que en lo sucesivo guardara silencio sobre mi libertad, porque, conociendo el carácter de Burch, me aseguró que solo me esperaban más palizas. El siguiente en edad se llamaba John Williams y había crecido en Virginia, cerca de Washington. Burch se lo había llevado para saldar una deuda, pero no perdía la esperanza de que su amo fuera a buscarlo, esperanza que más tarde se hizo realidad. El crío era un niño muy alegre que respondía al nombre de Randall. Se pasaba casi todo el día jugando en el patio, aunque de vez en cuando lloraba, llamaba a su madre y preguntaba cuándo llegaría. La ausencia de su madre parecía ser la única y gran pena de su pequeño corazón. Era demasiado joven para darse cuenta de su situación, y cuando no tenía presente el recuerdo de su madre, nos divertía con sus alegres bromas.

Por las noches, Ray, Williams y el niño dormían en el altillo del cobertizo, mientras que a mí me encerraban en la celda. Al final nos dieron a todos mantas de esas que se ponen en los caballos, la única ropa de cama que me permitieron tener durante los siguientes doce años. Ray y Williams me hicieron un sinfín de preguntas sobre Nueva York: cómo trataban allí a la gente de color, y cómo podían tener casa y familia propias sin que nadie los molestara y los oprimiera. Y sobre todo Ray no dejaba de suspirar por la libertad. Sin embargo, manteníamos estas conversaciones cuando ni Burch ni el dueño, Radburn, podían oírnos. Aspiraciones como aquellas nos habrían llenado la espalda de latigazos.

Para ofrecer con veracidad los principales acontecimientos de la historia de mi vida y retratar la institución de la esclavitud tal como yo la he visto y la conozco es preciso hablar de lugares muy conocidos y de personas que viven en ellos. Soy, y siempre he sido, un total extraño en Washington y sus alrededores, y, aparte de Burch y Radburn, no conozco a nadie allí, salvo lo que me han contado de algunas personas mis compañeros esclavos. Si lo que voy a contar es falso, no será difícil desmentirlo.

Estuve en el corral de esclavos de Williams unas dos semanas. La noche antes de mi marcha trajeron a una mujer que lloraba amargamente y llevaba de la mano a una niña. Eran la madre de Randall y su hermanastra. Al verlas, el niño se puso como loco de contento, se colgó de su vestido, besó a la niña y dio todo tipo de muestras de alegría. También la madre lo estrechó entre sus brazos, lo abrazó con ternura, lo observó con cariño, con los ojos llenos de lágrimas, y le dijo mil palabras bonitas.

Emily, la niña, tenía siete u ocho años, era delgada y tenía un rostro de una belleza admirable. Los rizos le caían alrededor del cuello, y su aspecto era tan pulcro que parecía haber crecido en la abundancia. Era realmente una niña muy dulce. La mujer también vestía de seda, con anillos en los dedos y pendientes de oro colgándole de las orejas. Su aspecto, sus modales y su manera de hablar, correcta y decorosa, mostraban con toda evidencia que alguna vez había estado por encima del nivel habitual de un esclavo. Parecía sorprendida de encontrarse en un lugar como aquel. Estaba claro que lo que la había llevado hasta allí había sido un repentino e inesperado giro de la fortuna. Sus lamentos se quedaron suspendidos en el aire cuando la obligaron, junto con los niños y conmigo, a meterse en la celda. Las palabras solo podrían ofrecer una impresión insuficiente de las lamentaciones que no dejaba de proferir. Se tiró al suelo, rodeó a los niños con los brazos y dijo palabras tan conmovedoras como solo el amor y la bondad de una madre pueden sugerir. Los niños se acurrucaron a su lado, como si fuera el único lugar seguro en el que protegerse. Al final se quedaron dormidos con la cabeza apoyada en el regazo de su madre. Mientras dormían, ella les apartaba el pelo de la frente. Les habló durante toda la noche. Los llamaba cariño, sus queridos niños y pobres criaturas inocentes que no sabían las penas que estaban destinados a soportar. Pronto no tendrían una madre que los consolara, porque se la quitarían. ¿Qué iba a ser de ellos? Ay, no podría vivir sin su pequeña Emmy y su querido hijo. Siempre habían sido niños buenos y encantadores. Decía que Dios sabía que si se los quitaban, le romperían el corazón, aunque sabía que tenían intención de venderlos, quizá los separarían y no volverían a verse nunca más. Escuchar las lastimosas palabras de aquella desolada y angustiada madre habría bastado para fundir un corazón de piedra. Se llamaba Eliza, y esta era la historia de su vida, según me la contó después.

Era la esclava de Elisha Berry, un hombre rico que vivía cerca de Washington. Creo que me dijo que había nacido en su plantación. Unos años atrás, su amo había caído en malos hábitos y se había peleado con su mujer. De hecho, poco después de que Randall naciera se separaron. Dejó a su mujer y su hija en la casa en la que siempre habían vivido y construyó otra no muy lejos, en el mismo estado. A esa casa se llevó a Eliza y prometió emanciparla a ella y a sus hijos a condición de que viviera con él. Vivió con él nueve años, con sirvientes que la atendían y con todas las comodidades y los lujos que puede ofrecer la vida. Emily era hija de él. Al final, su joven ama, que se había quedado con su madre en la finca, se casó con el señor Jacob Brooks. Con el paso del tiempo, por alguna razón (por lo que me pareció entender de sus palabras) la propiedad se dividió sin contar con Berry. Ella y los niños pasaron a manos del señor Brooks. Durante los nueve años que había vivido con Berry, debido a la posición que se había visto obligada a ocupar, ella y Emily se habían convertido en el objeto de odio de la señora Berry y su hija. Hablaba del señor Berry como un hombre de buen corazón, que siempre le prometía que le daría la libertad y que no tenía la menor duda de que en aquellos momentos se la proporcionaría si estuviera en su mano. En cuanto pasaron a ser propiedad de su hija y a estar bajo su control, quedó muy claro que no iban a vivir juntos mucho tiempo. A la señora Brooks le resultaba odiosa la mera visión de Eliza, y tampoco soportaba ver que la niña, su hermanastra, era tan guapa.

El día que la llevaron al corral de esclavos, Brooks la trasladó a la ciudad con la excusa de que había llegado el momento de hacer sus papeles para la liberación y cumplir así la promesa de su amo. Eufórica ante la perspectiva de su inmediata libertad, se arregló, vistió a su hija con sus mejores galas, y ambas fueron con él muy contentas. Pero al llegar a la ciudad, en lugar de ser bautizada en la familia de un hombre libre, la entregaron al negrero Burch. El único papel que hicieron fue la factura de la venta. La esperanza de años se esfumó en un momento. Aquel día descendió desde la más exultante felicidad hasta la más profunda desgracia. No era extraño que llorara y llenara el corral de lamentaciones y muestras de una congoja desgarradora.

Eliza ha muerto. Río Rojo arriba, donde las aguas fluyen perezosamente por las insalubres tierras bajas de Luisiana, descansa por fin en su tumba, el único lugar donde los pobres esclavos pueden descansar. A medida que avance la historia se verá cómo se hicieron realidad todos sus temores, cómo se lamentaba día y noche sin encontrar jamás consuelo, y cómo su inmenso dolor de madre acabó rompiéndole el corazón, como había previsto.

IV

EL DOLOR DE ELIZA – LOS PREPARATIVOS PARA EMBARCAR – POR LAS CA-
LLES DE WASHINGTON – BRAVO, COLUMBIA – LA TUMBA DE WASHING-
TON – CLEM RAY – EL DESAYUNO EN EL BARCO DE VAPOR – LOS FELICES
PÁJAROS – EL RÍO AQUIA – FREDERICKSBURGH – LA LLEGADA A RICH-
MOND – GOODIN Y SU CORRAL DE ESCLAVOS – ROBERT, DE CINCINNATI –
DAVID Y SU MUJER – MARY Y LETHE – EL REGRESO DE CLEM – SU POSTE-
RIOR HUIDA A CANADÁ – EL BERGANTÍN *ORLEANS* – JAMES H. BURCH

Durante la primera noche que encarcelaron a Eliza, esta se quejaba amargamente de Jacob Brooks, el marido de su joven señora.
Me aseguraba que si hubiera sido consciente de que pretendía
engañarla, nunca habría conseguido meterla viva en aquella cárcel. Habían aprovechado una ocasión en que el amo Berry no estaba en la plantación para sacarla de la casa. Su amo siempre había
sido amable con ella. Deseaba verlo, pero sabía que ni siquiera él
podría ya rescatarla. Entonces volvía a llorar, besaba a los niños,
que estaban dormidos, y le hablaba primero a uno y después al
otro, mientras yacían sumidos en un sueño profundo con la cabeza en su regazo. Así pasó la larga noche, y cuando el sol del
nuevo día se hubo puesto y la oscuridad llegó otra vez, Eliza todavía no había encontrado consuelo y seguía lamentándose.

Hacia la medianoche, la puerta de la celda se abrió y entraron Burch y Radburn con lámparas en las manos. Burch lanzó
una maldición y nos ordenó que dobláramos las mantas de in-

mediato y que nos preparásemos para embarcar. Nos juró que nos dejaría allí si no nos dábamos prisa. Sacudió bruscamente a los niños para despertarlos y dijo que parecían dormidos como un tronco. Salió al patio, llamó a Clem Ray y le ordenó que saliera del altillo, cogiera su manta y se metiera en la celda. Cuando Clem apareció, nos colocó el uno al lado del otro y nos ató las manos con esposas, mi mano izquierda con su mano derecha. John Williams había salido de allí un par de días antes, porque su amo, para su gran alegría, había liquidado su deuda. A Clem y a mí nos ordenó que nos pusiéramos en marcha, y Eliza y los niños nos siguieron. Nos llevaron al patio, desde allí al pasillo cubierto, subimos un tramo de escalones y cruzamos una puerta lateral que daba a la sala del piso de arriba, desde donde me había llegado el sonido de pasos que iban y venían. Los únicos muebles que había eran una estufa, un par de sillas viejas y una mesa grande cubierta de papeles. Era una sala encalada, sin alfombras en el suelo, y parecía una especie de despacho. Recuerdo que me llamó la atención una espada oxidada colgada junto a una ventana. Allí estaba el baúl de Burch. Obedeciendo sus órdenes, cogí un asa con la mano que no tenía esposada, él cogió la otra y salimos a la calle por la puerta principal en el mismo orden en que habíamos salido de la celda.

La noche era oscura. Todo estaba en silencio. Veía luces, o reflejos, hacia Pennsylvania Avenue, pero no había un alma por la calle, ni siquiera un rezagado. Yo estaba casi decidido a intentar escaparme. Si no hubiera estado esposado, sin duda lo habría intentado, fueran cuales fuesen las consecuencias. Radburn iba detrás, con un gran palo en la mano y azuzando a los niños para que andaran lo más deprisa posible. Y así, esposados y en silencio, atravesamos las calles de Washington, la capital de un país cuya teoría de gobierno, según nos dicen, se apoya en la fundación del inalienable derecho a la vida, la LIBERTAD y la búsqueda de la felicidad. ¡Bravo! ¡Columbia, una tierra feliz, por supuesto!

Nada más llegar al barco de vapor nos metieron en la bodega, entre barriles y cajas de carga. Un sirviente de color trajo una lámpara, sonó la sirena, y el barco no tardó en empezar a bajar el Potomac llevándonos no sabíamos adónde. Sonó la sirena al pasar por la tumba de Washington. Burch, desde luego, se quitó el sombrero y se inclinó reverentemente ante las sagradas cenizas del hombre que dedicó su ilustre vida a la libertad de su país.

Aquella noche ninguno de nosotros durmió, aparte de Randall y la pequeña Emmy. Por primera vez, Clem Ray pareció totalmente derrotado. Para él, la idea de ir al sur no podía ser más terrible. Dejaba atrás a sus amigos y conocidos de juventud, lo más querido y valioso para él, con toda probabilidad para no volver. Él y Eliza mezclaron sus lágrimas y se lamentaron de su cruel destino. Por mi parte, por difícil que me resultara, me empeñaba en mantener la entereza. Pensaba en cientos de planes para escaparme y estaba plenamente decidido a intentarlo a la primera oportunidad desesperada que se me ofreciera. Sin embargo, en aquellos momentos ya había llegado a la conclusión de que lo mejor era no volver a mencionar el tema de que había nacido libre. Solo habría servido para exponerme al maltrato y reducir las posibilidades de liberarme.

Por la mañana, después del amanecer, nos llamaron a la cubierta para desayunar. Burch nos quitó las esposas y nos sentamos a una mesa. Le preguntó a Eliza si quería un trago. Eliza lo rechazó y le dio las gracias amablemente. Mientras comíamos, nos mantuvimos todos en silencio, sin cruzar una sola palabra entre nosotros. Una mujer mulata que servía la mesa se interesó por nosotros y nos dijo que alegráramos el ánimo, que no estuviéramos tan cabizbajos. Al terminar el desayuno, Burch volvió a ponernos las esposas y nos ordenó que fuéramos a la cubierta de popa. Nos sentamos juntos en unas cajas, todavía sin decir una palabra, puesto que Burch estaba presente. De vez en cuando un pasajero se acercaba hasta donde estábamos, nos miraba un momento y se marchaba en silencio.

Era una mañana muy agradable. Los campos a ambos lados del río estaban verdes, mucho antes de lo que siempre había visto en aquella época del año. El sol brillaba con fuerza y los pájaros cantaban en los árboles. Envidiaba a los felices pájaros. Deseaba tener alas como ellos, surcar el aire hasta las frías regiones del norte, donde mis polluelos esperaban en vano que su padre volviera.

A media mañana el barco de vapor llegó al río Aquia, donde los pasajeros tomaron diligencias. Burch y sus cinco esclavos ocupamos una para nosotros solos. Burch se reía con los niños, y en una parada incluso llegó a comprarles un pan de jengibre. Me dijo que levantara la cabeza y que mostrara un aspecto inteligente. Que si me comportaba, quizá conseguiría un buen amo. No le contesté. Su rostro me resultaba odioso y no soportaba mirarlo. Me senté en un rincón acariciando la esperanza, todavía viva, de encontrarme algún día con aquel tirano en el estado en el que nací.

En Fredericksburgh pasamos de la diligencia a un coche de caballos, y antes de que hubiera anochecido llegamos a Richmond, la capital de Virginia. Bajamos del coche y nos llevaron a pie a un corral de esclavos, entre la estación de tren y el río, gestionada por un tal señor Goodin. Era una cárcel similar a la de Williams, en Washington, solo que algo más grande, y además, en dos esquinas opuestas del patio, había dos casetas. Estas casetas, habituales en los patios de esclavos, se utilizan para que los compradores examinen a los esclavos antes de cerrar el negocio. Los esclavos enfermos, exactamente igual que los caballos, tienen menos valor. Si no le ofrecen garantías, es muy importante que el que va a comprar un negro lo examine con todo detalle.

En la puerta del patio nos recibió Goodin en persona, un hombre bajito, gordo, de cara redonda y rechoncha, pelo y bigote negros, y una piel tan oscura como la de algunos de sus esclavos. Su mirada era dura y severa, y debía de tener unos cincuenta años. Burch y él se saludaron con gran cordialidad; sin duda, eran viejos amigos. Mientras se estrechaban la mano con calidez, Burch comentó que no había llegado solo y preguntó a qué hora zarpaba el barco. Goodin le contestó que seguramente zarparía al día siguiente a la misma hora. Luego se volvió hacia mí, me agarró del brazo, me dio media vuelta y me observó con atención, como si se considerara a sí mismo un experto tasador de bienes y calculara mentalmente cuánto podría pedir por mí.

—Bueno, chico, ¿de dónde vienes?

Por un momento me olvidé de mí mismo y le contesté:

—De Nueva York.

—¡Nueva York! ¡Vaya! ¿Qué hacías allí? —me preguntó asombrado.

En aquel momento miré a Burch, que me observaba con una expresión de enfado que no resultaba difícil entender lo que significaba, de modo que de inmediato respondí:

—Nada, solo pasé allí una temporada.

Mi tono pretendía dar a entender que, aunque había llegado hasta Nueva York, no era de aquel estado libre ni de ningún otro.

Entonces Goodin se volvió hacia Clem, y luego hacia Eliza y los niños, a los que examinó uno a uno y les hizo varias preguntas. Le gustó Emily, como le sucedía a todo el que veía el dulce rostro de la niña. No iba tan arreglada como la primera vez que la vi y llevaba el pelo algo enmarañado, pero entre su despeinada y suave melena todavía brillaba una carita de una belleza incomparable.

—En total tenemos una buena remesa..., una remesa endemoniadamente buena —dijo reforzando su opinión con más de uno de esos adjetivos enfáticos que no forman parte del vocabulario cristiano.

Acto seguido entramos al patio. Había una buena cantidad de esclavos, diría que por lo menos treinta, andando de un lado para otro o sentados en bancos debajo del cobertizo. Todos llevaban ropa limpia, los hombres un sombrero y las mujeres un pañuelo en la cabeza.

Burch y Goodin se apartaron de nosotros, subieron los escalones de la parte trasera del edificio principal y se sentaron en el bordillo de la puerta. Empezaron a hablar, pero no pude oír de qué. Al momento Burch bajó al patio, me quitó las esposas y me llevó a una de las casetas.

—Le has dicho a ese hombre que eres de Nueva York —me dijo.

—Le he dicho que venía de Nueva York, estoy seguro, pero no que era de allí ni que era libre —le respondí—. No pretendía perjudicarle, amo Burch. Aunque lo hubiera pensado, no lo habría dicho.

Me observó un momento como si fuera a matarme, se dio media vuelta y se marchó. Volvió a los pocos minutos.

—Si te oigo decir una sola palabra sobre Nueva York o sobre tu libertad, me ocuparé de acabar contigo. Te mataré, cuenta con ello —me soltó en tono violento.

Estoy convencido de que era mucho más consciente que yo del peligro y del castigo que acarreaba vender a un hombre libre como esclavo. Sintió la necesidad de cerrarme la boca respecto al delito que sabía que estaba cometiendo. Por supuesto, mi vida no habría valido nada si en caso de emergencia se hubiera visto obligado a sacrificarla. No cabe duda alguna de que hablaba en serio.

Bajo el cobertizo de un lado del patio había una tosca mesa, y en la parte de arriba estaban los altillos para dormir, exactamente igual que en el corral de esclavos de Washington. Después de sentarme a aquella mesa a cenar cerdo y pan, me esposaron a un robusto oriental, bastante corpulento y con expresión de la más absoluta melancolía. Era un hombre inteligente y bien informado. Al estar unidos por las esposas, no tardamos en ponernos al corriente de nuestras respectivas historias. Se llamaba Robert. También él había nacido libre, y tenía mujer y dos hijos en Cincinnati. Me contó que había llegado al sur con dos hombres que lo habían contratado en la ciudad donde residía. Como no disponía de papeles de libertad, en Fredericksburgh lo capturaron, lo encerraron y lo golpearon hasta que, como yo, entendió que lo mejor que podía hacer era mantenerse en silencio. Llevaba unas tres semanas en la cárcel de Goodin. Le cogí mucho cariño a este hombre. Nos compadecíamos y nos entendíamos mutuamente. Unos días después vi, con lágrimas en los ojos y gran dolor en el corazón, su cuerpo sin vida por última vez.

Robert y yo, junto con Clem, Eliza y sus hijos, dormimos aquella noche encima de nuestras mantas, en una caseta del patio. Durmieron con nosotros cuatro personas más, todas de la misma plantación, que habían vendido y se dirigían hacia el sur. David y su mujer, Caroline, ambos mulatos, estaban tremendamente afectados. Temían la perspectiva de que los llevaran a campos de caña y algodón, pero su mayor causa de ansiedad era el miedo a que los separaran. Mary, una chica alta y ágil, negra como el azabache, se mostraba apática e indiferente. Como muchos de su clase, apenas sabía lo que significaba la palabra libertad. Había crecido en la ignorancia, como un animal, de modo que su inteligencia superaba por muy poco a la de una bestia. Era una de esas personas, y hay muchas, que solo temen el látigo de su amo y solo conocen la obligación de obedecer todas sus órdenes. La otra era Lethe, con un carácter totalmente diferente. Tenía el pelo largo y liso, y parecía más una india que una negra. Sus ojos eran penetrantes y maliciosos, y en todo momento recurría a expresiones de odio y venganza. Habían vendido a su marido. No sabía dónde estaba. Estaba segura de que cambiar de amo no podría ser peor que seguir con el anterior. No le importaba adónde la llevaran. La desesperada criatura se señalaba las cicatrices de la cara ¡y aseguraba que llegaría el día en que se las borraría con sangre humana!

Mientras cada uno contaba la historia de sus desgracias, Eliza se quedó sentada sola en un rincón, cantando canciones religiosas y rezando por sus niños. Yo estaba tan agotado por la falta de sueño que no pude resistir demasiado tiempo a los avances de aquella «dulce voz apaciguadora», así que me tumbé en el suelo al lado de Robert, olvidé mis problemas y dormí hasta el amanecer.

Por la mañana, después de haber barrido el patio y de habernos aseado, bajo la estrecha vigilancia de Goodin, nos ordenaron que doblásemos las mantas y nos preparásemos para seguir nuestro camino. A Clem Ray lo informaron de que no iría con nosotros, ya que, por alguna razón, Burch había decidido llevárselo de vuelta a Washington. Se alegró muchísimo. Nos estrechamos la mano, nos separamos en el corral de esclavos de Richmond y desde entonces no he vuelto a verlo. Pero, para mi sorpresa, al volver me enteré de que había conseguido escaparse, y de camino a Canadá, territorio libre, había pasado una noche en Saratoga, en casa de mi cuñado, y había informado a mi familia de dónde y en qué condiciones se había despedido de mí.

Por la tarde nos colocaron en fila de dos en dos, Robert y yo delante, y en este orden Burch y Goodin nos sacaron del patio y nos guiaron por las calles de Richmond hasta el bergantín *Orleans*. Era un barco de tamaño considerable, perfectamente equipado y cargado sobre todo con tabaco. Hacia las cinco de la tarde estábamos todos a bordo. Burch nos dio una taza de hojalata y una cuchara a cada uno. En el bergantín embarcamos cuarenta esclavos, todos menos Clem, que se había quedado en la cárcel.

Empecé a grabar las iniciales de mi nombre en la taza con una pequeña navaja que no me habían quitado. Los demás enseguida acudieron en tropel para que se las grabara también. Poco a poco los complací a todos, y no parecieron olvidarlo.

Por la noche nos metieron a todos en la bodega y cerraron la trampilla. Nos tumbamos encima de cajas o en el suelo, donde hubiera sitio para extender la manta.

Burch no siguió con nosotros después de Richmond, sino que volvió a la capital con Clem. Tuvieron que pasar casi doce años, es decir, hasta el pasado mes de enero, hasta que mis ojos volvieran a ver su rostro en la comisaría de Washington.

James H. Burch era un negrero que compraba a hombres, mujeres y niños a bajo precio y los vendía sacando grandes beneficios. Especulaba con carne humana, una profesión nada respetable, aunque muy bien considerada en el sur. De momento desaparece de las escenas del relato, pero volverá a aparecer antes de que termine, no en el papel de tirano que azota a esclavos, sino como un rastrero delincuente ante un tribunal que no hizo justicia con él.

V

Cuando ya habíamos embarcado todos, el bergantín *Orleans* empezó a descender por el río James. Pasamos junto a la bahía de Chesapeake y al día siguiente llegamos a la ciudad de Norfolk. Mientras estábamos anclados, una barcaza procedente de la ciudad se acercó a nosotros y nos dejó a cuatro esclavos más. Frederick, un chico de dieciocho años, que ya había nacido esclavo, al igual que Henry, unos años mayor. Ambos se habían criado en la ciudad y se habían dedicado a realizar labores domésticas. Maria era una chica de color bastante elegante, de modales impecables, pero ignorante y sumamente superficial. Le gustaba la idea de ir a Nueva Orleans y tenía una elevada y extravagante opinión de sus atractivos personales. Les dijo a sus compañeros, en tono altivo, que no tenía la menor duda de que en cuanto llegáramos a Nueva Orleans algún rico soltero y con buen gusto la compraría.

Pero el más destacable de los cuatro era un hombre llamado Arthur. Mientras la barcaza se acercaba, forcejeaba tenazmente con sus guardianes, que tuvieron que emplear todas sus fuerzas para arrastrarlo al bergantín. Protestaba a gritos por el trato que estaba recibiendo y exigía que lo liberasen. Tenía la cara hinchada, llena de heridas y moratones, y parte de ella en carne viva. Lo metieron a toda prisa en la bodega por la escotilla. Me enteré de su historia a grandes rasgos mientras se peleaba con sus guardianes, pero poco después me la contó él mismo con detalle, y era la siguiente: llevaba mucho tiempo viviendo en Norfolk y era un hombre libre. Su familia también vivía en esta ciudad, y él se dedicaba a la albañilería. Una noche en que se había retrasado, cosa poco frecuente en él, volvía a su casa situada en las afueras de la ciudad, cuando en una calle poco transitada lo atacó un grupo de personas. Peleó hasta quedarse sin fuerzas. Al final, vencido, lo amordazaron, lo ataron con cuerdas y lo golpearon hasta que perdió completamente el conocimiento. Durante unos días lo escondieron en el corral de esclavos de Norfolk, al parecer un lugar muy conocido en las ciudades del sur. La noche anterior lo habían sacado y trasladado a la barcaza, que había esperado nuestra llegada a cierta distancia de la costa. Durante un tiempo siguió protestando y no hubo manera de hacerlo callar, pero finalmente terminó guardando silencio. Se quedó en un estado triste y pensativo, como si estuviera planteándose qué hacer. En la expresión determinada de aquel hombre había algo que sugería la desesperación.

Tras nuestra marcha de Norfolk nos quitaron las esposas y durante el día nos permitían quedarnos en cubierta. El capitán eligió a Robert como su camarero, y a mí me destinaron a supervisar el departamento de cocina y la distribución de comida y agua. Tenía tres ayudantes: Jim, Cuffee y Jenny. Jenny se ocupaba de preparar el café, que consistía en harina de maíz chamuscada en un bote, hervida y endulzada con melaza. Jim y Cuffee hacían las tortitas y cocían el beicon.

De pie frente a una mesa, formada por un gran tablón apoyado en barriles, corté y serví a cada uno un trozo de carne, una tortita de maíz y también una taza de café del bote de Jenny. Aunque servíamos la comida en platos, nuestros oscuros dedos sustituían a los tenedores y los cuchillos. Jim y Cuffee eran muy prudentes y prestaban atención a lo que hacían, porque de alguna manera se sentían halagados por su cargo de ayudantes de cocina y sin duda consideraban que cargaban con una gran responsabilidad. A mí me llamaban el mayordomo, nombre con que me apodó el capitán.

Daban de comer a los esclavos dos veces al día, a las diez de la mañana y a las cinco de tarde, y siempre recibían el mismo tipo de comida, la misma cantidad y de la misma manera que he descrito anteriormente. Por la noche nos metían en la bodega y cerraban la trampilla.

Apenas habíamos dejado de avistar tierra cuando nos sorprendió una terrible tormenta. El bergantín se inclinaba tanto de un lado a otro que realmente temíamos que se hundiera. Algunos se mareaban, otros se arrodillaban a rezar y otros se agarraban entre sí, paralizados por el miedo. Los mareos convirtieron el espacio en el que estábamos confinados en un lugar asqueroso y repugnante. A la mayoría de nosotros nos habría gustado —y habría evitado la agonía de cientos de latigazos, y en último término de lamentables muertes— que aquel día el compasivo mar nos hubiera arrancado de las garras de aquellos despiadados. La idea de Randall y la pequeña Emmy hundiéndose entre los monstruos de las profundidades marinas es una imagen mucho más grata que pensar en ellos como están ahora, quizá llevando una vida de trabajo duro y no remunerado.

Cuando avistamos los bancos de Bahamas, en un lugar llamado cayo Brújula o el Agujero del Muro, la tormenta amainó durante tres días. Apenas circulaba una brizna de aire. Las aguas del golfo ofrecían un aspecto extrañamente blanquecino, como agua con cal.

A estas alturas de mi historia relataré algo que sucedió y que no puedo evitar recordar con cierta sensación de arrepentimiento. Doy gracias a Dios, que me ha permitido escapar de las cadenas de la esclavitud, porque, gracias a su misericordiosa intercesión, evité mancharme las manos con la sangre de sus criaturas. Espero que los que nunca han estado en circunstancias similares a las mías no me juzguen con excesiva severidad. Mientras no los hayan encadenado y golpeado, mientras no se encuentren en la situación en la que yo he estado, arrancado de mi casa y mi familia y arrastrado hasta una tierra de esclavos, que se abstengan de decir lo que nunca harían por la libertad. No es necesario ahora especular hasta qué punto, tanto para Dios como para los hombres, habría tenido razones más que justificadas. Baste con decir que puedo felicitarme por el inofensivo final de una cuestión que durante un tiempo amenazó con concluir en graves resultados.

Al caer la tarde del primer día que hubo calma, Arthur y yo nos sentamos en la proa, junto al molinete, y nos pusimos a charlar sobre el destino que probablemente nos esperaba y a lamentarnos de nuestras desgracias. Arthur decía, y yo estaba de acuerdo con él, que la muerte era mucho menos terrible que las perspectivas de vida que teníamos ante nosotros. Hablamos mucho rato de nuestros hijos, de nuestra vida pasada y de las posibilidades de escapar. Uno de nosotros propuso que nos apoderáramos del bergantín. Contemplamos la posibilidad, si lo hacíamos, de llegar al puerto de Nueva York. Yo sabía poco de brújulas, pero consideramos la idea de arriesgarnos a intentarlo. Sopesamos los pros y los contras de enfrentarnos a la tripulación. Hablamos una y otra vez sobre las personas en quienes podíamos confiar y en las que no, y de la hora y la forma adecuadas para llevar a cabo el ataque. Empecé a albergar esperanzas en cuanto surgió la propuesta. No dejaba de darle vueltas al asunto. Cuanto mayores eran las dificultades, más nos aferrábamos a la idea de que podíamos conseguirlo. Mientras los demás dormían, Arthur y yo madurábamos nuestros planes. Al final, con suma precaución, pusimos al corriente de nuestras intenciones a Robert, quien las aprobó de inmediato y se sumó a la conspiración con gran entusiasmo. No nos atrevíamos a confiar en ningún otro esclavo. Como han crecido entre el miedo y la ignorancia, se rebajan ante la mirada de un blanco hasta extremos inimaginables. No era seguro confiar tan audaz secreto a ninguno de ellos, y al final los tres decidimos asumir nosotros solos la temeraria responsabilidad de intentarlo.

Por la noche, como he dicho, nos metían en la bodega y cerraban la trampilla. La primera dificultad que se nos presentaba era cómo llegar a la cubierta. Sin embargo, cuando estábamos sentados en la proa del barco había observado una barca colocada boca abajo. Se me ocurrió que si nos escondíamos ahí, no nos echarían en falta por la noche cuando metieran a todos los esclavos en la bodega. Me eligieron a mí para hacer la prueba y asegurarnos de que era viable. Así que a la noche siguiente, después de cenar, esperé una oportunidad y corrí a ocultarme debajo de la barca. Pegando la cara a la cubierta veía lo que sucedía a mi alrededor, pero, en cambio, nadie me podía ver a mí. Por la mañana, cuando los esclavos subieron de la bodega, me deslicé de mi escondite sin que nadie se diera cuenta. El resultado fue totalmente satisfactorio.

El capitán y el oficial dormían en el camarote del primero. Gracias a que Robert, como camarero, había tenido muchas ocasiones de ver aquella cabina, determinamos la posición exacta de las dos literas. Nos informó, además, de que en la mesa había siempre dos pistolas y un machete. El cocinero de la tripulación dormía en cubierta, en la cocina, en una especie de vehículo sobre ruedas que podía moverse según fuera necesario, mientras que los marineros, que eran solo seis, dormían en los camarotes de proa o en hamacas colgadas entre las jarcias.

Terminamos por fin con los preparativos. Arthur y yo nos colaríamos sin hacer ruido en el camarote del capitán, nos apoderaríamos de las pistolas y el machete, y eliminaríamos lo más rápido posible tanto al capitán como al oficial. Robert se quedaría en la puerta de la cubierta por la que había que pasar para llegar al camarote con un palo y, en caso de necesidad, mantendría a raya a los marineros hasta que pudiéramos correr a ayudarlo. Entonces procederíamos como exigieran las circunstancias. Si el ataque era tan rápido y exitoso como para que no encontrásemos resistencia, la trampilla se quedaría cerrada. En caso contrario, haríamos subir a los esclavos, y entre la multitud, las prisas y la confusión, estábamos decididos a recuperar nuestra libertad o a perder la vida. Yo tendría que asumir el puesto de piloto, para el que apenas estaba preparado, virar hacia el norte y confiar en que algún viento bondadoso nos llevara a la tierra de la libertad.

El oficial se llamaba Biddee, y el capitán, ahora no lo recuerdo, aunque rara vez olvido un nombre. El capitán era bajito, elegante, muy erguido y rápido, de porte orgulloso. Parecía la personificación del valor. Si sigue vivo y estas páginas llegan a sus manos, se enterará de un episodio de un viaje de'l bergantín de Richmond a Nueva Orleans en 1841 que no aparece en su cuaderno de bitácora.

Estábamos preparados y esperando impacientes la oportunidad de poner en práctica nuestros planes cuando un triste e imprevisto acontecimiento los frustró. Robert cayó enfermo. No tardaron en comunicarnos que había cogido la viruela. Se puso cada vez peor y, cuatro días antes de que llegásemos a Nueva Orleans, murió. Un marinero lo envolvió en su manta, con una gran piedra de lastre en los pies, lo amarró, lo colocó en una trampilla que elevó con jarcias por encima de la barandilla y lanzó el cuerpo sin vida del pobre Robert a las blanquecinas aguas del golfo.

El brote de viruela nos aterrorizó a todos. El capitán ordenó que esparcieran cal por la bodega y que se tomaran todas las precauciones necesarias para evitar el contagio. La muerte de Robert y la presencia de la enfermedad me entristecieron tanto que no podía por más que contemplar la gran extensión de agua totalmente desconsolado.

Una o dos noches después de la muerte de Robert estaba apoyado en la escotilla, junto a los camarotes de proa, pensando en mis cosas con gran desánimo, cuando un marinero me preguntó amablemente por qué estaba tan abatido. El tono y las maneras de aquel hombre me tranquilizaron, de modo que le contesté que era libre y me habían secuestrado. Me comentó que era razón suficiente para que cualquiera se sintiera decaído y siguió realizándome preguntas hasta que estuvo al corriente de los detalles de mi historia. Era evidente que se había interesado por mí, y, con la forma de hablar directa de un marinero, me juró que haría cuanto estuviera en su mano para ayudarme, aunque lo molieran a palos. Le pedí que me trajera una pluma, tinta y papel para escribir a unos amigos. Me prometió conseguirlo, aunque yo me preguntaba cómo iba a utilizarlo sin que me descubrieran. Si lograba meterme en los camarotes de proa cuando él hubiera terminado su turno, mientras los demás marineros dormían, quizá lo lograría. Al momento me vino a la mente la barca. El marinero creía que estábamos cerca de Baliza, en la desembocadura del Mississippi, así que no podía tardar en escribir la carta si no quería perder la oportunidad. Por tanto, tal como habíamos planeado, la noche siguiente logré esconderme de nuevo bajo la barca. Su turno terminó a las doce. Entonces lo vi entrar en los camarotes de proa, y aproximadamente una hora después seguí sus pasos. Estaba cabeceando sobre una mesa, medio dormido. En la mesa titilaba pálidamente una lámpara y había además una pluma y una hoja de papel. En cuanto entré, se incorporó, me indicó con un gesto que me sentara a su lado y señaló la hoja de papel. Dirigí la carta a Henry B. Northup, de Sandy Hill, explicándole que me habían secuestrado, que estaba a bordo del bergantín *Orleans*, rumbo a Nueva Orleans, y que me era imposible adivinar mi destino final. Le pedí que tomara medidas para rescatarme. Sellé la carta, y Manning, que la había leído, me prometió depositarla en la oficina de correos de Nueva Orleans. Volví a esconderme a toda prisa bajo la barca y, por la mañana, cuando los esclavos subieron a cubierta y estaban deambulando por allí, salí sin que nadie se diera cuenta y me mezclé entre ellos.

Mi buen amigo, que se llamaba John Manning, había nacido en Inglaterra y era el marinero más noble y generoso que ha pisado una cubierta jamás. Había vivido en Boston. Era un hombre alto, corpulento, de unos veinticuatro años de edad y tenía la cara picada de viruelas, aunque su expresión irradiaba bondad.

Nada alteró la monotonía de la vida diaria hasta que llegamos a Nueva Orleans. Al alcanzar el muelle, antes de que hubieran amarrado el barco, vi a Manning saltando a tierra y corriendo hacia la ciudad. Mientras se ponía en camino dio media vuelta y me lanzó una mirada cómplice para que entendiera adónde iba. Al rato volvió y, al pasar junto a mí, me dio un ligero codazo y me guiñó un ojo, como diciéndome que todo había ido bien.

Tiempo después me enteré de que la carta llegó a Sandy Hill. El señor Northup se desplazó a Albany y se la mostró al gobernador Seward, pero, al no ofrecer información definitiva sobre el lugar en el que podía estar, en aquellos momentos no se juzgó aconsejable decretar medidas para que se me liberara. Se decidió aplazarlas con la esperanza de recabar información sobre mi paradero.

Aquel día presencié una feliz y conmovedora escena nada más llegar al muelle. Mientras Manning bajaba del bergantín camino a la oficina de correos, llegaron dos hombres y llamaron a gritos a Arthur, que, al reconocerlos, se volvió loco de contento. Poco faltó para que saltara del barco. Y, poco después, cuando se reunieron por fin, les dio un larguísimo apretón de manos. Eran de Norfolk y habían llegado a Nueva Orleans para rescatarlo. Lo informaron de que sus secuestradores habían sido arrestados y encerrados en la cárcel de Norfolk. Hablaron un momento con el capitán y luego se marcharon con el feliz Arthur.

Pero entre la multitud que se apiñaba en el muelle no había nadie que me conociera y se preocupara por mí. Nadie. Ninguna voz conocida me dio la bienvenida y no había ni una sola cara que hubiera visto alguna vez. Arthur no tardaría en reunirse con su familia y en tener la satisfacción de vengarse del daño que le habían hecho, pero ¿llegaría yo a volver a ver a mi familia? Estaba sumamente desolado, desesperado y apesadumbrado por no haber acabado también yo, como Robert, en el fondo del mar.

No tardaron en llegar a bordo comerciantes de esclavos y consignatarios. Uno de ellos, un hombre alto, de rostro alargado, delgado y algo encorvado, se presentó con un papel en la mano. Se le asignó el grupo de Burch, formado por mí mismo, Eliza y sus hijos, Harry, Lethe y algunos otros que se unieron a nosotros en Richmond. Este caballero era el señor Theophilus Freeman. Echó un vistazo al papel y llamó a un tal Platt. Nadie contestó. Lo repitió varias veces, pero siguió sin recibir respuesta. Luego llamó a Lethe, Eliza y Harry, hasta que terminó la lista. Cada uno daba un paso adelante cuando decía su nombre.

—Capitán, ¿dónde está Platt? —preguntó Theophilus Freeman.

El capitán no supo qué decirle, puesto que nadie en el barco respondía a aquel apellido.

—¿Quién embarcó a este negro? —volvió a preguntar al capitán señalándome a mí.

—Burch —le contestó el capitán.

—Te apellidas Platt. Coincides con mi descripción. ¿Por qué no das un paso adelante? —me preguntó, enfadado.

Lo informé de que ese no era mi apellido, que jamás me había llamado así, pero que no habría tenido inconveniente si lo hubiera sabido.

—Bien, ya te enseñaré yo cómo te llamas —me dijo—, y así seguro que no se te olvida, por todos los... —añadió.

El señor Theophilus Freeman, por cierto, no iba a la zaga de su socio, Burch, en materia de blasfemias. En el barco me habían llamado «el mayordomo», y era la primera vez que oía a alguien llamarme Platt, el apellido que Burch había dado a su consignatario. Desde el barco veía el grupo de prisioneros encadenados trabajando en el dique. Pasamos junto a ellos mientras nos llevaban al corral de esclavos de Freeman, una cárcel muy similar a la de Goodin, en Richmond, salvo que el patio no estaba rodeado de un muro de ladrillos, sino de tablones en posición vertical y con el extremo puntiagudo.

En aquella cárcel había como mínimo cincuenta esclavos, incluyéndonos a nosotros. Dejamos las mantas en una caseta del patio, nos llamaron para comer y nos permitieron pasear por el cercado hasta la noche, momento en que nos envolvimos en las mantas y nos tumbamos bajo el cobertizo, o en el altillo, o el patio, como cada uno prefiriera.

Aquella noche apenas pegué ojo. No podía dejar de pensar. ¿Era posible que estuviera a miles de millas de mi casa, que me hubieran llevado por las calles como a un animalucho, que me hubieran encadenado y pegado sin piedad, que incluso formara parte de una manada de esclavos? ¿Era de verdad real lo acontecido durante aquellas últimas semanas? ¿O sencillamente estaba pasando por las lúgubres fases de un largo sueño sin fin? No era una ilusión. Mi vaso de dolor estaba a punto de derramarse. Entonces alcé las manos hacia Dios y, en la penumbra de la noche, rodeado de mis compañeros, que dormían, pedí piedad para el pobre y abandonado cautivo. Al Padre Todopoderoso de todos nosotros —los libres y los esclavos— le vertí las súplicas de un espíritu destrozado y le imploré fuerzas para sobrellevar la carga de mis problemas hasta que la luz de la mañana despertó a los que dormían y trajo consigo otro nuevo día de esclavitud.

VI

El amabilísimo y piadoso señor Theophilus Freeman, socio o consignatario de James H. Burch y dueño del corral de esclavos de Nueva Orleans, se presentó por la mañana temprano ante sus animales. Con alguna patada a los hombres y las mujeres más mayores, y un agudo chasquido del látigo junto al oído de los más jóvenes, los esclavos no tardaron en despertarse de golpe y levantarse. El señor Theophilus Freeman se afanaba en preparar la finca para la venta, sin duda con la intención de hacer aquel día un negocio redondo.

Lo primero que nos pidió fue que nos lavásemos a conciencia y que los que llevaran barba se la afeitaran. Luego nos dio un traje nuevo a cada uno, barato pero limpio. Los hombres se pusieron sombrero, abrigo, camisa, pantalones y zapatos. Las mujeres, un vestido de calicó y un pañuelo en la cabeza. Nos llevó después a una gran sala en la parte delantera del edificio, unida al patio, para prepararnos antes de que llegaran los clientes. Los hombres se situaron a un lado de la sala, y las mujeres, al otro. Colocó al más alto el primero de la fila, acto seguido al siguiente, y así sucesivamente, por orden de altura. Emily quedó al final de la fila de las mujeres. Freeman nos ordenó que recordásemos nuestra posición y nos pidió encarecidamente —unas veces en tono amenazante y otras esgrimiendo diversos incentivos— que mostrásemos un aspecto elegante y animado. A lo largo del día nos adiestró en el arte de «parecer elegantes» y de volver a nuestro sitio con exacta precisión.

Por la tarde, después de comer, nos colocó de nuevo en fila y nos hizo bailar. Bob, un chico de color que pertenecía a Freeman desde hacía un tiempo, tocaba el violín. Me acerqué a él y me atreví a preguntarle si conocía la canción «Virginia Reel». Me contestó que no y me preguntó si yo sabía tocar. Al responderle afirmativamente, me pasó el violín. Toqué la canción hasta el final. Freeman me ordenó que siguiera tocando y pareció muy complacido. Le dijo a Bob que tocaba mucho mejor que él, observación que entristeció mucho a mi compañero músico.

Al día siguiente llamaron muchos clientes para echar un vistazo a la «nueva remesa» de Freeman, que, más hablador que nunca, no perdía ocasión de comentar nuestros puntos fuertes y nuestras cualidades. Nos hacía levantar la cabeza y andar a toda prisa de un lado a otro, y los clientes nos tocaban las manos, los brazos y el cuerpo, nos daban media vuelta, nos preguntaban qué sabíamos hacer, nos pedían que abriéramos la boca y les mostrásemos los dientes, exactamente igual que un jinete que examina un caballo que quiere comprar o intercambiar por otro. De vez en cuando se llevaban a un hombre o una mujer a la caseta del patio, lo desnudaban y lo inspeccionaban con más detenimiento aún. Las cicatrices en la espalda de un esclavo se consideraban indicio de que era rebelde e incontrolable, lo que dificultaba su venta.

Un señor mayor, que dijo que buscaba a un conductor de carruajes, pareció encapricharse de mí. Por su conversación con

Freeman me enteré de que vivía en la ciudad. Deseaba que me comprara, porque pensaba que no me resultaría difícil escapar de Nueva Orleans en algún barco con rumbo al norte. Freeman le pidió mil quinientos dólares. El anciano insistió en que era demasiado, porque los tiempos eran duros, pero Freeman le aseguró que yo estaba en perfecto estado y sano, que era de buena constitución e inteligente. Además, insistió en mi talento musical. El caballero replicó hábilmente que no veía nada del otro mundo en aquel negro y, al final, para mi desgracia, se marchó diciendo que ya volvería. No obstante, aquel día se cerraron bastantes ventas. El dueño de una plantación compró a David y Caroline, que se marcharon con una amplia sonrisa y muy animados por el hecho de que no los hubieran separado. A Lethe la vendieron al dueño de una plantación de Baton Rouge y se la llevaron con los ojos llenos de ira.

Este mismo comprador se quedó también con Randall. Obligaron al pequeño a saltar, correr y alguna otra cosa para mostrar que era activo y estaba en buenas condiciones. Mientras negociaban, Eliza lloraba ruidosamente y se retorcía las manos. Suplicó al hombre que no lo comprara, a menos que se quedara también con Emily y con ella. Le prometió que, en ese caso, sería la esclava más fiel del mundo. El hombre le contestó que no podía permitírselo, y entonces a Eliza le dieron espasmos de dolor y lloró lastimeramente. Freeman se volvió hacia ella con gesto salvaje, levantó la mano que empuñaba el látigo y le ordenó que dejara de hacer ruido si no quería que la azotara. No quería más quejas ni lloriqueos, y si no se callaba de inmediato, la llevaría al patio y le daría cien latigazos. Sí, le quitaría la tontería en el acto..., si no, maldita sea... Eliza se encogió ante él y trató de enjugarse las lágrimas, pero fue en vano. Le dijo que quería estar con sus hijos el poco tiempo que le quedara de vida. Ni las malas caras ni las amenazas de Freeman lograron silenciar del todo a la afligida madre. Siguió implorándoles y suplicándoles con gran dolor que no los separaran. Les dijo una y otra vez lo mucho que quería a su hijo. Una y mil veces repitió sus promesas: que sería fiel y obediente, y que trabajaría duro día y noche, hasta el último segundo de su vida si los compraba a los tres. Pero fue inútil, porque el hombre no podía permitírselo. Finalmente llegaron a un acuerdo, y Randall tuvo que marcharse solo. Entonces Eliza corrió hacia él, lo abrazó apasionadamente, lo besó una y otra vez, y le pidió que no la olvidara mientras las lágrimas se deslizaban por el rostro del niño como gotas de lluvia.

Freeman la insultó, la llamó llorica y zorra gritona, y le ordenó que volviera a su sitio y se comportara como una persona decente. Le juró que no aguantaría aquel espectáculo ni un minuto más, que iba a darle razones para llorar si no se andaba con cuidado, que dependía de ella.

El dueño de la plantación de Baton Rouge estaba listo para marcharse con sus nuevas adquisiciones.

—No llores, mamá. Seré bueno. No llores —dijo Randall, volviéndose, mientras salía por la puerta.

Solo Dios sabe qué ha sido del chico. Sin duda, fue una escena triste. Yo mismo habría llorado si me hubiera atrevido.

Aquella noche, casi todos los que habíamos llegado en el bergantín *Orleans* caímos enfermos. Sentíamos fuertes dolores de cabeza y de espalda. La pequeña Emily no dejaba de llorar, cosa rara en ella. Por la mañana llamaron a un médico, pero no supo determinar la naturaleza de nuestros dolores. Mientras me examinaba a mí y me preguntaba por los síntomas, le dije que creía que se trataba de un brote de viruela, y le comenté que lo creía porque Robert había muerto a consecuencia de esta enfermedad. El médico pensó que efectivamente podía ser viruela y decidió llamar al médico jefe del hospital. Al rato llegó el doctor Carr, un hombre bajito y de pelo claro. Dictaminó que era viruela, lo que disparó la alarma en todo el patio. Poco después de que el médico se hubiera marchado, a Eliza, Emmy, Harry y a mí nos metieron en un carruaje y nos trasladaron al hospital, un gran edificio de mármol blanco a las afueras de la ciudad. A Harry y a mí nos instalaron en una habitación de las plantas superiores. Enfermé gravemente. Durante tres días estuve totalmente ciego. Un día, tumbado en la cama en ese estado, entró Bob y le dijo al doctor Carr que Freeman lo había enviado para preguntar cómo estábamos. El médico le contestó que le dijera que Platt estaba muy mal, pero que si aguantaba hasta las nueve de la noche, tal vez me recuperara.

Creí que iba a morir. Aunque en mis perspectivas de futuro había poco por lo que mereciera la pena vivir, la cercanía de la muerte me horrorizó. Pensé que podría resignarme a perder la vida lejos de mi familia, pero me atormentaba la idea de morir en medio de extraños, en aquellas circunstancias.

En el hospital había muchos enfermos, de ambos sexos y de todas las edades. En la parte de atrás del edificio se fabricaban ataúdes. Cuando alguien moría, sonaba una campana, una señal para que el empleado de la funeraria fuera a llevarse el cuerpo al cementerio. Muchas veces, a lo largo del día y la noche, la campana lanzaba su melancólico tañido anunciando otra muerte, pero, por lo visto, no me había llegado la hora. En cuanto superé la crisis, empecé a recuperarme y, dos semanas y dos días después, volví con Harry al corral de esclavos con las marcas de la enfermedad en el rostro, que hoy sigue desfigurado. Al día siguiente regresaron también Eliza y Emily en un carruaje, y volvieron a colocarnos en la sala de ventas para que los compradores nos inspeccionasen. Seguía albergando la esperanza de que el anciano caballero que buscaba a un conductor de carruajes volviera a presentarse, como había prometido, y me comprase. En tal caso, estaba convencido de que no tardaría en recuperar la libertad. Entró un cliente tras otro, pero el hombre mayor no volvió a aparecer.

Finalmente, estábamos un día en el patio cuando Freeman salió y nos ordenó que nos colocásemos en la gran sala. Al entrar, vimos que había un hombre esperándonos y, como mencionaré a menudo en las páginas siguientes, no estará de más que describa mis primeras impresiones sobre su aspecto y su carácter.

Era un hombre más alto de lo normal, algo encorvado. Era bien parecido y de mediana edad. No había nada repulsivo en su presencia. Es más, su rostro y su tono de voz tenían algo alegre y atractivo. Todo el mundo vio que reunía en sí los más elegantes detalles. Recorrió nuestras filas haciéndonos muchas preguntas, como qué sabíamos hacer y a qué labores estábamos acostumbrados, si creíamos que nos gustaría vivir con él y seríamos buenos chicos si nos compraba, y otras preguntas por el estilo.

Tras inspeccionarnos un poco más y hablar de los precios, al fin ofreció mil dólares por mí, novecientos por Harry y setecientos por Eliza. No sé si la viruela había reducido nuestro valor o por qué motivo Freeman decidió bajar quinientos dólares del precio que había pedido antes por mí. En cualquier caso, después de pensárselo un poco, le contestó que aceptaba la oferta.

En cuanto Eliza lo oyó, volvió a angustiarse. En aquellos momentos, la enfermedad y el dolor le habían demacrado el rostro, en el que además se le marcaban unas profundas ojeras. Supondría un alivio para mí pasar por alto la escena siguiente, pero no es posible. La escena me trae recuerdos más tristes y conmovedores de lo que cualquier lengua puede expresar. He visto a madres besando por última vez el rostro de sus hijos muertos. Las he visto mirando la tumba mientras la tierra caía con un sonido sordo sobre sus ataúdes y los apartaba de sus ojos para siempre, pero jamás he visto una muestra de dolor tan intensa, desmesurada y desenfrenada como cuando separaron a Eliza de su hija. Se salió de la fila de las mujeres, corrió hacia Emily y la tomó en brazos. La niña, que notó cierto peligro inminente, se agarró instintivamente con las dos manos al cuello de su madre y apoyó la cabecita en su pecho. Freeman le ordenó severamente que se callara, pero Eliza no le hizo caso. Freeman la sujetó del brazo y tiró de ella de manera brusca, pero Eliza se limitó a aferrarse a su niña. Entonces, con una gran descarga de insultos, le dio un golpe tan despiadado que Eliza se tambaleó y estuvo a punto de caerse. Ay, con qué dolor suplicó, imploró y rogó que no las separaran. ¿Por qué no las compraban a las dos? ¿Por qué no le permitían quedarse con uno de sus queridos hijos?

—¡Piedad, piedad, amo! —gritaba arrodillada—. Por favor,

amo, compre a Emily. No podré trabajar si la apartan de mí. Me moriré.

Freeman volvió a intervenir, pero Eliza no le hizo caso, siguió implorando una y otra vez, repitió que le habían quitado a Randall, que no volvería a verlo, y que ahora era horrible, ¡oh, por Dios!, era horrible, demasiado cruel, apartarla de Emily, de la que se sentía tan orgullosa, su única niñita, demasiado pequeña para sobrevivir sin su madre.

Al final, tras muchas súplicas más, el comprador de Eliza dio un paso adelante, a todas luces conmovido, le dijo a Freeman que compraría a Emily y le preguntó cuánto valía.

—¿Que cuánto vale? ¿Quiere comprarla? —le preguntó a su vez Theophilus Freeman. Y de inmediato contestó a sus propias preguntas—: No voy a venderla. No está en venta.

El cliente comentó que no necesitaba a una niña tan pequeña, que para él no suponía ningún beneficio, pero que, como la madre le tenía tanto cariño, estaba dispuesto a pagar un precio razonable para que no las separaran. No obstante, Freeman hizo oídos sordos a tan humana propuesta. No la vendería a ningún precio. Dijo que sacaría un montón de dinero por ella cuando tuviera unos años más. En Nueva Orleans había más de uno que estaría dispuesto a pagar cinco mil dólares por un ejemplar tan exquisito, hermoso y sofisticado como sería Emily. No, no, no iba a venderla en aquel momento. Era una belleza, una preciosidad, una muñeca, perfectamente sana, no uno de sus negros que recogían algodón, con los labios gruesos y la cabeza de huevo. Si lo era, que se la llevara el diablo.

Cuando Eliza oyó la decisión de Freeman de quedarse con Emily, se puso absolutamente frenética.

—No me marcharé sin ella. No me la quitarán —gritó con razón.

Pero sus gritos se mezclaron con la voz enfadada de Freeman, que le ordenó que se callara.

Entretanto, Harry y yo habíamos salido al patio, habíamos vuelto con nuestras mantas y estábamos en la puerta principal, listos para marcharnos. Nuestro comprador se acercó a nosotros y miró a Eliza con una expresión que indicaba que lamentaba haberla comprado y haberle causado tanto dolor. Esperamos un rato hasta que al final Freeman perdió la paciencia y arrancó violentamente a Emily de su madre mientras ambas se aferraban entre sí con todas sus fuerzas.

—¡No me dejes, mamá, no me dejes! —gritaba la niña mientras Freeman empujaba bruscamente a su madre—. ¡No me dejes, vuelve, mamá! —gritó e imploró, retorciéndose las manos.

Pero sus gritos fueron en vano. Salimos del patio y avanzamos por la calle a toda velocidad. Seguíamos oyendo sus gritos llamando a su madre.

—¡Vuelve, no me dejes, vuelve, mamá! —Su voz infantil sonaba cada vez más lejana, se desvanecía gradualmente a medida que aumentaba la distancia que nos separaba de ella.

Eliza no volvió a ver ni a saber nada de Emily y Randall. Sin embargo, no los olvidaba ni de día ni de noche. En el campo de algodón, en la cabaña, siempre y en todas partes, hablaba de ellos, a menudo con ellos, como si en realidad estuvieran presentes. Desde entonces, solo cuando se sumía en esa ilusión o se quedaba dormida encontraba un momento de sosiego.

Como ya he dicho, no era una esclava corriente. A su gran inteligencia natural se sumaba el hecho de poseer conocimientos e información generales sobre muchos temas. Había gozado de oportunidades que se conceden a muy pocos de su oprimida clase. Había crecido con un elevado nivel de vida. Durante muchos años, la libertad, la suya y la de sus hijos, había sido su nube durante el día, y su columna de fuego por la noche. En su peregrinación por el desierto de la esclavitud, al final «ascendió al monte Pisgá» y «contempló la tierra prometida», pero de repente la decepción y la desesperanza se apoderaron de ella. La gloriosa imagen de la libertad se desvaneció de su vista mientras se la llevaban prisionera. Ahora «llora a raudales en la noche, y las lágrimas le surcan las mejillas. La han traicionado todos sus amigos, que se han vuelto sus enemigos».

VII

Al marcharnos del corral de esclavos de Nueva Orleans, Harry y yo seguimos a nuestro nuevo amo por la calle, mientras Freeman y sus esbirros obligaban a avanzar a Eliza, que lloraba desesperadamente y se daba la vuelta sin cesar, hasta que nos encontramos a bordo del vapor *Rodolph*. Durante media hora remontamos a buena velocidad el Mississippi, con rumbo a algún lugar a orillas del Río Rojo. Había un gran número de esclavos a bordo con nosotros, recién comprados en el mercado de Nueva Orleans. Recuerdo que un tal señor Kelsow, del que se decía que era el conocido dueño de una plantación considerable, tenía a su cargo a una cuadrilla de mujeres.

Nuestro amo se llamaba William Ford. Por aquel entonces residía en Great Pine Woods, en la parroquia de Avoyelles, situada en el margen derecho del Río Rojo, en el corazón de Luisiana. Ahora es predicador baptista. A lo largo y ancho de toda la parroquia de Avoyelles, y especialmente a ambas orillas de Bayou Boeuf, donde mejor se lo conoce, sus conciudadanos lo consideran un digno ministro de Dios. Tal vez a muchas mentes del norte la idea de un hombre que somete a su hermano a la esclavitud, y el comercio con carne humana, les parezca absolutamente incompatible con su concepción de una vida moral o piadosa. Las descripciones de hombres como Burch y Freeman, y otros que mencionaré más adelante, los inducen a despreciar y detestar al conjunto de los esclavistas sin hacer distinciones. Pero yo fui durante un tiempo su esclavo, y tuve la oportunidad de conocer a fondo su carácter y su temperamento, y no le hago sino justicia al decir que, en mi opinión, no ha habido nunca un hombre más amable, noble, honrado y cristiano que William Ford. Las influencias y las compañías que lo rodearon siempre le impidieron ver la maldad inherente a la raíz de la esclavitud. Nunca dudó del derecho moral de un hombre a someter a otro a su voluntad. Como miraba a través del mismo cristal que sus padres antes que él, veía las cosas de la misma manera. Educado en otras circunstancias y con otras influencias, no cabe duda alguna de que sus convicciones habrían sido diferentes. Sin embargo, fue un amo ejemplar, pues se condujo honestamente a la luz de su entendimiento, y dichoso fue el esclavo que llegó a ser de su propiedad. Si todos los hombres fueran como él, la esclavitud quedaría despojada de más de la mitad de su amargura.

Estuvimos dos días y tres noches a bordo del vapor *Rodolph*, período durante el cual no sucedió nada de interés en concreto. Se me conocía como Platt, el nombre que me había dado Burch y por el que me llamaron durante toda la época de mi servidumbre. A Eliza la vendieron con el nombre de Dradey. Así la inscribieron en la escritura de traspaso a Ford que consta en la oficina del registro de Nueva Orleans.

De camino, estuve reflexionando sin parar acerca de mi situación, y me preguntaba por el camino que debía seguir con el fin de escapar de manera definitiva. Algunas veces, no solo entonces, más tarde también, estuve casi a punto de revelarle a Ford todo lo relativo a mi historia. Ahora tiendo a pensar que hubiera redundado en mi beneficio. Consideré la opción con frecuencia, pero por miedo a verme frustrado, nunca la llevé a cabo, hasta que, con el tiempo, mi traslado y sus dificultades pecuniarias la volvieron a todas luces peligrosa. Después, con otros amos, distintos de William Ford, sabía muy bien que el más mínimo conocimiento de mi verdadera condición me confinaría en las profundidades más remotas de la esclavitud. Yo era una posesión demasiado valiosa como para que me perdieran, y era muy consciente de que me llevarían aún más lejos, a algún lugar apartado, a la frontera de Texas, tal vez, y me venderían allí, de que se desharían de mí como el ladrón se deshace del caballo que ha robado si osaba susurrar siquiera mi derecho a ser libre. Así que decidí guardar el secreto en lo más hondo de mi corazón, no pronunciar nunca ni una palabra ni una sílaba acerca de quién o qué era, confiando en que la Providencia y mi propia astucia me hicieran libre de nuevo.

Por fin, desembarcamos del vapor *Rodolph* en un lugar llamado Alexandria, a varios cientos de millas de Nueva Orleans. Es un pueblo pequeño en la orilla sur del Río Rojo. Tras pasar allí la noche, subimos a un tren matutino, y pronto estuvimos en Bayou Lamourie, un sitio todavía más pequeño y apacible, a dieciocho millas de distancia de Alexandria. En aquella época, era la última parada del ferrocarril. La plantación de Ford se encontraba en la carretera de Texas, a doce millas de Lamourie, en Great Pine Woods. Nos avisaron de que debíamos recorrer a pie aquella distancia, puesto que no había otro transporte que fuera más allá, así que todos echamos a andar acompañados por Ford. Era un día extremadamente caluroso. Harry, Eliza y yo estábamos débiles, y teníamos las plantas de los pies muy doloridas por los efectos de la viruela. Avanzábamos despacio. Ford nos decía que nos tomásemos nuestro tiempo y nos sentásemos y descansásemos siempre que lo deseáramos, un privilegio del que sacamos partido con bastante frecuencia. Tras salir de Lamourie y cruzar dos plantaciones, una que pertenecía al señor Carnell y la otra al señor Flint, llegamos a Pine Woods, una tierra virgen que se extiende hasta el río Sabine.

Toda la región en torno al Río Rojo es baja y pantanosa. Pine Woods, como la llaman, es relativamente elevada, con breves y frecuentes espacios, que, no obstante, la atraviesan. La meseta está cubierta de numerosos árboles: robles blancos, *chinquapin*, que se asemejan a los castaños, y, sobre todo, pinos amarillos. Son de gran tamaño, alcanzan los sesenta pies de alto y están muy erguidos. El bosque estaba lleno de reses, muy asustadizas y salvajes, que se alejaban atropelladamente, con gran resuello, al acercarnos. Algunas estaban marcadas o herradas, el resto parecían ser salvajes y sin domesticar. Eran mucho más pequeñas que las variedades del norte, y la particularidad que más me llamó la atención fueron sus cuernos. Sobresalían a ambos lados de la cabeza totalmente rectos, como dos picas de hierro.

A mediodía alcanzamos una parte despejada de terreno de tres o cuatro acres de extensión. En ella había una casita de madera sin pintar, un silo de maíz o, como diríamos en nuestra región, un granero, y una cocina de madera, que se encontraba más o menos a cinco yardas de la casa. Era la residencia de verano del señor Martin. Ricos dueños de plantaciones, con grandes mansiones en Bayou Boeuf, estaban acostumbrados a pasar la parte más calurosa del año en aquel bosque. Hallaban allí aguas cristalinas y agradables parajes de sombra. De hecho, aquellos lugares de descanso eran para los dueños de las plantaciones de esa zona del país lo que Newport y Saratoga para los habitantes más adinerados de las ciudades del norte.

Nos mandaron a la cocina, y nos surtieron de batata, tortitas de maíz y beicon, mientras el amo Ford comía con Martin en la casa. Había varios esclavos por la propiedad. Martin salió y nos echó un vistazo, le preguntó a Ford el precio de cada uno, si éramos novatos y cosas por el estilo, y se interesó por el mercado de esclavos en general.

Tras un largo descanso nos pusimos en camino otra vez por la carretera de Texas, que tenía aspecto de no ser transitada más que raras veces. Atravesamos cinco millas de un bosque inacabable sin ver ni una sola casa. Por fin, justo cuando el sol se ponía por el oeste, entramos en otro claro, de unos doce o quince acres de extensión.

En aquel claro se erguía una casa mucho más grande que la del señor Martin. Era de dos plantas, con un porche en la parte delantera. En la trasera, había también una cocina de madera, un gallinero, silos de maíz y varias cabañas para los negros. Cerca de la casa había un melocotonar y huertos de naranjos y granados. El lugar estaba rodeado de bosque en todas las direcciones, y cubierto por una alfombra de vegetación feraz y exuberante. Era un sitio apacible, solitario, agradable..., literalmente un remanso verde en las tierras salvajes. Era la residencia de mi amo, William Ford.

Cuando nos acercábamos, vimos a una mujer oriental —que se llamaba Rose— de pie en el porche. Al aproximarnos a la puerta, llamó a su ama, que, al poco rato, vino corriendo hacia nosotros para reunirse con su esposo. Lo besó y, entre risas, le preguntó si había comprado «toda esta negrada». Ford le respondió que así era, y nos dijo que fuéramos a la cabaña de Sally y que descansáramos. Al doblar la esquina de la casa nos encontramos con Sally, que estaba haciendo la colada, con sus dos críos cerca, mientras estos se revolcaban en la hierba. Se pusieron en pie de un brinco y se nos acercaron tambaleándose, nos miraron un momento como un par de conejitos, y luego volvieron corriendo hacia su madre como si nos tuvieran miedo.

Sally nos guió hasta la cabaña, nos dijo que dejásemos los bultos en el suelo y nos sentásemos, que estaba segura de que estaríamos cansados. Justo entonces, John, el cocinero, un chico de dieciséis años y más negro que un cuervo, entró corriendo en la cabaña, se nos quedó mirando a la cara sin pestañear, luego se dio la vuelta, sin apenas saludar, y se volvió corriendo a la cocina, partiéndose de risa, como si nuestra llegada fuera un chiste bueno de verdad.

Rendidos por la caminata, en cuanto se hizo de noche, Harry y yo nos envolvimos en las mantas y nos tendimos en el suelo de la cabaña. Mi mente, como de costumbre, volvió a divagar acerca de mi mujer y mis hijos. La conciencia de mi auténtica situación y lo desesperado de cualquier tentativa de fuga por los vastos bosques de Avoyelles se me hacían insoportables: mi corazón todavía estaba en casa, en Saratoga.

Me desperté por la mañana temprano con la voz del amo Ford, que llamaba a Rose. Esta corrió a la casa para vestir a los niños; Sally se dirigió al prado para ordeñar las vacas, mientras John se atareaba en la cocina preparando el desayuno. Entretanto, Harry y yo dimos una vuelta por el patio para echar una ojeada a nuestras nuevas dependencias. Justo después del desayuno, un hombre de color, que conducía una yunta de tres bueyes, que a su vez tiraba de un carro cargado de madera, entró en el claro. Era uno de los esclavos de Ford, Walton, el marido de Rose. A propósito, Rose era oriunda de Washington, y la habían traído de allí cinco años antes. Nunca había visto a Eliza, pero conocía a Berry de oídas, y ambas conocían las mismas calles y a las mismas personas, ya fuera personalmente o por su reputación. Se hicieron buenas amigas de inmediato, y se pasaron mucho rato charlando de los viejos tiempos y los amigos que habían dejado atrás.

Por aquel entonces, Ford era un hombre acaudalado. Además de su hogar de Pine Woods, poseía un negocio maderero en Indian Creek, a cuatro millas de allí, y también, a través de su mujer, una extensa plantación y muchos esclavos en Bayou Boeuf.

Walton había llegado con su cargamento de madera de los aserraderos de Indian Creek. Ford nos mandó que volviéramos con él y nos dijo que él iría después, tan pronto como le fuera posible. Antes de marcharnos, Ford me llamó a la despensa y me tendió, como estaba allí estipulado, un cubo de hojalata lleno de melaza para Harry y para mí.

Eliza seguía retorciéndose las manos y lamentándose por la pérdida de sus hijos. Ford trató de consolarla todo lo posible: le decía que no hacía falta que trabajase muy duro, que se podía quedar con Rose y ayudar a la señora con las cosas de la casa.

Montados con Walton en el carro, Harry y yo llegamos a familiarizarnos bastante con él mucho antes de llegar a Indian Creek. Era «siervo de nacimiento» de Ford y hablaba afectuosamente de él como hablaría un niño de su propio padre. En respuesta a sus preguntas sobre mi procedencia, le dije que era de Washington. De esa ciudad ya sabía mucho por su mujer, Rose, y todo el camino me estuvo incordiando con preguntas extravagantes y disparatadas.

Al llegar a los aserraderos de Indian Creek, nos tropezamos con dos esclavos más de Ford, Sam y Antony. Sam era también washingtoniano y lo habían sacado de allí con la misma cuadrilla que a Rose. Había trabajado en una granja cerca de Georgetown. Antony era herrero, de Kentucky, y había estado al servicio de su amo actual cerca de diez años. Sam conocía a Burch, y, cuando se enteró de que era el traficante que me había enviado desde Washington, fue extraordinario hasta qué punto estuvimos de acuerdo respecto a su superlativa desfachatez. Había mandado allí a Sam también.

Cuando Ford llegó al aserradero, estábamos trabajando, apilando leña y cortando troncos, ocupación con la que seguimos el resto del verano.

Solíamos pasar el día del Señor en el claro, día en el cual nuestro amo congregaba en torno a él a todos sus esclavos y les leía y les explicaba las Escrituras. Trataba de inculcarnos sentimientos de bondad hacia el prójimo y de sumisión a Dios, exponiendo las recompensas prometidas a aquellos que llevan una vida recta y devota. Sentado en la entrada de su casa, rodeado por sus criados y criadas, quienes miraban con seriedad el rostro de su buen amo, hablaba de la dulce bondad del Creador y de la vida venidera. Con frecuencia, las palabras de la oración ascendían desde sus labios hasta el cielo, único sonido que perturbaba la quietud del lugar.

En el transcurso del verano, Sam se volvió un cristiano profundamente convencido y le daba vueltas en la cabeza, obsesionado, al tema de la religión. Su ama le dio una Biblia que llevaba consigo al trabajo. Se pasaba cualquier rato libre que le concedieran leyéndola con atención, aunque a duras penas la dominara. A menudo yo se la leía en voz alta, un favor que me recompensaba con numerosas muestras de gratitud. Los blancos que venían al aserradero con frecuencia reparaban en la piedad de Sam, y el comentario que más hacían era que un hombre como Ford, que consentía que sus esclavos tuvieran Biblias, «no estaba hecho para poseer negros».

Sin embargo, él no perdía nada con su bondad. Es un hecho, que he advertido más de una vez, que aquellos que tratan a sus esclavos con mayor benevolencia se ven recompensados con el máximo rendimiento en el trabajo. Lo sé por mi propia experiencia. Era una fuente de placer sorprender al amo Ford trabajando más de la cuenta, mientras que, bajo posteriores amos, no había nada que incitase a hacerlo excepto el látigo del capataz.

Fue el deseo de unas palabras de aprobación por parte de Ford lo que me sugirió una idea que le resultó beneficiosa. La madera que estábamos manufacturando debía ser entregada en Lamourie por contrato. Hasta aquel momento la habían transportado por tierra, y era una partida importante de gasto. Indian Creek, junto al cual se situaban los aserraderos, tenía un cauce estrecho, aunque profundo, que desembocaba en Bayou Boeuf. En algunos lugares no tenía más de doce pies de ancho, y en muchos otros estaba obstruido por troncos de árboles. Bayou Boeuf estaba comunicado con Bayou Lamourie. Averigüé que la distancia desde los aserraderos hasta ese último brazo de río, donde debía entregarse nuestra madera, no estaba más que a unas millas menos por tierra que por agua. Se me ocurrió que, siempre y cuando se pudiera navegar por el riachuelo en balsa, el gasto del transporte se vería sustancialmente reducido.

Adam Taydem, un blanco corto de miras que había sido soldado en Florida y que había llegado deambulando hasta aquella región apartada, era el encargado y el supervisor de los aserraderos, pero menospreció la idea. Sin embargo, Ford, cuando se la expuse, la recibió con buena disposición y me permitió que la pusiera en práctica.

Tras quitar los obstáculos, construí una balsa estrecha compuesta por doce postes. En aquella tarea, creo que me mostré bastante hábil porque no había olvidado mi experiencia de años antes en el canal Champlain. Me esforcé mucho, ya que estaba deseoso de tener éxito, tanto por las ganas de complacer a mi amo como para demostrarle a Adam Taydem que mi plan no era tan fantasioso como decía sin cesar. Con una mano podía controlar tres postes. Me ocupé de los tres de delante, y comencé a darle a la pértiga riachuelo abajo. En su momento, llegamos al primer brazo de río y, finalmente, alcanzamos nuestro destino en menos tiempo del que había previsto.

La llegada de la balsa a Lamourie provocó gran entusiasmo y, al mismo tiempo, hizo que el señor Ford se deshiciese en elogios hacia mí. Por todas partes oía que llamaban a Platt, el de Ford, «el negro más listo de todo Pine Woods»; de hecho, el Fulton* de Indian Creek. Yo no era insensible a las alabanzas que me prodigaban y disfrutaba, sobre todo, de mi triunfo sobre Taydem, cuyas burlas algo mezquinas habían azuzado mi orgullo. A partir de aquel momento, dejaron en mis manos el control absoluto del transporte de la madera a Lamourie hasta que se cumplió con el contrato.

Indian Creek, a lo largo de todo su curso, fluye a través de un bosque magnífico. Allí, en su orilla, habita una tribu de indios, lo que quedaba de los chickasaws o chickopees, si no recuerdo mal. Viven en chozas sencillas, de diez o doce pies cuadrados, construidas con palos de pino y cubiertas con corteza. Subsisten principalmente gracias a la carne de ciervo, de mapache y de zarigüeya, animales de los que aquellos bosques están repletos. Algunas veces truecan carne de venado por un poco de maíz y de whisky en las plantaciones de los ríos. Su vestido de

---

* Robert Fulton (1765-1815) fue el inventor del primer barco de vapor con éxito comercial. (N. de los T.)

diario son unos bombachos de cuero y unas abigarradas camisas de cazador de percal que se abotonan del cinturón a la barbilla. Llevan aros de bronce en las muñecas, las orejas y la nariz. La vestimenta de las mujeres indias es muy similar. Les gustan los perros y los caballos —poseen muchos de estos últimos, de una raza pequeña y robusta— y son jinetes habilidosos. Sus riendas, sus correas y sus monturas están hechas de piel de animal sin curtir; sus estribos, de una clase especial de madera. Montados a horcajadas en sus ponis, tanto hombres como mujeres, los he visto precipitarse en el bosque a toda velocidad, y seguir sendas estrechas y tortuosas, y esquivar árboles de una manera que eclipsaba las proezas más asombrosas de la equitación civilizada. Dando vueltas en diversas direcciones, mientras el bosque se hacía eco y resonaba con sus alaridos, regresaban al momento en la misma arremetida, a la misma velocidad desbocada a la que partieron. Su poblado estaba junto al Indian Creek, lo llamaban Indian Castle, pero su territorio se extendía hasta el río Sabine. De vez en cuando, una tribu de Texas les hacía una visita, y, entonces, había un auténtico carnaval en Great Pine Woods. El jefe de la tribu era Cascalla; el segundo en la jerarquía, John Baltese, su yerno; llegué a entablar amistad con ambos y con muchos otros de la tribu durante mis frecuentes viajes riachuelo abajo con las balsas. Sam y yo los visitábamos a menudo cuando terminábamos la jornada. Obedecían al jefe; la palabra de Cascalla era su ley. Era gente ruda pero inofensiva, y les encantaba su vida al margen de la civilización. Eran poco aficionados al campo abierto y las tierras despejadas de las orillas de los ríos, preferían ocultarse en las sombras del bosque. Rendían culto al Gran Espíritu, les encantaba el whisky y eran felices.

En una ocasión estuve presente en un baile, cuando un tropel errante procedente de Texas acampó en su poblado. Estaban asando un ciervo entero en un gran fuego, que iluminaba a una gran distancia por entre los árboles bajo los que se habían reunido. Cuando hubieron formado una circunferencia, alternando hombres y mujeres indias, una especie de violín indio dio comienzo a una melodía indescriptible. Era una suerte de sonido ondulante, continuo y melancólico con una variación levísima. A la primera nota, si es que de verdad había más de una nota en toda la melodía, giraron en círculos, trotando uno detrás de otro, y emitiendo un ruido monótono y gutural, tan difícil de describir como la música del violín. Al final de la tercera vuelta, se paraban de repente, ululando como si fuesen a reventarles los pulmones, se separaban para unirse por parejas de hombre y mujer india, y saltaban hacia atrás tan lejos como podían el uno del otro, y luego adelante: proeza airosa que, tras realizarla dos o tres veces, daba paso a formar otra vez la circunferencia y trotar en círculo de nuevo. Por lo que parecía, se consideraba que el mejor bailarín era quien daba el mayor alarido, saltaba más lejos y emitía el ruido más insufrible. De vez en cuando, uno o más dejaban el círculo de baile y se acercaban al fuego para cortar una tajada del ciervo que estaban asando.

En una cavidad, con forma de mortero, tallada en el tronco de un árbol caído, molían maíz con una maja de madera y hacían una torta con la harina. A ratos comían y a ratos bailaban. Así distrajeron a los visitantes de Texas los morenos hijos de los chicopees, y tal es la descripción de un baile indio en Pine Woods de Avoyelles como yo lo presencié.

En otoño, dejé los aserraderos y me mandaron al claro a trabajar. Un día el ama estaba instando a Ford a que se procurase un telar para que Sally pudiera empezar a tejer la tela para la ropa de invierno de los esclavos. No tenía idea de dónde encontrar uno, y en esas le sugerí que la forma más sencilla de conseguir uno era fabricarlo, y le dije asimismo que yo estaba hecho un manitas y que lo intentaría si me daba permiso. Me lo concedió de buena gana y accedió a que fuera a las plantaciones vecinas a estudiar los que usaban allí antes de comenzar con la tarea. Al final, cuando lo terminé, Sally sentenció que era perfecto. Podía tejer su labor de dos varas y media, ordeñar las vacas y, además, tener tiempo libre cada día. Funcionaba tan bien que me ordenaron continuar fabricando telares, que llevaron a la plantación junto al río.

En aquella época, un tal John M. Tibeats, carpintero, vino al claro para llevar a cabo algún trabajo en la casa del amo. Me mandaron que dejara los telares y que lo ayudase. Durante dos semanas permanecí en su compañía, cepillando e igualando tableros para el techo, pues en la parroquia de Avoyelles era algo infrecuente enyesar una habitación.

John M. Tibeats era lo opuesto a Ford en todos los aspectos. Era un tipo bajito, irascible, malhumorado y rencoroso. Que yo supiera, no tenía residencia fija, sino que iba de plantación en plantación, dondequiera que pudiera encontrar trabajo. No tenía lugar alguno en la comunidad, no era apreciado por los blancos y ni siquiera era respetado por los esclavos. Era un ignorante, por añadidura, y de naturaleza vengativa. Abandonó la parroquia mucho antes de irme yo y no sé si está vivo o muerto. De lo que no me cabe duda es que el día que nos conocimos fue uno de los más desgraciados de mi vida. Durante mi estancia con el amo Ford solo había visto el lado amable de la esclavitud. La suya no era una mano autoritaria que nos hiciera doblar la cerviz. Señalaba al cielo y, con palabras benévolas y reconfortantes, se dirigía a nosotros como sus prójimos mortales, responsables, como él, ante el Creador. Yo pensaba en él con afecto y, si mi familia hubiera estado conmigo, habría podido sobrellevar aquella compasiva servidumbre, sin protestar, por el resto de mis días. Pero las nubes acechaban en el horizonte, heraldos de una tormenta despiadada que pronto iba a estallar sobre mí. Estaba destinado a padecer pruebas tan amargas como solo el pobre esclavo conoce y a no llevar más la vida relativamente feliz que había tenido en Great Pine Woods.

VIII

Desgraciadamente, William Ford se vio en dificultades a causa
de asuntos pecuniarios. Se entabló un grave juicio en su contra
por haber avalado a su hermano, Franklin Ford, que residía junto al Río Rojo, en la susodicha Alexandria, y que había pasado
por alto hacerse cargo de sus deudas. Asimismo, le debía a John
M. Tibeats una considerable cantidad como contraprestación
por sus servicios en la construcción de los aserraderos de Indian
Creek, y también de un telar, un molino de maíz y otras edifi-
caciones en la plantación de Bayou Boeuf, todavía sin terminar. Por
tanto, era necesario, con el fin de cumplir con esos requerimien-
tos, deshacerse de dieciocho esclavos, entre ellos yo. Diecisiete
de ellos, Sam y Harry incluidos, fueron adquiridos por Peter
Compton, el dueño de una plantación que también estaba a orillas del Río Rojo.

A mí me vendieron a Tibeats, como consecuencia, sin duda, de mi pericia como carpintero. Sucedió durante el invierno de 1842. La escritura de venta de Freeman a Ford, como constaté en el registro público de Nueva Orleans a mi regreso, llevaba fecha del 23 de junio de 1841. En el momento de mi venta a Tibeats, como el precio acordado por mi traspaso era más de lo adeudado, Ford le concedió una hipoteca mobiliaria de cuatrocientos dólares sobre mí. Le estaré agradecido de por vida, como se verá más adelante, por aquella hipoteca.

Me despedí de mis buenos amigos del claro y me marché con mi nuevo amo, Tibeats. Fuimos a la plantación de Bayou Boeuf, a veintisiete millas de distancia de Pine Woods, para completar lo que restaba del contrato. Bayou Boeuf es una corriente morosa y llena de meandros, una de esas masas de agua estancadas comunes en aquella región, un brazo del Río Rojo. Se extiende desde un punto no lejano de Alexandria, en dirección sudeste, y si se sigue su tortuoso curso, tiene más de cincuenta millas de longitud. Vastas plantaciones de algodón y de azúcar bordean la orilla y llegan hasta los límites de interminables ciénagas. Está repleto de caimanes, que lo hacen peligroso para los cerdos y los niños esclavos imprudentes que se pasean por sus riberas. En un recodo de aquel brazo de río, a corta distancia de Cheneyville, estaba situada la plantación de la señora Ford; su hermano, Peter Tanner, un gran terrateniente, vivía en la otra orilla.

A mi llegada a Bayou Boeuf tuve el placer de encontrarme con Eliza, a quien no había visto desde hacía varios meses. No había contentado a la señora Ford, pues estaba más atareada en llorar sus penas que en atender sus tareas, y, como resultado, la había mandado a trabajar al campo de la plantación. Se había quedado flaca y estaba demacrada, y seguía lamentándose por sus niños. Me preguntó si me había olvidado de ellos y me preguntó muchísimas veces si todavía me acordaba de lo bonita que era la pequeña Emily, de lo mucho que la quería Randall, y se preguntaba si todavía seguirían vivos y dónde estarían sus polluelos. Había sucumbido al peso de una pena desmesurada. Su figura encorvada y sus mejillas hundidas indicaban con total claridad que se había acercado al final de su fatigoso camino.

El capataz de Ford en aquella plantación, y quien estaba en exclusiva al cargo de ella, era un tal señor Chapin, un hombre cordial y oriundo de Pennsylvania. Al igual que otros tenía a Tibeats en poca estima, hecho por el cual, sumado a la hipoteca de cuatrocientos dólares, me sonrió la fortuna.

Me veía obligado a trabajar muy duro, desde primera hora del alba hasta bien entrada la noche, y no se me permitía ni un momento de ocio. A pesar de ello, Tibeats nunca quedaba satisfecho. Se pasaba el día maldiciendo y quejándose. Nunca me decía ni una palabra amable. Yo era un esclavo fiel y le aportaba grandes beneficios cada día, y, sin embargo, llegaba a mi cabaña a última hora de la noche harto de insultos y de epítetos hirientes.

Había terminado el molino para el maíz, la cocina y otras construcciones, y estábamos trabajando en el taller para tejer, cuando fui culpable de un acto que en aquel estado se castiga con la muerte. Fue mi primera pelea con Tibeats. El telar que estábamos fabricando se encontraba en un huerto a pocas yardas de la residencia de Chapin, o la «casa grande», como se la conocía. Una noche, después de haber trabajado hasta que ya no quedaba luz para ver, Tibeats me ordenó que me levantara muy temprano por la mañana, le pidiera a Chapin un barril de clavos y comenzara a poner las tablillas. Me fui a acostar a la cabaña muerto de cansancio, y, tras haberme cocinado una cena a base de beicon y una tortita de maíz, y haber conversado un rato con Eliza, que utilizaba la misma cabaña, al igual que Lawson, su esposa, Mary, y un esclavo llamado Bristol, me eché en el suelo, haciéndome una ligera idea de las penalidades que me esperaban al día siguiente. Antes de que saliera el sol estaba en el porche de la casa grande, esperando a que apareciera el capataz Chapin. Haberle sacado del sueño y haberle expuesto mi encargo hubiera sido de una temeridad inadmisible. Por fin salió. Quitándome el sombrero, lo informé de que el amo Tibeats me había indicado que le solicitara un barril de clavos. Entramos en la despensa, de donde sacó rodando uno, mientras me decía que, si Tibeats prefería otro tamaño, trataría de proporcionárselos, pero que podía utilizar aquellos hasta que indicase otra cosa. Luego, tras montarse en su caballo, que estaba ensillado y embridado en la puerta, se alejó hacia el campo, donde ya se encontraban los esclavos, mientras yo me ponía el barril en el hombro, y ya junto al telar me entregué a la labor y empecé a clavar las tablillas.

Cuando comenzó a despuntar el día, Tibeats salió de la casa hacia donde me encontraba trabajando duro. Aquella mañana parecía aún más arisco y desagradable que de costumbre. Era mi amo, por ley, tenía poder sobre mi carne y mi sangre, y podía ejercer sobre mí un control tan tiránico como su perversa naturaleza le sugiriese, pero no había ninguna ley que pudiera evitar que lo mirase con absoluto desdén. Despreciaba tanto su actitud como su intelecto. Yo acababa de volver al barril para coger otra provisión de clavos cuando él llegó al telar.

—Creía que te había dicho que empezaras a poner las alfarjías esta mañana —comentó.

—Sí, amo, estoy en ello —le repliqué.

—¿Dónde? —preguntó.

—Por el otro lado —fue mi respuesta.

Fue andando hasta el otro lado e inspeccionó mi trabajo durante algún tiempo mientras refunfuñaba y lo criticaba entre dientes.

—¿No te dije ayer por la noche que le cogieras a Chapin un barril de clavos? —empezó otra vez.

—Sí, amo, y así lo he hecho, y el capataz me ha dicho que le conseguiría otro tamaño si usted quería cuando volviese del campo.

Tibeats caminó hasta el barril, miró un momento su contenido y luego le pegó una violenta patada. Acercándose a mí muy acalorado, exclamó:

—¡Condenado negro! No sabes hacer nada, ¿o qué?

Respondí así:

—He intentado hacerlo como me dijo, amo. No pretendía hacer nada malo. El capataz me ha dicho...

Pero me interrumpió con un torrente tal de insultos que no pude terminar la frase. Al final corrió hacia la casa y, al llegar al porche, descolgó uno de los látigos del capataz. Este tenía un mango de madera, trenzado de cuero y el extremo más grueso. La cuerda tenía tres pies de largo, aproximadamente, y estaba hecha con ramales de cuero sin curtir.

Al principio estaba algo asustado, y mi primer instinto fue correr. No había nadie más cerca salvo Rachel, la cocinera, y la mujer de Chapin, pero no se veía a ninguna de ellas por allí. Los demás estaban en el campo. Sabía que trataría de azotarme y era la primera vez que alguien lo intentaba desde mi llegada a Avoyelles. Sentía, además, que me había comportado fielmente, que no había hecho nada malo y que me merecía un elogio en lugar de un castigo. Mi miedo se convirtió en ira, y antes de que llegara a mí había tomado la firme decisión de no dejarme azotar, ya fuera el resultado vivir o morir.

Enroscándose el látigo en la mano y sujetándolo por el extremo pequeño del mango, se me aproximó y, con una mirada siniestra, me ordenó que me desnudara.

—Amo Tibeats —le dije mirándolo insolentemente a la cara—, no voy a hacerlo.

Estaba a punto de decir algo más para justificarme, pero, absorto en su represalia, se abalanzó sobre mí agarrándome por la garganta con una mano, levantando el látigo con la otra, dispuesto a golpearme. No obstante, antes de que asestara el golpe, yo lo había agarrado por el cuello del abrigo y lo había arrimado contra mí. Me agaché y lo agarré por el tobillo; después lo empujé con la otra mano y lo tiré al suelo. Le rodeé la pierna con un brazo y la sujeté contra mi pecho, de modo que solo su cabeza y sus hombros tocaban el suelo, y luego le puse el pie encima del cuello. Estaba completamente en mi poder. Se me encendió la sangre. Parecía correrme por las venas como si fuera fuego. En el paroxismo de mi locura, le arrebaté el látigo de la mano. Él forcejeaba con todas sus fuerzas, juraba que no viviría para ver otro día y que me arrancaría el corazón, pero sus forcejeos y sus amenazas parecían inútiles. No puedo decir cuántas veces lo golpeé. Recibía un azote tras otro mientras se retorcía. Chilló mucho, poniendo el grito en el cielo, y, al final, el impío tirano suplicó la misericordia divina, pero él, que jamás había mostrado piedad alguna, tampoco la recibió. El mango rígido del látigo se dobló sobre su cuerpo rastrero hasta que me dolió el brazo derecho.

Hasta aquel momento había estado demasiado ocupado para mirar a mi alrededor. Cuando me detuve un momento, vi a la señora Chapin mirando desde la ventana y a Rachel de pie en la puerta de la cocina. Sus ademanes manifestaban una agitación y una inquietud extremas. Sus gritos habían llegado hasta el campo de labranza. Chapin cabalgaba tan rápido como podía. Le propiné un par de golpes más y luego lo aparté de mí de una patada tan bien dada que echó a rodar por el suelo.

Poniéndose en pie y sacudiéndose el polvo del pelo, se me quedó mirando, pálido de rabia. Nos miramos fijamente el uno al otro en silencio. No se dijo una palabra hasta que Chapin llegó galopando hasta nosotros.

—¿Qué pasa aquí? —gritó.

—El amo Tibeats quiere azotarme por utilizar los clavos que me ha dado —le respondí.

—¿Qué pasa con los clavos? —preguntó, volviéndose hacia Tibeats.

Tibeats le contestó que eran demasiado grandes, sin hacer demasiado caso a la pregunta de Chapin, ya que seguía clavando sus ojos de serpiente en mí con malas intenciones.

—Yo soy el capataz aquí —empezó a decir Chapin—, le he dicho a Platt que los cogiera y se sirviera de ellos, y que, si no eran del tamaño adecuado, le conseguiría otros al volver del campo. No es su culpa. Además, les proporcionaré los clavos que se me antojen. Espero que sea consciente de ello, señor Tibeats.

Tibeats no respondió palabra, sino que, apretando los dientes y agitando el puño, juró que se las pagaría y que aquello no había hecho más que empezar. Acto seguido, dio media vuelta y se marchó, seguido por el capataz. Entró en la casa, mientras este último le hablaba en tono contenido y con gesto grave.

Me quedé donde estada, porque dudaba si era mejor huir o aceptar las consecuencias, cualesquiera que estas fueran. Al poco tiempo, Tibeats salió de la casa y, ensillando su caballo, la única propiedad que poseía aparte de mí, se marchó por la carretera de Cheneyville.

Cuando se fue, salió Chapin, a todas luces alterado, diciéndome que no me moviera ni tratara de abandonar la plantación bajo ningún concepto. Entonces se dirigió a la cocina y, tras llamar a Rachel para que saliera, estuvo conversando un rato con ella. Se me acercó otra vez, me volvió a conminar con gran seriedad que no escapara y me dijo que mi amo era un granuja, que no se había marchado con buenas intenciones y que quizá hubiese problemas antes del anochecer, pero que, pasara lo que pasara, insistió, no debía moverme.

Mientras estuve allí, me abrumó un sentimiento de inenarrable angustia. Era consciente de que me había expuesto a un castigo inimaginable. La reacción que siguió a mi excesivo arrebato de cólera me produjo una dolorosa sensación de arrepentimiento. Siendo un esclavo indefenso y sin amigos, ¿qué podía hacer, qué podía decir para justificar, ni remotamente, el acto cruel que había cometido, el de indignarme ante los ultrajes e insultos de un hombre blanco? Intenté rezar, intenté rogar a mi Padre en el cielo que me diese fuerzas en mi penoso aprieto, pero el desasosiego me trababa las palabras, y solo pude dejar caer la cabeza entre las manos y llorar. Durante al menos una hora me quedé de esa manera, encontrando alivio únicamente en las lágrimas. Al alzar la mirada, vi a Tibeats, acompañado de dos jinetes, que recorrían la orilla del río. Entraron cabalgando en el patio, saltaron de los caballos y se me acercaron con grandes látigos. Uno de ellos llevaba un rollo de cuerda.

—Cruza las manos —me ordenó Tibeats, añadiendo una blasfemia tan escalofriante que no sería decoroso repetirla.

—No hace falta que me ate, amo Tibeats, estoy dispuesto a ir donde usted diga —le contesté.

Entonces, uno de sus compañeros dio un paso adelante, al tiempo que juraba que, si oponía la más mínima resistencia, me abriría la cabeza, me arrancaría uno a uno los miembros, me cortaría mi negra garganta, y dio rienda suelta a otras expresiones similares. Como reparé en que toda insistencia sería completamente inútil, crucé las manos, sometiéndome con humildad a cualquier exigencia que me hicieran. Al instante, Tibeats me ató las muñecas, tirando de la soga alrededor de ellas con todas sus fuerzas. Luego hizo lo mismo con los tobillos. Entretanto, los otros dos me habían pasado una cuerda por los codos, y después me la habían cruzado por la espalda y atado con firmeza. Era absolutamente imposible mover ni un pie ni una mano. Con un trozo de cuerda que quedaba, Tibeats hizo un torpe lazo y me lo puso alrededor del cuello.

—Bueno, entonces —preguntó uno de los compañeros de Tibeats—, ¿dónde vamos a colgar al negro?

Uno proponía una rama que salía del tronco de un melocotonero cercano al lugar donde nos encontrábamos. Su compañero ponía reparos, pues alegaba que se rompería, y proponía otra, hasta que, al fin, se decidieron por la última.

Durante aquella conversación y todo el tiempo en que me estuvieron atando, no dije ni una palabra. El capataz Chapin, mientras se desarrollaba la escena, se dedicaba a recorrer el porche atropelladamente de una punta a otra. Rachel lloraba junto a la puerta de la cocina, y la señora Chapin seguía mirando por la ventana. La esperanza se extinguió en mi corazón. Sin duda, había llegado mi hora. Jamás vería la luz de un nuevo día, jamás volvería a ver el rostro de mis hijos, la dulce ilusión que había abrigado con tanto cariño. ¡Tendría que enfrentarme a los temibles estertores de la muerte! Nadie lloraría por mí, nadie me vengaría. ¡Pronto mi cuerpo se pudriría en aquella tierra remota, o tal vez sería arrojado a los viscosos reptiles que llenaban las estancadas aguas del río! Las lágrimas corrían por mis mejillas, pero solo sirvieron para suscitar comentarios insultantes por parte de mis verdugos.

Por fin, cuando me estaban arrastrando hacia el árbol, Chapin, que había desaparecido un momento del porche, salió de la casa y caminó hacia nosotros. Tenía una pistola en cada mano y, según recuerdo, les habló con tono firme y decidido:

—Caballeros, tengo unas palabras que decir. Harían bien en escucharlas. Quienquiera que mueva a este esclavo un pie más de donde está es hombre muerto. En primer lugar, no se merece este trato. Es una abominación asesinarlo de esta manera. No he conocido nunca a un muchacho más leal que Platt. La culpa de todo la tiene usted, Tibeats. Es usted un sinvergüenza redomado, y lo conozco, y se merece sobradamente los azotes que ha recibido. En segundo lugar, he sido capataz de esta plantación durante siete años y, en ausencia de William Ford, aquí mando yo. Mi deber es proteger sus intereses, y eso es lo que estoy haciendo. Es usted un irresponsable y un inútil. Ford le ha concedido una hipoteca sobre Platt de cuatrocientos dólares. Si lo cuelga, pierde su deuda. Hasta que no la cancele, no tiene derecho a quitarle la vida. No tiene derecho en ningún caso. Hay leyes para el esclavo tanto como para el blanco. No es usted más que un asesino.

»En cuanto a ustedes —dijo dirigiéndose a Cook y Ramsay, que eran capataces de plantaciones vecinas—, en cuanto a ustedes... ¡Fuera! Si aprecian en algo su seguridad, les digo que se vayan.

Cook y Ramsay, sin proferir palabra, montaron en sus caballos y se marcharon cabalgando. Tibeats, en pocos minutos, a todas luces atemorizado e intimidado por el tono resuelto de Chapin, se escabulló como el cobarde que era y, montando en su caballo, siguió a sus compañeros.

Me quedé de pie donde estaba, todavía atado, con la soga alrededor del cuello. En cuanto se hubieron ido, Chapin llamó a Rachel, le ordenó que corriera al campo, le dijera a Lawson que viniera a la casa al instante y que trajera la mula parda, un animal muy apreciado por su extraordinaria velocidad. El chico apareció al poco tiempo.

—Lawson —dijo Chapin—, debes ir a Pine Wood. Dile al amo Ford que venga enseguida, que no se retrase ni un solo momento. Dile que han intentado asesinar a Platt. Y ahora, date prisa, chico. Llega a Pine Woods a mediodía aunque tengas que reventar la mula.

Chapin entró en la casa y escribió un pase. Cuando regresó, Lawson estaba en la puerta, montado en su mula. Después de recibir el pase, le dio un golpe seco con el látigo al animal, salió corriendo del patio y dobló río arriba a galope tendido; en menos tiempo del que me ha llevado describir la escena, lo habíamos perdido de vista.

IX

A medida que el sol se acercaba a su punto más alto, el día se volvía insoportablemente caluroso. Los rayos abrasadores quemaban el suelo. La tierra casi levantaba ampollas en los pies al pisarla. Yo no tenía abrigo ni sombrero, permanecía a cabeza descubierta, expuesto a su resplandor ardiente. Por mi rostro corrían grandes gotas de sudor que empapaban el escaso atuendo con el que iba vestido. Al otro lado de la valla, a muy poca distancia, los melocotoneros arrojaban sus sombras frescas y deliciosas sobre la hierba. Hubiese dado gustosamente un largo año de trabajo por cambiar aquel horno, valga la expresión, donde estaba, por sentarme debajo de las ramas, pero seguía atado, la soga seguía colgándome del cuello, y estaba tal y como Tibeats y sus camaradas me habían dejado. No podía moverme ni una pulgada, con tanta fuerza me habían atado. Haber logrado apoyarme en el telar hubiera sido todo un lujo, pero estaba muy lejos de mi alcance, aunque había menos de veinte pies de distancia. Deseaba tumbarme, pero sabía que no me hubiera podido volver a levantar. El suelo estaba tan seco y ardiente que era consciente de que no habría hecho más que aumentar la incomodidad de mi situación. Si hubiera podido cambiar de postura, aunque fuera ligeramente, habría sentido un alivio indecible, pero los rayos abrasadores del sol sureño, que atizaron mi cabeza descubierta durante todo aquel largo día de verano, no me causaban ni la mitad del sufrimiento que sentía en mis doloridos miembros. Las muñecas y los tobillos, y las piernas y los brazos empezaron a hinchárseme, y la soga que los ataba se hundía en la carne abotagada.

Chapin se pasó todo el día caminando de un lado para otro por la galería, pero no se me acercó ni una vez. Parecía sumido en un estado de gran inquietud; primero me miraba a mí, y luego hacia la carretera, como si esperara la llegada de alguien en cualquier momento. No fue al campo como tenía por costumbre. Era evidente por su comportamiento que suponía que Tibeats regresaría con más ayuda y mejor armada, tal vez, para reanudar el altercado y, asimismo, era evidente que se había propuesto defender mi vida ante cualquier peligro. Jamás he sabido por qué no me socorrió, por qué toleró que agonizara durante todo aquel día agotador. No era por falta de simpatía, estoy seguro de ello. Tal vez deseaba que Ford viera la soga alrededor de mi cuello y la manera brutal en la que me habían atado; tal vez su intromisión en la propiedad de otro en la cual no tenía un interés legal hubiera podido ser delito que lo hubiera expuesto a una sanción penal. Por qué Tibeats estuvo todo el día ausente fue otro misterio que nunca logré descifrar. Sabía muy bien que Chapin no le haría daño a menos que persistiera en sus intenciones contra mí. Lawson me dijo luego que, al pasar por la plantación de John David Cheney, vio a mis tres agresores y que se volvieron y se lo quedaron mirando mientras pasaba a todo correr. Creo que supusieron que el capataz Chapin había enviado a Lawson a avisar a las plantaciones vecinas y solicitar que fueran en su ayuda. Por tanto, sin lugar a dudas, obró de acuerdo con el principio de que «la discreción es la mejor parte del valor»,* y guardó las distancias.

Pero, fuera cual fuera el motivo que hubiera imperado en el malvado y cobarde tirano, carece de importancia. Allí seguía yo, bajo el sol del mediodía, gimiendo de dolor. Desde mucho antes del amanecer, no había probado bocado. Me estaba desmayando de dolor, de sed y de hambre. Únicamente una vez, en el momento más caluroso del día, Rachel, algo asustada de estar actuando contra los deseos del capataz, se arriesgó a acercarse y ponerme una taza de agua en los labios. La humilde mujer nunca supo ni podría entender si me hubiese oído cuánto la bendije por aquel reconfortante trago. No dejaba de decir «Ay, Platt, cuánto lo siento» y luego se volvía corriendo a sus tareas en la cocina.

El sol jamás se desplazó más despacio por los cielos, jamás derramó rayos tan ardientes y abrasadores como aquel día. Al menos así me lo pareció a mí. No pretendo expresar cuáles fueron mis reflexiones, los innumerables pensamientos que se agolpaban en mi alterado cerebro. Baste decir que durante todo el santo día no llegué a la conclusión, ni siquiera una vez, de que un esclavo sureño alimentado, vestido, azotado y protegido por su amo sea más feliz que un ciudadano de color libre del norte. Jamás he llegado a esa conclusión desde entonces. Sin embargo, hay muchos hombres, incluso en los estados del norte, benévolos y de buen corazón, que tacharían mi opinión de errónea y procederían a respaldar con gran seriedad esa afirmación con un argumento. Por desgracia, nunca han bebido, como yo, del amargo cáliz de la esclavitud. Al ponerse el sol me embargó el corazón una alegría sin límites, cuando Ford llegó cabalgando al patio

* Cita de *Enrique IV* (parte I, acto 5, escena 3) de Shakespeare: «The better part of valour is discretion». (*N. de los T.*)

con el caballo sudoroso. Chapin se reunió con él en la puerta y, tras intercambiar algunas palabras, vino derecho hacia mí.

—Pobre Platt, estás hecho un desastre —fue la única frase que dejó escapar de sus labios.

—¡Gracias a Dios! —dije yo—. Gracias a Dios, amo Ford, que por fin ha venido.

Sacando una navaja del bolsillo, cortó indignado la cuerda de mis muñecas, brazos y tobillos, y deshizo el nudo corredizo de mi cuello. Traté de andar, pero me tambaleaba como un borracho y por poco me caigo al suelo.

Ford regresó de inmediato a la casa y me dejó solo de nuevo. Mientras llegaba al porche, se aproximaron Tibeats y sus dos amigos. Siguió un largo diálogo. Oía el sonido de sus voces, el tono tranquilo de Ford mezclándose con la ruda manera de hablar de Tibeats, pero era incapaz de distinguir lo que decían. Al final, volvieron a irse los tres, por lo que parecía, no muy satisfechos.

Traté de levantar el martillo, porque pensaba mostrarle a Ford lo deseoso que estaba de trabajar, continuando con mi tarea del telar, pero se me cayó de la mano sin fuerza. Al caer la noche, me arrastré hasta la cabaña y me eché en el suelo. Estaba muy dolorido, lleno de heridas e hinchado, y el más leve movimiento me causaba un dolor atroz. Pronto llegaron los braceros del campo. Rachel, cuando había ido a buscar a Lawson, les había contado lo que había pasado. Eliza y Mary me asaron un trozo de beicon, pero había perdido el apetito, así que tostaron un poco de harina de maíz e hicieron café. Fue todo lo que pude tomar. Eliza me estuvo animando y fue muy amable. No pasó mucho tiempo antes de que la cabaña estuviera llena de esclavos. Se reunieron a mi alrededor, y me hicieron muchas preguntas sobre el conflicto con Tibeats de la mañana y los pormenores de todos los sucesos del día. Entonces entró Rachel y, con sus sencillas palabras, lo repitió todo una vez más e hizo mucho hincapié en la patada que echó a rodar a Tibeats por el suelo, a lo que se oyó una risilla nerviosa general entre los congregados. Luego relató cómo Chapin salió con sus pistolas y me rescató, y cómo el amo Ford cortó las cuerdas con su navaja, como si estuviera furioso.

Por aquel entonces, Lawson ya había vuelto. Tuvo que entretenerlos con un relato de su viaje a Pine Woods: cómo la mula parda lo había llevado «más veloz que una centella»; cómo había sorprendido a todo el mundo por lo rápido que había ido; cómo el amo Ford salió en el acto; cómo dijo que Platt era un buen negro y que no lo matarían, para terminar con muchas alusiones rotundas a que no había otro ser humano en el ancho mundo que hubiera causado tanta admiración universal en la carretera, o realizado una hazaña tan pasmosa, digna de John Gilpin,* como la que él había llevado a cabo montado en la mula parda.

Aquellas personas tan amables me abrumaron con sus manifestaciones de simpatía; me dijeron que Tibeats era un hombre duro y cruel, y que esperaban que el amo Ford volviera a ser mi propietario. Así se pasaron el tiempo, opinando, charlando, hablando una y otra vez sobre el emocionante asunto, hasta que, de repente, el propio Chapin se presentó en la puerta de la cabaña y me llamó.

—Platt —dijo—, esta noche dormirás en el suelo de la casa grande; trae la manta.

Me levanté tan rápido como pude, cogí la manta, y lo seguí. Por el camino me informó de que no le extrañaría que Tibeats volviera otra vez antes del amanecer, que tenía intención de matarme, y que no permitiría que lo intentara sin testigos. Por mucho que me hubiera apuñalado en el corazón en presencia de cien esclavos, ninguno de ellos, según las leyes de Luisiana, habría podido presentar testimonio contra él. Me tendí en el suelo de la casa grande —la primera y última vez que se me concedió descansar en un lugar tan lujoso durante mis doce años de cautiverio— e intenté dormir. Alrededor de la medianoche, el perro

<hr />

* Protagonista de la balada cómica de 1782 *La divertida historia de John Gilpin*, de William Cowper. En ella se narra cómo el personaje pierde el control de su caballo y este lo aleja del lugar de reunión con su esposa. *(N. de los T.)*

empezó a ladrar. Chapin se levantó, miró por la ventana, pero no logró distinguir nada. Al final, el animal guardó silencio. Cuando regresaba a su habitación, me dijo:

—Creo, Platt, que ese sinvergüenza está merodeando por alguna parte de la propiedad. Si el perro vuelve a ladrar y estoy durmiendo, despiértame.

Le prometí que lo haría. Al cabo de una hora o más, el perro empezó otra vez con su alboroto, corriendo hacia la puerta, luego regresando de nuevo, ladrando con furia todo el rato.

Chapin se había levantado sin esperar a que lo llamara. Esta vez caminó hacia el porche y permaneció allí de pie un considerable lapso de tiempo. Sin embargo, no se veía nada, y el perro regresó a su perrera. No volvió a molestarnos durante la noche. El dolor extremo que soportaba y el temor a un peligro inminente me impidieron descansar por completo. Si realmente Tibeats regresó a la plantación aquella noche o no, buscando una oportunidad de llevar a cabo su venganza contra mí, es un misterio que tal vez solo conoce él. Sin embargo, entonces pensé, y sigo teniendo esa acusada impresión, que estaba allí. En cualquier caso, tenía la actitud de un asesino: se amilanaba ante las palabras de un hombre valiente, pero estaba dispuesto a atacar a su víctima indefensa o confiada por la espalda, como tuve ocasión de saber más tarde.

Al rayar el día, me levanté, dolorido y agotado, tras haber descansado poco. No obstante, después de tomar el desayuno que Mary y Eliza me habían preparado en la cabaña, me dirigí al telar y retomé las tareas del día anterior. Inmediatamente después de levantarse, Chapin tenía por costumbre, como los capataces en general, montarse en su caballo, siempre ensillado y embridado para él —labor particular de algún esclavo— y cabalgar hasta el campo. En cambio, aquella mañana vino al telar para preguntarme si sabía algo de Tibeats. Como contesté que no, comentó que a ese tipo le pasaba algo, que tenía mala sangre, que debía mantenerme muy alerta con él o que un día me haría algo malo cuando menos me lo esperara.

No había acabado de decírmelo cuando llegó Tibeats a caballo, lo amarró y entró en la casa. No me daba mucho miedo mientras Ford y Chapin anduvieran por allí, pero no podían estar a mi lado siempre.

¡Ay, qué pesado se me hizo el fardo de la esclavitud entonces! Debía bregar día tras día, aguantar insultos, escarnios y ofensas, dormir en el duro suelo, comer los alimentos más bastos, y no solo eso, sino vivir siendo el esclavo de un desgraciado sediento de sangre a quien debía temer continuamente en lo sucesivo. ¿Por qué no había muerto de joven, antes de que Dios me diera hijos a los que amar y por los que vivir? Cuánta desdicha y sufrimiento y dolor me hubiera ahorrado. Anhelaba la libertad, pero la cadena del siervo se ceñía en torno a mí y no podía desembarazarme de ella. Solo podía mirar desolado hacia el norte y pensar en las miles de millas que se interponían entre la tierra de la libertad y yo, millas que un negro libre no puede cruzar.

Tibeats, por espacio de media hora, estuvo acercándose al telar, se me quedaba mirando con irritación, y luego se daba la vuelta sin decir nada. Gran parte del mediodía lo pasó sentado en el porche, leyendo un periódico y charlando con Ford. Después de comer, este último se marchó a Pine Woods, y, a decir verdad, contemplé con auténtico pesar cómo se iba de la plantación.

Durante el día, Tibeats se aproximaba a mí otra vez, me daba alguna orden y se alejaba de nuevo.

A lo largo de la semana el telar quedó terminado —entretanto, Tibeats no hizo ninguna alusión en absoluto al problema— y entonces se me informó de que había alquilado mis servicios a Peter Tanner para trabajar a las órdenes de otro carpintero llamado Myers. Recibí la noticia con gran alegría, porque cualquier puesto que me librara de su odiosa presencia me parecía deseable.

Peter Tanner, como ya se le ha dicho al lector, vivía en la otra orilla y era hermano de la señora Ford. Tenía una de las plantaciones más importantes de Bayou Boeuf y era propietario de un gran número de esclavos.

Crucé a la plantación de Tanner con mucho entusiasmo. Se había enterado de mis últimos incidentes —de hecho, averigüé que los azotes a Tibeats se habían difundido muy pronto por todas partes—. El asunto, junto con mi experimento con las balsas, me había valido cierta fama. Más de una vez oí decir que Platt Ford, ahora Platt Tibeats —el apellido de un esclavo cambia cuando cambia de amo—, era un «negro como no hay dos». Con todo, estaba llamado a causar todavía más alboroto, como se verá enseguida, a lo largo y ancho del pequeño mundo de Bayou Boeuf.

Peter Tanner procuró que se me quedara grabado en la cabeza que era muy estricto, aunque descubrí una vena de buen humor en el viejo, después de todo.

—Tú eres el negro —dijo cuando llegué—, tú eres el negro que azotó a su amo, ¿no? Eres el negro que pateó y agarró a Tibeats, el carpintero, por una pierna, y le dio una tunda, ¿a que sí? Me gustaría verte agarrándome de una pierna, ya lo creo. Eres todo un personaje, un gran negro, un negro muy célebre, ¿a que sí? Te daría de latigazos, te quitaría todas las rabietas. Anda, bromea con agarrarme la pierna si te atreves. Ni una de tus payasadas aquí, chico, acuérdate bien de lo que te digo. Y ahora vete, que tienes trabajo a patadas, granuja —remachó Peter Tanner, incapaz de contener una media sonrisa burlona ante su propio ingenio y sarcasmo.

Después de escuchar su bienvenida quedé a cargo de Myers, y trabajé bajo sus órdenes durante un mes por satisfacción suya y mía.

Como William Ford, su cuñado, Tanner solía leer la Biblia a sus esclavos en el día del Señor, pero con un espíritu algo diferente. Glosaba el Nuevo Testamento de manera aterradora. El primer domingo después de mi llegada a la plantación, los convocó y comenzó a leer el duodécimo capítulo de Lucas. Cuando llegó al cuadragésimo séptimo versículo, miró a su alrededor intencionadamente y prosiguió: «Y aquel siervo que, conociendo la voluntad de su señor», hizo una pausa, miró con más intención todavía a su alrededor, «que conociendo la voluntad de su señor, no se preparó», aquí hubo otra pausa, «no se preparó, ni obró conforme a su voluntad, recibirá muchos azotes».

—¿Lo habéis oído? —preguntó Peter con mucho énfasis—. «Azotes» —repitió lenta y claramente mientras se quitaba las gafas antes de hacer algunos comentarios—. El negro que no tenga cuidado, que no obedezca a su señor, que es su amo, ¿lo entendéis? Que a ese negro le darán muchos azotes. Aquí, muchos quiere decir muchísimos: cuarenta, cien, ciento cincuenta latigazos, ¡así está escrito!

Y Peter continuó dejando claro el tema durante un largo rato para instruir a su azabache audiencia.

Al término de los ejercicios, tras llamar a tres de sus esclavos, Warner, Will y Major, me gritó:

—Oye, Platt, sujetaste a Tibeats por las piernas; ahora veré si puedes amarrar a estos granujas de la misma manera hasta que regrese de la congregación.

Inmediatamente después, les mandó a los cepos, algo común en las plantaciones de la región del Río Rojo. Los cepos están formados por dos tablones, el de debajo sujeto en los extremos a dos postes cortos, clavados firmemente en el suelo. Equidistantes de los lados, hay cortados unos semicírculos en el borde superior de este. El otro tablón está unido a uno de los postes por una bisagra, para que pueda abrirse o cerrarse, de la misma manera que la hoja de una navaja. En el borde inferior del tablón de arriba, también hay cortados los respectivos semicírculos, para que, cuando se cierren, se forme una hilera de huecos lo bastante anchos como para dejar entrar una pierna de negro por encima del tobillo, pero no lo bastante como para permitirle que saque el pie. El otro extremo del tablón superior, contrario al de la bisagra, queda sujeto a su poste con cerrojo y candado. Al esclavo se le obliga a sentarse en el suelo, y entonces se levanta el tablón de encima, se le colocan las piernas, justo por encima de los tobillos, en los semicírculos de abajo, y, cerrándolo de nuevo y echando el cerrojo, se lo deja asegurado y amarrado. Con mucha frecuencia se aprisiona el cuello en lugar del tobillo. Se los mantiene sujetos de esta manera mientras se los azota.

Warner, Will y Major, según lo que contaba Tanner de ellos, eran robasandías, negros quebrantadomingos, y, como no consentía tal bajeza, creyó que su deber era meterlos en los cepos. Tras tenderme la llave, Myers, la señora Tanner, los niños y él mismo entraron en el coche y se marcharon hasta la iglesia de Cheneyville. Cuando se fueron, los chicos me rogaron que los dejara libres. Me daba lástima verlos sentados en el suelo ardiente, y me acordé de mis propios sufrimientos bajo el sol. Con la promesa de que volverían a los cepos en el preciso momento en que se lo pidiese, accedí a liberarlos. Agradecidos por la compasión que mostré, y, con el fin de recompensarla en alguna medida, no pudieron hacer menos, por supuesto, que guiarme hasta el sandial. Poco antes de que volviera Tanner, estaban de nuevo en los cepos. Cuando por fin llegó en su coche, miró a los chicos y dijo con una risita:

—¡Ajá! Hoy no os habéis dado muchos paseos por ahí, a que no. Ya os meteré yo en vereda. Os vais a hartar a comer sandías en el día del Señor, negros quebrantadomingos.

Peter Tanner estaba orgulloso de sus estrictas prácticas religiosas: era diácono en la iglesia.

Pero ahora he llegado a un punto en el curso de mi narración en que se hace necesario desviarse de estos relatos ligeros para ahondar en el asunto más grave e importante que es el segundo confrontamiento con el amo Tibeats y la huida a través de Great Pacoudrie Swamp.

X

Al cabo de un mes, ya no se requerían mis servicios en la plantación de Tanner. Me mandaron que cruzara el río otra vez para reunirme con mi amo, a quien encontré atareado en la construcción de una prensa de algodón. Estaba situada a cierta distancia de la casa grande, en un lugar bastante apartado. Empecé a trabajar una vez más en compañía de Tibeats y estaba completamente a solas con él la mayor parte del tiempo. Me venían a la memoria las palabras de Chapin, sus advertencias, su consejo de que me anduviera con cuidado, no fuera que en algún momento en que estuviera desprevenido pudiera hacerme daño. Las tenía siempre en la cabeza, de manera que vivía en un estado de gran desasosiego, miedo y aprensión. Tenía un ojo puesto en el trabajo y el otro en mi amo. Decidí no darle motivo para ofenderse, trabajaría todavía con más ahínco, si era posible, de lo que había hecho hasta entonces, aguantaría cualquier insulto que profiriera contra mí, todo excepto el castigo corporal. Resistiría humilde y pacientemente, con la esperanza de ablandar así, en cierta medida, su actitud hacia mí, hasta que llegara el bendito momento en que me viera libre de sus garras.

La tercera mañana tras mi regreso, Chapin se marchó de la plantación para ir a Cheneyville y estaría ausente hasta la noche. Aquella mañana, a Tibeats le dio uno de sus recurrentes ataques de ira y malhumor, a los que era tan propenso, y se mostró aún más desagradable y maligno de lo habitual.

Sucedió alrededor de las nueve de la mañana, cuando estaba atareado pasando la garlopa. Tibeats estaba junto al banco de carpintero, colocándole un mango a un cincel, con el que había estado ocupado con anterioridad cortando la rosca del torno.

—No estás cepillando eso lo bastante —dijo.

—Está a ras de la línea —le contesté.

—Eres un condenado mentiroso —exclamó muy encendido.

—De acuerdo, amo —le dije dócilmente—, lo cepillaré más si usted lo dice.

Y, de inmediato, empecé a hacerlo como suponía que deseaba. No obstante, antes de que hubiera quitado ni una viruta, comenzó a gritar que ahora lo había cepillado demasiado, que era demasiado pequeño, que había echado a perder todo el cepillado. Luego siguieron maldiciones e imprecaciones. Había tratado de hacerlo exactamente como él indicaba, pero nada satisfacía al que no atendía a razones. En silencio y con miedo, detuve el cepillado, con la garlopa sujeta en la mano, sin saber qué hacer y sin atreverme a quedarme parado. Su cólera se volvió más y más agresiva hasta que, al fin, con un insulto, un insulto tan violento y aterrador como solo Tibeats podía proferir, agarró una hachuela del banco de carpintero y se abalanzó sobre mí, jurando que iba a abrirme la cabeza en dos.

Era un momento de vida o muerte. La afilada y reluciente hoja de la hachuela brillaba al sol. Un segundo después la hundiría en mi cerebro, y, con todo, durante aquel instante —tan rápido pueden agolpársele en la cabeza los pensamientos a un hombre aterrado ante un trance semejante—, reflexioné. Si me quedaba quieto, mi destino estaba sellado; si huía, había diez posibilidades contra una de que la hachuela, que volaría de su mano con puntería certera y letal, me diera en la espalda. Solo podía actuar de una manera. Abalanzándome hacia él con todas mis fuerzas, me topé con Tibeats a medio camino, antes de que pudiera asestar el golpe, y con una mano le cogí el brazo levantado y con la otra le agarré del cuello. Nos quedamos mirándonos el uno al otro a los ojos. Vi en ellos su intención de matarme. Me sentí como si tuviese a una víbora en el cuello, al acecho de que aflojara en lo más mínimo mi presa para enroscarse alrededor de mi cuerpo, estrujándolo y mordiéndolo hasta la muerte. Se me ocurrió gritar con todas mis fuerzas, con la esperanza de que alguien me oyera, pero Chapin se había ido, los braceros estaban en el campo, no había ni un alma a la vista ni a la escucha.

El genio benigno, que a lo largo de mi vida me ha librado de las manos de la violencia, en aquel momento me sugirió una idea acertada. De una patada repentina y fuerte, que le hizo hincar una rodilla con un gruñido, dejé de sujetarle del cuello, le arrebaté la hachuela y la arrojé fuera de su alcance.

Loco de rabia, trastornado y fuera de sí, agarró un palo de roble blanco, posiblemente de cinco pies de largo y de un grosor tan ancho como su mano podía asir, que estaba tirado en el suelo. Se precipitó de nuevo hacia mí, y de nuevo tropezó conmigo, lo agarré por la cintura, y, como yo era el más fuerte de los dos, lo derribé contra el suelo. Entonces, en aquella postura, me adueñé del palo y, levantándome, lo arrojé también lejos de mí.

Él también se levantó y corrió por el hacha grande, que estaba en el banco de carpintero. Por suerte, había un pesado tablero encima de su gran hoja, de tal manera que no pudo sacarla antes de que me abalanzara sobre su espalda. Mientras lo aplastaba contra el tablero con fuerza, para que el hacha se quedase todavía más fija en su lugar, traté en vano de que soltara el mango. Permanecimos en aquella postura unos minutos.

Ha habido muchos momentos en mi desafortunada vida en que me ha resultado placentero meditar en la muerte como el fin de las penas terrenales, en la tumba como lugar de descanso para el cuerpo débil y exhausto, pero tales meditaciones desaparecen ante el peligro. Ningún hombre, en sus plenas capacidades, puede permanecer indiferente ante la «reina de los miedos». Todo ser viviente aprecia su vida; el gusano que se arrastra por el suelo lucharía con todas sus fuerzas por ella. En aquel momento, yo apreciaba la vida, por muy esclavizado y maltratado que estuviera.

Como no era capaz de que soltara el hacha, lo agarré una vez más por el cuello, y, esta vez, apretándole como un torno, enseguida aflojó su presa, se debilitó y cedió. Su cara, que había estado blanca de ira, se había vuelto negra por la asfixia. Aquellos ojos de serpiente que escupían tal veneno de pronto estaban llenos de terror: ¡eran dos grandes esferas blancas saliéndosele de las órbitas!

Había un demonio acechando en mi corazón que me incitaba a matar a aquel perro humano ahí mismo, ¡mantener apretado aquel maldito cuello hasta que hubiera perdido todo hálito de vida! No me atrevía a asesinarlo, y tampoco me atrevía a dejarlo vivir. Si lo mataba, tendría que pagar con mi vida; si vivía, solo satisfaría sus ansias de venganza con mi vida. Una voz dentro de mí me susurró que huyera. Errar por las ciénagas, ser un fugitivo y un vagabundo sobre la faz de la tierra era preferible a la vida que llevaba.

Tomé pronto una decisión y lo hice rodar del banco de carpintero al suelo, salté una cerca que había allí al lado, y atravesé corriendo la plantación, pasando junto a los esclavos que trabajaban en el algodonal. Tras un cuarto de milla corriendo, llegué a una dehesa y la crucé a toda velocidad en poquísimo tiempo. Al trepar una cerca alta, vi la prensa de algodón, la casa grande y el espacio entre ambas. Era una posición privilegiada, desde donde se abarcaba toda la plantación. Vi a Tibeats cruzar el campo hacia la casa y entrar en ella; luego salió, llevando su silla y, al poco tiempo, se montó en su caballo y partió al galope.

Yo estaba angustiado, pero agradecido. Agradecido de que se me hubiera perdonado la vida; angustiado y consternado por las perspectivas que tenía por delante. ¿Qué iba a ser de mí? ¿Quién me ampararía? ¿Hacia dónde debería huir? ¡Oh, Dios! Tú que me diste la vida e inspiraste en mi pecho el amor a esta, que lo insufló con emociones semejantes a las de otros hombres, tus criaturas, ampárame, no me abandones. Ten piedad del pobre esclavo, no me dejes morir. Si Tú no me proteges, estoy perdido, ¡perdido! Tales súplicas, en silencio y sin palabras, se elevaron de lo más profundo de mi corazón hasta el cielo, pero no oí ninguna voz que contestara, ningún murmullo afectuoso que bajara de las alturas, que le susurrase a mi alma: «Aquí estoy, no temas». Daba la impresión de que Dios me abandonaba, ¡y que los hombres me despreciaban y me odiaban!

Durante aproximadamente tres cuartos de hora, varios esclavos me gritaron y me hicieron gestos de que corriera. Poco después, al levantar la mirada, vi a Tibeats y otros dos hombres a lomos de caballos viniendo hacia mí a buen paso seguidos de una jauría de perros. Había por lo menos ocho o diez. A pesar de la distancia, los reconocí. Pertenecían a la plantación de al lado. Los perros utilizados en Bayou Boeuf para cazar esclavos eran una variedad de sabueso, pero de una raza mucho más montaraz que la que existe en los estados del norte. Atacan al negro por orden de su amo, y se aferran a él como el bulldog a los cuadrúpedos. Con frecuencia, se oyen sus potentes ladridos en los pantanos y, entonces, se especula acerca de en qué lugar atraparán al fugitivo, al igual que el cazador neoyorquino se detiene a escuchar a los sabuesos que persiguen el rastro por las laderas y da a entender a su compañero que atraparán al zorro en tal lugar. Nunca supe de ningún esclavo que escapara con vida de Bayou Boeuf. Una razón de ello es que no se les permite aprender a nadar, y son incapaces de cruzar la corriente más insignificante. En su huida no pueden ir en ninguna dirección durante mucho tiempo sin toparse con el brazo de un río, y entonces se plantea el inevitable dilema: o ahogarse, o ser alcanzado por los perros. En mi juventud había practicado en los cristalinos riachuelos de mi región de nacimiento, hasta convertirme en un nadador experimentado, y en el agua me sentía en mi elemento.

Me quedé en lo alto de la cerca hasta que los perros llegaron a la prensa de algodón. Un momento después, sus aullidos prolongados y salvajes anunciaron que iban tras mi rastro. Saltando al suelo desde donde estaba, corrí hacia la ciénaga. El miedo me dio fuerzas y las empleé al máximo. Cada vez oía los gañidos de los perros más y más cerca. Me estaban ganando terreno. Me imaginaba que me saltarían a la espalda en cualquier momento, me imaginaba sus colmillos hundiéndoseme en la carne. Había tantos que sabía que me harían pedazos, que me matarían enseguida a dentelladas. Cogí aire y supliqué jadeando, casi sin palabras, al Todopoderoso que me salvara, que me diera fuerza para llegar a algún brazo de río ancho y profundo en que pudiera desbaratarles el rastro o hundirme en sus aguas. Poco después, llegué a un humedal lleno de palmitos. Mientras los sorteaba en mi huida, crujían ruidosamente, aunque no lo bastante como para sofocar los ladridos de los perros.

Seguí mi carrera en dirección sur, hasta donde puedo juzgar, y llegué por fin a mojarme justo por encima de los zapatos. En aquel momento los sabuesos no podían estar a más de veinticinco yardas por detrás de mí. Los oía chocándose unos contra otros y precipitándose a través de los palmitos, mientras sus aullidos potentes y ansiosos llenaban con su algarabía todo el pantano. La esperanza se reavivó un poco cuando llegué al agua. Con que fuera un poco más profunda, perdería la pista y, así, se desconcertarían y tendría oportunidad de eludirlos. Por suerte, a medida que avanzaba el agua se hacía más profunda: primero por encima de los tobillos, luego a mitad de la pierna, después me llegaba un momento por encima de la cintura, y poco después bajaba en lugares donde cubría menos. Los perros no me habían ganado terreno desde que me había topado con el agua. Desde luego, estaban confusos. Su estruendo salvaje se oía cada vez más a lo lejos, lo que me garantizaba que los estaba perdiendo. Al final, dejé de oírlos, pero el prolongado aullido me llegó retumbando por el aire de nuevo, avisándome de que todavía no estaba a salvo. De cenagal en cenagal, por donde había pisado, podían seguir la pista, a pesar de ser más difícil con el agua. Por fin, para mi enorme alegría, llegué a un río ancho y, zambulléndome en él, pronto había hendido su morosa corriente y había llegado a la otra orilla. Allí, sin duda alguna, los perros se desorientarían, pues la corriente se llevaría río abajo todo rastro de aquel olor leve y misterioso que permitía al sabueso de agudo olfato seguir los pasos del fugitivo.

Una vez que hube cruzado aquel brazo de río, el agua se volvió más profunda y no pude correr. Me encontraba en lo que después supe que era Great Pacoudrie Swamp. Estaba repleto de árboles inmensos: sicomoros, tupelos, álamos y cipreses, y se extiende, me dijeron, a orillas del río Calcasieu. A lo largo de treinta o cuarenta millas carece de otros habitantes que los animales salvajes: osos, gatos monteses, tigres y grandes reptiles viscosos, que se arrastran por todas partes. Mucho antes de que llegara al río, de hecho, desde el momento en que me topé con el agua hasta que salí de la ciénaga a mi regreso, aquellos reptiles me rodearon. Vi cientos de serpientes mocasín. Cada leño y cada cenagal, cada tronco de árbol caído sobre el que me vi obligado a caminar o trepar estaba lleno de ellas. Huían reptando al acercarme, pero algunas veces, con las prisas, casi puse la mano o el pie sobre ellas. Son serpientes venenosas: su mordedura es más mortífera que la de la serpiente de cascabel. Además, había perdido un zapato, la suela se había desprendido completamente y había dejado colgando de mi tobillo la parte de arriba.

Vi también muchos caimanes, grandes y pequeños, suspendidos en el agua o tendidos en trozos de madera flotante. El ruido que hacía yo al avanzar los sobresaltaba, y entonces se alejaban y se sumergían en aguas más profundas. Sin embargo, algunas veces, me tropezaba de pronto con un monstruo antes de verlo. En tales casos, me daba la vuelta asustado, correteaba de acá para allá un breve trecho, y de esa manera los evitaba. Hacia delante recorren una distancia corta muy rápido, pero no son capaces de girar. Si se corre haciendo curvas, no es difícil esquivarlos.

Alrededor de las dos de la tarde, oí al último de los sabuesos. Probablemente no cruzaron el brazo de río. Empapado y agotado, pero aliviado de la sensación de peligro inmediato, proseguí, a pesar de ello, más atento y temeroso de los caimanes y las serpientes que en la primera parte de mi fuga. A partir de entonces, antes de introducirme en una charca llena de barro, golpeaba el agua con un palo. Si las aguas se movían, daba un rodeo; si no, me aventuraba a pasar por ellas.

Al fin, se puso el sol, y, poco a poco, el manto que arrastra la noche sumió el gran pantano en la oscuridad. Seguía adelante a tientas, temiendo a cada instante sentir la terrible picadura de la mocasín o que me destrozasen las fauces de algún caimán molesto. Aquel temor casi igualaba el miedo a los sabuesos que me perseguían. La luna apareció después de un tiempo y deslizó su suave luz a través de las ramas que cubrían el cielo cargadas de largo musgo colgante. Seguí avanzando hasta después de medianoche, con la esperanza constante de alcanzar un paraje algo menos desapacible y peligroso, pero el agua se volvía más profunda y caminar más difícil que nunca. Me di cuenta de que me sería imposible progresar mucho más allá, y, por añadidura, no sabía en qué manos podía caer si lograba llegar a un lugar habitado. Al no tener un pase en mi poder, cualquier hombre blanco tendría plena libertad para arrestarme y meterme entre rejas hasta que mi amo «probara mi propiedad, pagase las multas y me sacara». Era un descarriado, y si tenía la mala suerte de encontrarme con un ciudadano de Luisiana respetuoso de la ley, tal vez considerase su deber hacia su prójimo meterme sin dilación en el redil. Lo cierto es que era difícil decidir a quién debía tener más miedo, a los perros, los caimanes o los hombres.

No obstante, pasada la medianoche, me detuve. La imaginación no puede describir el lóbrego paisaje. En la ciénaga resonaba el graznido de innumerables patos. Era muy probable que, desde el principio de los tiempos, ningún humano hubiera hollado aquellos recovecos recónditos de la ciénaga. En plena noche no se encontraba en silencio —silenciosa hasta el punto de resultar agobiante— como cuando el sol brillaba en el cielo. Mi intrusión de medianoche había despertado a las tribus aladas, que parecían abarrotar la ciénaga en cientos de miles, y de sus gárrulas gargantas salían numerosos sonidos; había tantos aleteos y tantas hoscas zambullidas en el agua a mi alrededor que me sentía aterrado y sobrecogido. Todas las aves del cielo y todas las serpientes que reptan por la tierra parecían haber concurrido en aquel lugar en concreto con la intención de llenarlo de confusión y desorden. No solo junto a las moradas humanas ni en las multitudinarias ciudades se ve y se oye la vida. Los lugares más salvajes de la tierra están llenos de ella. Incluso en el corazón de aquella lóbrega ciénaga, Dios había proporcionado refugio y un sitio donde morar a millones de seres vivos.

La luna ya se había elevado por encima de los árboles cuando tracé un nuevo plan. Hasta aquel momento había procurado dirigirme tan al sur como me era posible. Cambiando de rumbo, proseguí en dirección noroeste, pues mi objetivo era alcanzar Pine Woods en las proximidades de la casa del amo Ford. Una vez bajo su protección, creí que estaría relativamente a salvo.

Tenía la ropa hecha jirones; las manos, el rostro y el cuerpo, cubiertos de arañazos de los nudos afilados de los árboles caídos, y de saltar por encima de montones de maleza y madera flotante. Tenía los pies descalzos llenos de espinas. Estaba embadurnado de fango y lodo, y de légamo verde que había acumulado de la superficie de las aguas estancadas, en las que me había metido hasta el cuello muchas veces durante el día y la noche. Hora tras hora, y se habían vuelto realmente interminables, seguí avanzando con paso pesado en mi trayecto hacia el noroeste. El agua empezó a hacerse menos profunda; y el suelo, más firme bajo mis pies. Por fin, llegué al Pacoudrie, el mismo ancho brazo de río que había cruzado a nado a la ida. Volví a cruzarlo y poco tiempo después creí oír el cacareo de un gallo, pero el sonido era débil y podía haber sido una jugarreta de mi oído. El agua menguaba a medida que avanzaba; ya había dejado atrás el lodo, iba por tierra seca que, poco a poco, ascendía a la llanura, y sabía que estaba en algún lugar en Great Pine Woods.

Exactamente al amanecer, llegué a un claro —una especie de pequeña plantación—, pero no lo había visto nunca. En el lindero del bosque, me topé con dos hombres, un esclavo y su joven amo, que se dedicaban a atrapar cerdos mesteños. Sabía que el blanco me pediría mi pase y, al no poder dárselo, me retendría. Estaba demasiado exhausto como para volver a correr, y demasiado desesperado como para que me atraparan, así que probé una argucia que resultó del todo satisfactoria. Adoptando una expresión feroz, caminé derecho hacia él mirándolo fijamente a la cara. Al acercarme, retrocedió con aire alarmado. Era obvio que estaba muy asustado, que me creía alguna aparición infernal surgida de las entrañas de la ciénaga.

—¿Dónde vive William Ford? —dije en tono poco amistoso.

—Vive a siete millas de aquí —fue su respuesta.

—¿Por dónde se va a su casa? —pregunté de nuevo, tratando de parecer más feroz que nunca.

—¿Ve esos pinos de allá? —preguntó señalando dos pinos, a una milla de distancia, que se erguían apartados de sus compañeros, como una pareja de altos centinelas que dominara la amplia extensión boscosa.

—Los veo —fue mi respuesta.

—Al pie de esos pinos —prosiguió—, corre la carretera de Texas. Doble a la izquierda y le conducirá a la plantación de William Ford.

Sin más rodeos, me dirigí hacia allí apresuradamente, haciéndolo feliz, sin duda, por poner la máxima distancia posible entre nosotros. Al dar con la carretera de Texas, giré a mano izquierda como me había indicado y, al poco, pasé junto a un gran fuego en que ardía una pila de leños. Fui hacia él con idea de secar mi ropa, pero la pálida luz de la mañana estaba despuntando:

algún blanco podía verme al pasar. Además, con el calor me estaban entrando ganas de dormir, así que, sin demorarme más, seguí mi camino y, alrededor de las ocho, llegué, por fin, a casa del amo Ford.

Todos los esclavos estaban ausentes de las cabañas, trabajando. De camino hacia el porche, golpeé en la puerta, que la señora Ford abrió al poco. Había cambiado tanto mi aspecto, estaba en unas condiciones tan tristes y angustiosas que no me reconoció. Al preguntarle si estaba en casa el amo Ford, apareció el buen hombre antes de que pudiera responder a la pregunta. Le conté mi fuga y todos los detalles relacionados con ella. Me escuchó atentamente y, cuando hube terminado, me habló de manera amable y compasiva y, tras llevarme a la cocina, llamó a John y le ordenó que me preparara algo de comer. No había probado bocado desde que amaneciera la mañana anterior.

Cuando John me puso la comida delante, el ama salió con un tazón de leche y con muchos pequeños manjares que raras veces alegran el paladar de un esclavo. Estaba hambriento y agotado, pero ni el alimento ni el descanso me depararon ni la mitad de placer que aquellas benditas voces con sus amables palabras de consuelo. Fue el aceite y el vino lo que el buen samaritano de Great Pine Woods vertió en el espíritu herido del esclavo, quien llegó a él despojado de su vestimenta y medio muerto.

Me dejaron en la cabaña para que descansara. ¡Bendito sea el sueño! Visita a todos por igual, desciende como el rocío del cielo sobre el cautivo y el libre. Pronto se posó sobre mi pecho para ahuyentar los problemas que lo oprimían y me llevó a esa región en sombras donde vi de nuevo los rostros y escuché las voces de mis hijos, acerca de los cuales, por desgracia, no sabía en mis horas en vela si habían caído en los brazos de ese otro sueño del que nunca volverían a despertar.

XI

El huerto de la señora – El fruto dorado y carmesí – Los naranjos y los granados – El regreso a Bayou Boeuf – Los comentarios
del amo Ford por el camino – El encuentro con Tibeats – Su relato de la persecución – Ford condena su brutalidad – La llegada
a la plantación – El asombro de los esclavos al verme – Los azotes previstos – Kentucky John – El señor Eldret, dueño de la
plantación – Sam, el de Eldret – El viaje a Big Cane Brake – Los
árboles silvestres – Los moscos y los mosquitos – La llegada de
las mujeres negras a Big Cane – Las leñadoras – La repentina aparición de Tibeats – Su trato irritante – La visita a Bayou Boeuf –
El pase para los esclavos – La hospitalidad sureña – El final de
Eliza – Venta a Edwin Epps

Tras dormir largo rato, me desperté en algún momento de la
tarde, descansado, pero muy dolorido y acalambrado. Sally entró en la cabaña y habló conmigo mientras John me cocinaba la
cena. Sally estaba muy angustiada, al igual que yo, porque uno
de sus hijos estaba enfermo y temía que no sobreviviera. Una
vez acabada la cena, después de pasear por las dependencias un
rato y visitar la cabaña de Sally y ver al niño enfermo, estuve
deambulando por el huerto de la señora. Aunque era una estación del año en que, en climas más fríos, no se oye el canto de los
pájaros y los árboles carecen de su esplendor veraniego, aun así
en aquel momento florecían toda la variedad de rosas que había

allí y las largas y exuberantes vides que se enredaban por los emparrados. El fruto dorado y carmesí colgaba apenas oculto entre las flores más nuevas y más antiguas del melocotonero, el naranjo, el ciruelo y el granado, porque, en aquella región de calor casi perpetuo, las hojas caen y los brotes dan flores durante todo el año.

Me dejé llevar por la enorme gratitud que sentía hacia los amos Ford y, como deseaba recompensar su amabilidad de alguna manera, comencé a podar las vides y, después, a limpiar la hierba de entre los naranjos y los granados. Estos últimos crecen ocho o diez pies de altura y su fruto, aunque mayor, se parece al de la pasionaria. Tiene un sabor delicioso, como la fresa. Las naranjas, los melocotones, las ciruelas y muchas otras frutas son autóctonas de las tierras fértiles y cálidas de Avoyelles; sin embargo, es raro ver manzanas, que son la fruta más común en latitudes más frías.

La señora Ford salió poco después para decirme que yo era digno de alabanza, pero que no estaba en condiciones de trabajar y que me quedara en las cabañas hasta que el amo fuera a Bayou Boeuf, que no sería aquel día, y tal vez no fuera el siguiente. Le dije que, desde luego, me encontraba mal y estaba dolorido, que me dolía el pie, pues las astillas y las espinas me lo habían destrozado, pero que creía que aquel ejercicio no me haría mal y que era un enorme placer trabajar para un ama tan buena. Así que se volvió a la casa grande y durante tres días me encargué del huerto, limpiando las sendas, desbrozando los arriates y arrancando las malas hierbas bajo las enredaderas de jazmín, a las que la mano amorosa y abnegada de mi protectora había enseñado a trepar por las paredes.

A la cuarta mañana, una vez recuperado y fortalecido, el amo Ford me ordenó que estuviera listo para acompañarlo a Bayou Boeuf. No había más que un caballo ensillado en el claro, porque se habían enviado todos los demás y las mulas a la plantación, así que dije que podía caminar, y, tras despedirme de Sally y John, me marché de allí, corriendo al trote al lado del caballo.

Aquel pequeño paraíso en Great Pine Woods era el oasis en el desierto hacia el que mi corazón se volvería con afecto durante mis muchos años de servidumbre. Salía de allí con pena y pesar, aunque no tan abatido como si me hubieran hecho saber entonces que jamás regresaría.

El amo Ford me animó a reemplazarlo de vez en cuando en el caballo para que descansara, pero le dije que no, que no estaba cansado, y que era mejor que caminara yo. Me dijo muchas cosas amables y alentadoras por el camino, mientras cabalgaba despacio, para que pudiera ir a su lado. La bondad de Dios ha quedado patente, afirmó, en mi milagrosa huida por la ciénaga. Al igual que Daniel llegó ileso de la guarida de los leones, y al igual que Jonás se había cobijado en el vientre de la ballena, así me había librado del mal el Todopoderoso. Me preguntó por las diversas emociones y los temores que había experimentado a lo largo del día y la noche, y si había sentido, en algún momento, deseos de rezar. Me sentía abandonado por todo el mundo, le respondí, y estaba rezando mentalmente todo el tiempo. En tales ocasiones, me dijo, el corazón del hombre se vuelve hacia su Creador. En la prosperidad, y cuando no hay nada que le haga daño o le cause temor, no se acuerda de Él, y está dispuesto a desafiarlo, pero en medio del peligro, privado de toda ayuda humana, deja la tumba abierta ante él: entonces, en el momento de su tribulación, el hombre sarcástico y descreído se vuelve a Dios para pedirle auxilio, pues siente que no hay otra esperanza, amparo o abrigo más allá de su brazo protector.

Así me habló aquel hombre benévolo de esta vida y la vida venidera, de la bondad y el poder de Dios, y de la vanidad de las cosas terrenas, mientras viajábamos por la carretera solitaria hacia Bayou Boeuf.

Cuando estábamos a cinco millas aproximadamente de la plantación, vislumbramos a un jinete a lo lejos que cabalgaba hacia nosotros. Al acercarse, vi que se trataba de Tibeats. Se me quedó mirando un momento, pero no se dirigió a mí y, dando media vuelta, cabalgó junto a Ford. Yo corría despacio y en silencio tras los pasos de sus caballos escuchando su conversación. Ford lo informó de mi llegada a Pine Woods tres días antes, del estado lamentable en el que me encontraba, y de las dificultades y los peligros que había arrostrado.

—Bueno —exclamó Tibeats, omitiendo sus habituales maldiciones en presencia de Ford—, en toda mi vida no he visto a nadie correr así. Me apuesto a Platt por cien dólares a que gana a cualquier negro de Luisiana. Le ofrecí a John David Cheney veinticinco dólares por cogerlo, vivo o muerto, pero dejó atrás a sus chuchos en una carrera justa. Los chuchos de Cheney no valen nada, en realidad. Los sabuesos de Dunwoodie lo hubieran frenado antes de que hubiera rozado los palmitos. Por alguna razón, los chuchos perdieron el rastro y tuvimos que abandonar la caza. Cabalgamos tan lejos como pudimos y luego seguimos andando hasta que el agua tenía tres pies de hondo. Los chicos dijeron que seguro que se había ahogado. Reconozco que me moría de ganas de pegarle un tiro. Desde entonces, he estado cabalgando río arriba y abajo, pero no tenía mucha esperanza de atraparlo, pensaba que había estirado la pata, que sí. Ah, este negro corre que se las pela, ¡vaya que si corre!

Tibeats siguió hablando así, relatando su búsqueda en el pantano, la increíble velocidad a la que huí delante de los sabuesos, y, cuando hubo acabado, el amo Ford le respondió que yo siempre había sido un chico leal y bien dispuesto con él, que lamentaba que hubiésemos tenido aquel problema, que, según Platt, había sido tratado de manera inhumana y que el propio Tibeats tenía la culpa. Utilizar hachuelas y hachas contra los esclavos era vergonzoso y no debería permitirse, subrayó.

—Esa no es manera de tratarlos, cuando se los trae por primera vez a la región. Tendrá una influencia perniciosa y hará que todos ellos huyan. Las ciénagas estarán llenas de esclavos. Un poco de amabilidad sería mucho más eficaz para retenerlos, y los volvería más obedientes, que utilizar esas armas mortales. Todo dueño de plantación del río desaprobaría semejante barbarie. A todos les interesa hacerlo así. Es bastante obvio, señor Tibeats, que usted y Platt no pueden convivir. A usted le desagrada y no dudaría en matarlo, y él, como sabe, se escapará de usted otra vez por miedo a perder la vida. Así, pues, Tibeats, debe venderlo o, por lo menos, alquilarlo. Si no lo hace, tomaré medidas para quitarle su propiedad.

Con ese espíritu se dirigió Ford a Tibeats durante lo que quedaba del camino. No abrí la boca. Al llegar a la plantación, entraron en la casa grande, mientras yo me retiraba a la cabaña de Eliza. Los esclavos se sorprendieron al encontrarme allí cuando regresaron de la faena, pues suponían que me había ahogado. Aquella noche, de nuevo, se reunieron junto a la cabaña para escucharme relatar mi aventura. Daban por sentado que me azotarían y me castigarían severamente, ya que el célebre castigo por escaparse eran quinientos latigazos.

—Pobre hombre —dijo Eliza cogiéndome la mano—, hubiera sido mejor para ti haberte ahogado. Me temo que tienes un amo cruel que acabará matándote.

Lawson sugirió que tal vez se eligiera al capataz Chapin para infligir el castigo, en cuyo caso no sería tan severo, y, acto seguido, Mary, Rachel, Bristol y los demás desearon que fuera el amo Ford, ya que entonces no habría azotes en absoluto. Todos ellos se compadecieron de mí y trataron de consolarme, y estaban tristes por la represalia que me esperaba, todos excepto Kentucky John. Su risa no tenía límites, invadía toda la cabaña con sus risotadas, agarrándose las costillas mientras se descoyuntaba de risa, y la causa de aquella ruidosa hilaridad era la idea de haber dejado atrás a los perros de caza. Por alguna razón, aquel asunto le parecía cómico.

—Ya sabía yo que no lo agarrarían cuando corría por la plantación. Ay, Dios mío, salió pitando, ¿eh? Cuando los chuchos pillaron dónde estaba, él ya no estaba allí, ¡ja, ja, ja! ¡Ay, Dios, que me parto!

Y, entonces, Kentucky John volvió a estallar en otro de sus escandalosos ataques.

Al día siguiente, temprano, Tibeats se marchó de la plantación. A lo largo de la mañana, cuando deambulaba cerca de la desmotadora de algodón, un hombre alto y bien parecido se me acercó y me preguntó si era el chico de Tibeats, ya que aquel juvenil calificativo se aplicaba indiscriminadamente a los esclavos aunque hubieran pasado de los setenta. Me quité el sombrero y le dije que sí.

—¿Qué te parecería trabajar para mí? —me preguntó.

—Pues me gustaría mucho —dije, movido por una repentina esperanza de separarme de Tibeats.

—Trabajaste a las órdenes de Myers donde Peter Tanner, ¿verdad?

Contesté que así había sido y añadí algunos elogios que Myers me había hecho.

—Bueno, chico —me dijo—, te he alquilado a tu amo para trabajar para mí en Big Cane Brake, a treinta y ocho millas de aquí, Río Rojo abajo.

Aquel hombre era el señor Eldret, que vivía más abajo de donde Ford, en la misma orilla del río. Lo acompañé a su plantación, y por la mañana salí con su esclavo Sam y un carro cargado de provisiones tirado por cuatro mulas hacia Big Cane, mientras Eldret y Myers se habían adelantado a caballo. El tal Sam era oriundo de Charleston, donde tenía a su madre, su hermano y sus hermanas. Reconocía —algo que decían tanto los negros como los blancos— que Tibeats era un tipo ruin y esperaba, al igual que yo de todo corazón, que su amo me comprara.

Bajamos por la orilla sur del río y lo cruzamos por la plantación de Carey; desde allí fuimos hasta la de Huff Power y, una vez pasada esta, llegamos a la carretera de Bayou Rouge, que conduce al Río Rojo. Tras atravesar Bayou Rouge Swamp, justo durante la puesta de sol, salimos de la carretera principal para desviarnos hacia Big Cane Brake. Abrimos un sendero por el cañaveral, apenas lo bastante ancho como para dejar pasar la carreta. Las cañas, a semejanza de las que se utilizan para pescar, eran tan gruesas que se tenían en pie. Una persona no podía ver a través de ellas ni cinco yardas. Las atraviesan sendas abiertas por animales salvajes en diferentes direcciones, ya que el oso y el tigre americano abundan en aquellas espesuras, y cualquier hondonada de agua estancada está repleta de caimanes.

Proseguimos el solitario trayecto a través de Big Cane durante varias millas, hasta que llegamos a un descampado conocido como «el campo de Sutton». Muchos años antes, un hombre llamado Sutton había penetrado en el cañaveral selvático de aquel solitario lugar. Según la leyenda, había huido a aquel sitio como prófugo no del ejército, sino de la justicia. Allí vivía solo —en su retiro y ermita de la ciénaga— plantando semillas y recogiendo la cosecha con sus propias manos. Un día un grupo de indios irrumpió de manera sigilosa en su soledad y, tras una lucha sangrienta, lo redujeron y lo mataron brutalmente. En millas a la redonda por toda la región, en las dependencias de los esclavos y los porches de las casas grandes, donde los niños blancos se sentaban a escuchar historias, se dice que aquel sitio, en el corazón de Big Cane, es un lugar embrujado. Durante más de un cuarto de siglo, las voces humanas raras veces perturbaron, si alguna vez lo hicieron, el silencio del descampado. Malas hierbas y hierbas venenosas habían cubierto el campo antaño cultivado; las serpientes disfrutaban al sol en el umbral de la ruinosa cabaña. Era una estampa del abandono realmente tétrica.

Una vez atravesado el campo de Sutton, avanzamos por un camino recién abierto dos millas más allá, que nos condujo a nuestro destino. Habíamos llegado a las tierras vírgenes del señor Eldret, donde planeaba desbrozar una considerable plantación. Fuimos a trabajar a la mañana siguiente con los machetes y despejamos suficiente espacio como para erigir dos cabañas: una para Myers y Eldret, y la otra para Sam, para mí y para los esclavos que se nos unieran. Estábamos en medio de árboles de tamaño descomunal, cuyas vastas ramas casi impedían que pasara la luz del sol, mientras el espacio entre los troncos era una impenetrable masa de caña con algún palmito esporádico aquí y allá.

El laurel y el sicomoro, el roble y el ciprés alcanzan un tamaño incomparable en aquellas fértiles tierras bajas a orillas del Río Rojo. De cada árbol, además, pendían grandes y alargados montones de musgo que a ojos poco acostumbrados tenían un aspecto chocante y extraño. Aquel musgo se envía en grandes cantidades al norte y allí se utiliza con fines industriales.

Talamos robles, los seccionamos en dos y con ellos erigimos cabañas provisionales. Hicimos los tejados con hojas anchas de palmito, un excelente sustituto de las tejas de madera, mientras duran.

La mayor molestia que conocí allí fueron las moscas pequeñas, los moscos y los mosquitos. Plagaban el aire. Se metían en las entradas del oído, la nariz, los ojos y la boca, y succionaban bajo la piel. Era tan imposible no hacerles caso como quitárselos de encima. En realidad, parecía como si nos estuvieran devorando y trasladándonos poco a poco en sus pequeñas bocas martirizantes.

Sería difícil de imaginar un lugar más solitario o más desagradable que el centro de Big Cane Brake, pero para mí era un paraíso en comparación con cualquier otro lugar en compañía del amo Tibeats. Trabajé duro y, con frecuencia, estaba rendido y exhausto, pero, a pesar de todo, podía acostarme por la noche en paz y levantarme por la mañana sin miedo.

A lo largo de la quincena siguiente, vinieron cuatro chicas negras de la plantación de Eldret: Charlotte, Fanny, Cresia y Nelly. Todas ellas eran altas y corpulentas. Les pusieron hachas en las manos y las enviaron a cortar árboles con Sam y conmigo. Eran excelentes talando: el roble y el sicomoro más gruesos no aguantaban más que un breve rato ante sus golpes potentes y certeros. Apilando troncos eran tan buenas como cualquier hombre. En los bosques del sur hay leñadoras al igual que leñadores. De hecho, en la región de Bayou Boeuf participan en todos los trabajos requeridos en la plantación. Aran, cavan, llevan la yunta, desbrozan eriales, trabajan en la carretera principal, y así sucesivamente. Algunos terratenientes que poseen grandes plantaciones de algodón y azúcar no tienen más que esclavas para trabajar. Uno de ellos es Jim Burns, que vive en la orilla norte del río, enfrente de la plantación de John Fogaman.

A nuestra llegada al cañaveral, Eldret me prometió que, si trabajaba bien, podría ir a visitar a mis amigos de la plantación de Ford al cabo de cuatro semanas. El sábado por la noche de la quinta semana, le recordé su promesa, y entonces me dijo que lo había hecho bien, que podía ir. Me había ilusionado con ello, y el anuncio de Eldret hizo que me emocionara de alegría. Debía regresar a tiempo el martes por la mañana para empezar las tareas del día.

Cuando me estaba dejando llevar por la grata perspectiva de volver a reunirme tan pronto con mis viejos amigos, de repente, la odiosa figura de Tibeats se interpuso entre nosotros. Preguntó si Myers y Platt congeniaban, y le respondieron que muy bien y que Platt iba a ir por la mañana a la plantación de Ford de visita.

—Bah, bah —dijo Tibeats con desdén—, no merece la pena, el negro se me volverá un irresponsable. No puede ir.

Pero Eldret insistió en que había trabajado concienzudamente, que me había hecho un promesa y que, dadas las circunstancias, no debía llevarme una decepción. Entonces, cuando estaba a punto de anochecer, entraron en una cabaña y yo en la otra. No podía renunciar a la idea de irme; era un desengaño demasiado doloroso. Antes del amanecer decidí marcharme, si Eldret no ponía ninguna objeción, pasara lo que pasara. Al alba estaba en su puerta, con mi manta enrollada en un atado, colgando de un palo sobre mi hombro, mientras esperaba el pase. Tibeats salió poco después de un humor arisco como de costumbre, se lavó la cara y, yéndose a un tocón de allí cerca, se sentó en él, y en apariencia se puso a pensar para sí con ahínco. Después de permanecer allí durante largo rato, movido por un repentino ataque de impaciencia, eché a caminar.

—¿Te vas a ir sin un pase? —me gritó.

—Sí, amo, pensaba hacerlo —contesté.

—¿Cómo te crees que vas a llegar? —me preguntó.

—No lo sé —fue toda la respuesta que le di.

—Te cogerán y te llevarán a la cárcel, donde deberías estar, antes de que hayas llegado a medio camino —añadió mientras entraba a la cabaña.

Salió enseguida, con el pase en la mano y, llamándome «condenado negro que se merece cien latigazos por lo menos», lo tiró al suelo. Lo recogí y me marché corriendo a toda velocidad.

Un esclavo al que descubren fuera de la plantación de su amo sin un pase puede ser retenido y azotado por cualquier hombre blanco que se encuentre. El que recibí llevaba fecha y decía lo siguiente:

> Platt tiene permiso para ir a la plantación de Ford, en Bayou Boeuf, y volver el martes por la mañana.
>
> JOHN M. TIBEATS

Así suele ser el documento. Por el camino, me lo pidieron varias personas, lo leyeron y dieron el visto bueno. Los que tenían porte y apariencia de caballeros, cuya vestimenta indicaba que eran gente adinerada, con frecuencia no me prestaban la más mínima atención, pero un tipo desharrapado, un inconfundible vagabundo, nunca dejaba pasar la oportunidad de detenerme ni de inspeccionarme y examinarme de la forma más meticulosa posible. Atrapar fugitivos a veces es un negocio rentable. Si, tras anunciarlo, no aparece el dueño, se los puede vender al mejor postor; y, de todas maneras, se concede cierta gratificación al que los encuentra por sus servicios, aunque los reclamen. «La chusma blanca» —nombre que se emplea para los vagabundos de ese pelaje—, por tanto, considera un regalo del cielo encontrarse con un negro desconocido sin un pase.

En aquella parte del estado donde residí, no hay posadas a lo largo de las carreteras principales. Carecía por completo de dinero y tampoco llevaba comida en mi viaje de Big Cane a Bayou Boeuf, pero, con un pase en la mano, un esclavo nunca sufre hambre ni sed. Le basta con presentarlo al amo o al capataz de una plantación y expresarles su necesidad para que le envíen a la cocina y le proporcionen comida o cobijo, según el caso. El viajero para en cualquier casa y pide de comer con tanta libertad como si fuera una posada. Es la costumbre habitual de la región. Por muchos defectos que tengan, no cabe duda alguna de que los habitantes de orillas del Río Rojo y los de los alrededores de los brazos de río del interior de Luisiana son hospitalarios.

Llegué a la plantación de Ford hacia el final de la tarde y luego pasé la noche en la cabaña de Eliza con Lawson, Rachel y otros conocidos. Cuando nos marchamos de Washington, Eliza tenía formas redondeadas y estaba rellenita. Iba muy derecha y, con sus sedas y sus joyas, tenía un aspecto atractivo de vitalidad y elegancia. Ya no era ni una sombra de su antiguo aspecto. Su rostro se había demacrado terriblemente y la figura antaño erguida y animada doblaba la cerviz al suelo como si llevara a sus espaldas el peso de cien años. En cuclillas en el suelo de su cabaña y vestida con la basta indumentaria del esclavo, el viejo Elisha Berry no hubiera reconocido a la madre de su hijo. Nunca más la vi. Como se volvió inútil en el algodonal, fue cambiada por una baratija a un tipo que residía en las inmediaciones de la plantación de Peter Compton. La pena la había carcomido implacablemente por dentro hasta perder la vitalidad; y por eso, se dice, su último amo la azotaba y la insultaba sin misericordia alguna. Pero no podía devolverle a golpes el extinguido vigor de la juventud ni enderezar aquel cuerpo encorvado a su altura original tal como era cuando tenía a sus hijos a su alrededor y la luz de la libertad le iluminaba el camino.

Me enteré de los detalles relativos a su partida de este mundo por uno de los esclavos de Compton, que había llegado por el Río Rojo a Bayou Boeuf para ayudar a la joven señora Tanner durante la «temporada alta». Al final, dijeron, estaba completamente inválida, durante varias semanas estuvo tumbada en el suelo de una cabaña destartalada, dependiendo de la misericordia de sus compañeros de esclavitud para beber un esporádico trago de agua y comer un bocado. Su amo «no le dio la puntilla» como se hace a veces para evitar a un animal enfermo el sufrimiento, sino que la desposeyó de todo para lograrlo, la dejó inerme, para que se prolongara su vida de dolor y desgracia hasta su término natural. Cuando los braceros volvieron del campo una noche, ¡se la encontraron muerta! Durante el día, el ángel del Señor, que deambula invisible por el mundo cosechando las almas de los que terminan sus días, había entrado silenciosamente en la cabaña de la moribunda y se la había llevado de aquel lugar. ¡Por fin era libre!

Al día siguiente, tras enrollar mi manta, salí de regreso a Big Cane. Después de viajar durante tres millas, en un lugar llamado Huff Power, el omnipresente Tibeats me salió al paso en la carretera. Me preguntó por qué estaba tan pronto de vuelta y, cuando le hice saber que tenía mucho interés en regresar en el momento en el que se me había indicado, me dijo que no necesitaba ir más allá de la siguiente plantación, puesto que aquel día me había vendido a Edwin Epps. Llegamos andando al patio, donde nos reunimos con el susodicho caballero, quien me inspeccionó y me hizo las preguntas habituales de los compradores. Cuando fui debidamente entregado, me mandó a las barracas y, al mismo tiempo, me ordenó que me hiciera un mango de azadón y hacha.

Ya no era propiedad de Tibeats, ya no era su perro, su animal, temeroso de su ira y de su crueldad día y noche; y quienquiera o fuera como fuera mi nuevo amo, no iba a lamentar el cambio, sin duda alguna, así que el anuncio de la venta fue una buena noticia y me senté en mi nuevo alojamiento con un suspiro de alivio.

Poco después, Tibeats desapareció de aquella parte del país. Más tarde lo vi fugazmente una solo vez. Fue a muchas millas de Bayou Boeuf. Estaba sentado a la entrada de un bar de mala muerte. Yo pasaba, en un hato de esclavos, hacia la parroquia de Saint Mary.

XII

Aspecto físico de Epps – Epps, sobrio y borracho – Un vistazo a su pasado – Cultivo de algodón – La manera de roturar y preparar el suelo – Acerca de la siembra – Acerca de la escarda, la cosecha y el trato a los braceros novatos – La diferencia entre los recolectores de algodón – Patsey, una notable recolectora – Asignada tarea conforme a la habilidad – Belleza del algodonal – Las tareas de los esclavos – Miedo al acercarse a la desmotadora – Pesaje – «Faenas» – Vida en la cabaña – El molino de maíz – Usos de la calabaza – Miedo a quedarse dormido – Miedo a todas horas – Manera de cultivar el maíz – Batatas – Feracidad de la tierra – Cebando cerdos – Curando beicon – Criando al ganado – Concursos de tiro al blanco – Productos de la huerta – Flores y vegetación

Edwin Epps, del que se dirá mucho a lo largo del resto de esta historia, es un hombre grande, fornido y corpulento de cabello rubio, pómulos prominentes y nariz aguileña de excepcionales dimensiones. Tiene ojos azules, piel clara y debería decir que mide ni más ni menos que seis pies. Muestra el aire avispado e inquisitivo de un trilero. Sus modales resultan detestables y groseros, y su manera de hablar delata enseguida de manera inequívoca que jamás ha disfrutado de las ventajas de la educación. Tiene la habilidad de decir las cosas más desafiantes, en ese aspecto superaba incluso al buen Peter Tanner. En la época en la que me adquirió, Edwin Epps le tenía mucha afición a la botella, por lo que sus «farras» se alargaban a veces durante dos semanas enteras. Sin embargo, en los últimos tiempos había corregido sus hábitos y, cuando lo dejé, era el ejemplo más estricto de sobriedad que se puede encontrar en Bayou Boeuf. Cuando tenía una de sus «castañas», el amo Epps era un perdonavidas y un fanfarrón, cuyo mayor deleite consistía en bailar con sus «morenos» o azotarlos por el patio con su largo látigo, solo por el placer de oírlos gritar y chillar mientras les plantaba grandes verdugones en la espalda. Cuando estaba sobrio, era silencioso, reservado y taimado, no nos golpeaba indiscriminadamente, como en sus momentos de borrachera, sino que despachaba la punta de su cuero a algún lugar de un esclavo rezagado, con una maña ladina característica de él.

Había sido mayoral y capataz en su juventud, pero, en aquella época, disfrutaba de una plantación en Bayou Huff Power, a dos millas y media de Holmesville, a dieciocho de Marksville y a doce de Cheneyville. Pertenecía a Joseph B. Roberts, el tío de su esposa, que se la había arrendado a Epps. Su negocio principal era cosechar algodón y, dado que quizá algunos lean este libro sin haber visto nunca un campo de algodón, puede que no esté fuera de lugar describir la forma de cultivarlo.

La tierra se prepara levantando camellones o caballones con el arado: contrasurcar, lo llaman. Se utilizan bueyes o mulas en la arada, estas últimas casi de manera exclusiva. Las mujeres realizan esta tarea con tanta frecuencia como los hombres, y alimentan, almohazan o cuidan de sus yuntas, y, en todos los aspectos, hacen el trabajo de campo y de establo con la eficacia de los labradores del norte.

Los camellones, o caballones, tienen seis pies de ancho, es decir, de acequia a acequia. Se pasa, pues, un arado tirado por una mula a lo largo de la parte de arriba del caballón o el centro del camellón, mientras se hace la zanja en la que una chica suele echar la simiente, que lleva en una bolsa colgada del cuello. Tras ella viene una mula con una grada que cubre la semilla, así que se emplean dos mulas, tres esclavos, un arado y una grada para plantar una hilera de algodón. Esta labor se lleva a cabo en los meses de marzo y abril. El maíz se planta en febrero. Cuando no llueve y hace frío, el algodón suele aparecer en una semana. Al cabo de ocho o diez días comienza la escarda. Esta se realiza en parte también con ayuda del arado y una mula. El arado pasa tan cerca como es posible del algodón por ambos lados, abriendo el surco. Los esclavos lo siguen con sus azadones, cortando la hierba y el algodón, y dejan montículos de dos pies y medio a un lado. A esto se lo llama carpir algodón. Dos semanas más tarde empieza la segunda escarda. Esta vez se echa el surco hacia el algodón. Solo se deja un tallo, el más grande, en cada camellón. Una quincena después, se escarda por tercera vez, abriendo el surco hacia el algodón de la misma manera que antes y matando toda la hierba entre las hileras. A primeros de julio, cuando tiene un pie de alto más o menos, se escarda por cuarta y última vez. Entonces se ara todo el espacio entre las hileras y se deja una profunda acequia en medio. Durante todas estas escardas, el capataz o el mayoral sigue a los esclavos a lomos de su caballo con un látigo, tal como se ha descrito. La azada más rápida va por la hilera principal. Suele ir cinco yardas por delante de sus compañeros. Si uno de ellos lo adelanta, lo azotan. Si uno se rezaga o se para un momento, lo azotan. De hecho, el látigo se pasa el día por los aires de la mañana a la noche. La temporada de escarda prosigue así desde abril hasta julio, pues en cuanto se ha terminado con un campo, se comienza de nuevo.

A últimos de agosto comienza la temporada de cosecha del algodón. En esa época, a cada esclavo se le da un saco. Lleva sujeta una correa que le pasa por la nuca, lo que mantiene la abertura del saco a la altura del pecho, mientras que el fondo roza el suelo. A cada uno se le da una gran cesta en la que cabrán cerca de dos barriles. Esto sirve para meter el algodón dentro cuando el saco está lleno. Las cestas se llevan hasta el campo y se colocan al comienzo de las hileras.

Cuando se envía a un bracero nuevo, que no tiene ninguna experiencia, por primera vez al campo, se lo azota con sensatez y ese día se lo obliga a cosechar tan rápido como le sea posible. Por la noche, se pesa lo que recoge para conocer su pericia en la cosecha de algodón. Debe llevar el mismo peso cada noche siguiente. Quedarse corto se considera una prueba de que ha estado holgazaneando, y conlleva un mayor o menor número de latigazos de castigo.

Un día normal de trabajo equivale a doscientas libras. A un esclavo acostumbrado a cosechar se lo castiga si consigue una cantidad menor. Hay una gran diferencia entre ellos en relación con esta clase de trabajo. Algunos de los esclavos parecen tener un talento o una destreza naturales que les permite cosechar a gran velocidad y con ambas manos, mientras que otros, cualquiera que sea su práctica o aplicación, son completamente incapaces de alcanzar el nivel normal. A tales braceros se los aparta del algodonal y se los emplea en otra labor. A Patsey, de quien hablaré más adelante, se la conocía como la cosechadora de algodón más notable de Bayou Boeuf. Cosechaba con ambas manos y con una rapidez tan sorprendente que para ella no era infrecuente recolectar quinientas libras en un día.

Por tanto, a cada uno se le asigna una tarea conforme a su habilidad para cosechar; sin embargo, a ninguno para no llegar a las doscientas libras de peso. Yo, como siempre he sido torpe para esa tarea, hubiera contentado a mi amo si hubiera conseguido dicha cantidad, mientras que, por el contrario, seguramente hubiesen dado una paliza a Patsey si hubiese logrado dos veces más.

El algodón crece de cinco a siete pies de alto y cada tallo tiene muchísimas ramas, que brotan en todas direcciones y que se comban unas a otras hacia la acequia.

Hay pocas cosas más agradables de ver que un vasto algodonal cuando está florecido. Ofrece un aspecto de pureza semejante a una extensión cubierta de nieve liviana y recién caída.

Algunas veces el esclavo cosecha un lado de una hilera y se vuelve hacia la otra, pero, con más frecuencia, hay otro al otro lado recogiendo todo lo que ha florecido y dejando las cápsulas sin abrir para una cosecha posterior. Cuando se llena el saco, se vacía en la cesta y se prensa con el pie. Es necesario ser extremadamente cuidadoso la primera vez que se cruza el algodonal, con el fin de no romper las ramas de los tallos. El algodón no florece en una rama rota. Epps nunca se olvidaba de infligir el escarmiento más severo al desdichado siervo que, por descuido o por accidente inevitable, fuera mínimamente responsable al respecto.

A los braceros se les exige estar en el algodonal con el primer rayo de luz de la mañana, y, a excepción de diez o quince minutos que se les concede a mediodía para tragarse su ración de beicon frío a toda prisa, no se les permite estar ociosos ni un momento hasta que está demasiado oscuro para ver, y cuando hay luna llena, a menudo trabajan hasta bien entrada la noche. No se atreven a parar ni siquiera a cenar, ni regresar a las cabañas, por muy tarde que sea, hasta que el mayoral da la orden de detenerse.

Una vez terminada la jornada en el algodonal, «se arrean» las cestas o, en otras palabras, se transportan a la desmotadora, donde se pesa el algodón. Por muy fatigado y exhausto que pueda estar, por mucho que desee dormir y descansar, un esclavo nunca se acerca a la desmotadora con la cesta de algodón sino asustado. Si se queda corto de peso, si no ha realizado toda la tarea que se le asigna, sabe que debe angustiarse. Y si ha rebasado el peso en diez o veinte libras, con toda probabilidad su amo evaluará la tarea del día siguiente en consecuencia. Así que, ya sea por tener demasiado o por tener demasiado poco algodón, se acerca a la desmotadora siempre con miedo y temblando. Con mucha frecuencia tienen demasiado poco y, por tanto, no están ansiosos por abandonar el algodonal. Después de pesar, vienen los latigazos; y luego se llevan las cestas al almacén de algodón, y su contenido se acumula como el heno, pues se envía a todos los braceros a pisarlo. Si el algodón no está seco, en lugar de llevárselo de la desmotadora enseguida, se coloca encima de tarimas de dos pies de alto y alrededor de seis de ancho, cubiertas de tablas o planchas, con estrechos pasillos entre ellas.

Hecho esto, las labores del día no terminan ahí, de ningún modo. Cada uno debe ocuparse de sus respectivas faenas. Uno da de comer a las mulas, otro al cerdo, otro corta la madera, y así sucesivamente; además, el embalaje se completa a la luz de las velas. Por último, avanzada la noche, los esclavos llegan a las cabañas, somnolientos y derrotados por un largo día de quehaceres. Entonces hay que encender un fuego en la cabaña, triturar el maíz con el molinillo de mano, y preparar la cena y la comida para el día siguiente en el algodonal. Lo único que se les concede es maíz y beicon, que se les reparte en el granero y en el ahumadero los domingos por la mañana. Cada uno recibe, como ración semanal, tres libras y media de beicon, y suficiente maíz como para hacer un montón de comida. Eso es todo: nada de té, café, azúcar y, salvo una pizca escasa de vez en cuando, nada de sal. Puedo decir, tras diez años de estancia con el amo Epps, que es poco probable que ninguno de sus esclavos padezca de gota por excederse con la buena vida. A los puercos del amo Epps se los alimentaba con maíz sin cáscara, eso les soltaba a sus negros al oído. Los primeros, pensaba él, engordarían más rápido si se le quitaba la cáscara y se remojaba en agua; los últimos, si se les trataba de la misma manera, tal vez se pusieran demasiado gordos para faenar. El amo Epps era un fino contable y sabía cómo administrar a sus animales, sobrio o borracho.

El molino del maíz se encontraba en el patio bajo un tejadillo. Es semejante a un molino de café corriente, aunque la tolva tiene capacidad para seis cuartos de galón más o menos. El amo Epps concedía un privilegio sin restricciones a todos los esclavos que tenía. Podían triturar su maíz de noche, en cantidades tan pequeñas como sus necesidades diarias requiriesen, o podían triturar la ración de toda la semana de una vez los domingos, como ellos prefirieran. ¡Qué hombre más generoso era el amo Epps!

Yo guardaba mi maíz en una cajita de madera; la comida, en una calabaza seca; y, por cierto, la calabaza es uno de los utensilios más convenientes y necesarios en una plantación. Además de sustituir cualquier pieza de la vajilla en la cabaña del esclavo, se utiliza para llevar agua a los campos de labranza, o incluso la comida. Con ella se prescinde de la necesidad de cubos, cazos o tazas, y de todas las trivialidades de hojalata y madera semejantes.

Cuando se tritura el maíz y se hace fuego, el beicon se baja del clavo del que cuelga, se corta una tajada y se echa en los carbones para asarla. La mayoría de los esclavos no tiene un cuchillo, ni mucho menos un tenedor. Cortan el beicon con el hacha en el montón de leña. La harina de maíz se mezcla con un poco de agua, se pone en el fuego y se cuece. Cuando «se dora», se raspan las cenizas, y, tras ponerlo encima de un trozo de madera, que hace las veces de mesa, el inquilino de la cabaña de esclavos está listo para sentarse en el suelo a cenar. Para entonces, suele ser medianoche. El mismo miedo al castigo con el que se acerca a la desmotadora se adueña de ellos otra vez al tumbarse para descansar un rato. Es el miedo a quedarse dormido por la mañana. Tal crimen llevaría aparejado, sin duda, no menos de veinte latigazos. Con una oración en la que se pide estar en pie y bien despierto al primer toque de corneta, se sume en su letargo cada noche.

No se encontrarán los divanes más mullidos del mundo en la mansión de troncos del esclavo. Aquel en el que me recliné año tras año era un tablón de doce pulgadas de ancho y diez pies de largo. Mi almohada era un trozo de madera. La ropa de cama era una manta áspera sin un mal jirón ni trapo. Se podría utilizar musgo si no fuera porque enseguida hierve de pulgas.

La cabaña está construida con leños, sin suelo ni ventana. Esta última es totalmente innecesaria, las rendijas entre los leños dejan pasar suficiente luz. Cuando hay tormenta, la lluvia penetra a través de los leños, volviéndola incómoda y extremadamente desagradable. La puerta, tosca, cuelga de unos goznes de madera. En un rincón hay una chimenea torpemente construida.

Una hora antes de que salga el sol se toca la corneta. Entonces se levantan los esclavos, se preparan el desayuno, llenan una calabaza con agua, en otra meten la comida, beicon frío y torta de maíz, y se apresuran al campo de labranza de nuevo. Es un crimen, que se paga con latigazos, que le encuentren a uno en las cabañas después del amanecer. Entonces comienzan los miedos y los trabajos de otro día, y hasta que termina no hay respiro. El esclavo tiene miedo de que lo cojan rezagado a lo largo del día; tiene miedo de acercarse a la desmotadora con su cesta cargada de algodón por la noche; tiene miedo, cuando se acuesta, de quedarse dormido por la mañana. Esa es la descripción fiel, fidedigna y sin exageraciones de la vida diaria de un esclavo durante la época de cosecha del algodón a orillas de Bayou Boeuf.

En el mes de enero, casi siempre, se remata la cuarta y última cosecha. Entonces empieza la temporada del maíz. Este se considera un cultivo secundario, y recibe mucha menos dedicación que el algodón. Se planta, como ya se ha mencionado, en febrero. El maíz se siembra en aquella región con el fin de engordar a los cerdos y alimentar a los esclavos; se destina muy poco, si acaso se hace, a la venta. Es de la variedad blanca, el de mazorca de gran tamaño, y el tallo alcanza una altura de ocho y, a menudo, diez pies. En agosto, se arrancan las hojas, se secan al sol, se lían en pequeños manojos y se almacenan como forraje para las mulas y los bueyes. Después, los esclavos revisan el campo y comban las mazorcas con el fin de impedir que las lluvias penetren hasta el grano. Se dejan en ese estado hasta después de haber cosechado el algodón, ya sea más tarde o más temprano. Entonces se separan las mazorcas de los tallos y se guardan en el granero con la cáscara, pues, de lo contrario, desprovisto de la cáscara, el gorgojo las echaría a perder. Los tallos se quedan en pie en el campo.

La carolina, o la batata, crece también en aquella región en cierta medida. Sin embargo, no se da de comer a los cerdos ni al ganado, y se considera de una importancia menor. Se conservan poniéndolas en el suelo y cubriéndolas ligeramente con tierra o tallos de maíz. No hay ni un sótano en Bayou Boeuf. El suelo es tan bajo que se llenaría de agua. Las batatas valen de veinticinco a treinta y pico centavos, o chelines, el tonel; el maíz, salvo cuando hay una insólita carestía, se puede adquirir al mismo precio.

En cuanto se obtienen las cosechas de algodón y maíz, se

arrancan los tallos, se tiran en montones y se queman. Al mismo tiempo, se ponen en marcha los arados y se levantan los caballones de nuevo antes de una nueva siembra. La tierra, en las parroquias de Rapides y Avoyelles, y a lo largo y ancho de toda la región, hasta donde llegué a observar, es de una prodigiosa riqueza y feracidad. Es una especie de marga de un tono marrón o rojizo. No requiere de los abonos fertilizantes necesarios en tierras más yermas, y, en el mismo campo de labranza, crece la misma cosecha durante muchos años sucesivos.

En arar, sembrar, cosechar algodón, recolectar el maíz y arrancar y quemar los tallos se van las cuatro estaciones del año. Conseguir y cortar leña, prensar el algodón, engordar a los cerdos no son sino tareas secundarias.

En el mes de septiembre o en octubre, los perros sacan a los cerdos de las ciénagas y los confinan en corrales. La matanza se realiza una mañana de frío, por lo general, cerca de año nuevo. Cada animal abierto en canal se trocea en seis partes y se amontonan una sobre otra en sal, sobre mesas grandes, en el ahumadero. En esas condiciones permanece una quincena, y después se cuelga y se prepara un fuego, y así continúa más de la mitad de lo que queda de año. Este cuidadoso ahumado es necesario para evitar que el tocino se infeste de gusanos. En un clima tan cálido es difícil conservarlo, y muchas veces mis compañeros y yo recibimos nuestra ración diaria de tres libras y media llena de esos repugnantes bichos.

Aunque las ciénagas estén repletas de reses, nunca se aprovechan como fuente de ingresos en un grado importante. El dueño de la plantación hace una incisión en la oreja, o marca sus iniciales en el costado, y las devuelve a las ciénagas, para que vaguen libremente dentro de sus confines casi ilimitados. Son de raza española, pequeñas y de cuernos picudos. Supe de algunas manadas que robaban de Bayou Boeuf, pero ocurría raras veces. Las mejores vacas valen alrededor de cinco dólares cada una. Dos cuartos de galón en un ordeño se consideraría una cantidad excepcionalmente elevada. Proporcionan poca manteca, y esta es pastosa y de una calidad inferior. A pesar del gran número de vacas que atestan las ciénagas, los dueños de las plantaciones están agradecidos al norte por su queso y su mantequilla, que adquieren en el mercado de Nueva Orleans. El tasajo de vaca no es algo que se coma ni en la casa grande ni en la cabaña.

El amo Epps tenía la costumbre de acudir a los concursos de tiro al blanco con el fin de procurarse la carne fresca de vaca que necesitaba. Las competiciones tenían lugar en el cercano pueblo de Holmesville. Llevaban hasta allí reses gruesas y les disparaban tras haber reclamado un precio fijado por el privilegio de hacerlo. El tirador afortunado dividía la carne entre sus compañeros y, de esta manera, se abastecían los dueños de plantación que asistían.

Sin duda, el gran número de reses domesticadas o sin domesticar que abundan en los bosques y las ciénagas de Bayou Boeuf sugirió dicho nombre a los franceses, puesto que el término, traducido, significa el riachuelo o el río del buey mesteño.

Los productos de la huerta, como los repollos, los nabos y cosas por el estilo, se cultivan para disfrute del amo y su familia. Tienen verduras y hortalizas en todo momento y en todas las estaciones del año. «Sécase la hierba, cáese la flor»* ante los arrasadores vientos de otoño en las heladas latitudes norteñas, pero la vegetación perpetua cubre las cálidas tierras bajas y las flores se abren en pleno invierno en la región de Bayou Boeuf.

No hay prados destinados a cultivar pasto. Las hojas del maíz proporcionan suficiente alimento al ganado de labor, mientras que el resto se surte a sí mismo todo el año en la pradera invariablemente verde.

Hay otras muchas particularidades del clima, los usos, las costumbres y la manera de vivir y trabajar en el sur, pero lo anterior, espero, dará al lector una idea general y una nueva perspectiva de la vida en una plantación de algodón en Luisiana. La forma de cultivar la caña y el proceso de la elaboración del azúcar se expondrá en otro lugar.

* Cita de Isaías 40, 8. *(N. de los T.)*

XIII

A mi llegada a la plantación del amo Epps, obedeciendo sus órdenes, la primera tarea que me encomendó fue la de fabricar la
empuñadura de un hacha. Las empuñaduras que suelen hacerse
son un palo recto y redondo. Yo, sin embargo, hice una encorvada, como las que había visto en el norte. Cuando la terminé y
se la enseñé a Epps, la miró sorprendido, incapaz de determinar
qué era exactamente. Jamás había visto una empuñadura con
aquella forma y, cuando le expliqué su utilidad, se quedó muy
impresionado por lo novedosa que resultaba la idea. La guardó
en su casa durante mucho tiempo y, cuando sus amigos iban de
visita, se la mostraba como si fuera una curiosidad.

Era la época de la escarda. Primero me enviaron al campo de maíz y luego a limpiar el algodón. Estuve haciendo aquel trabajo hasta que la escarda casi se había terminado, momento en que empecé a padecer los síntomas de una enfermedad inminente. Comencé a notar escalofríos, seguidos de una fiebre muy alta. Me sentía tan débil, tan consumido y a menudo tan mareado que andaba y me tambaleaba como un borracho. No obstante, me obligaban a mantener el ritmo de la cuadrilla. Y si ya me resultaba difícil cuando estaba sano, enfermo me era del todo imposible. Con frecuencia me quedaba rezagado, pero los latigazos que me propinaba el capataz en la espalda infundían temporalmente un poco de energía en mi enfermizo y encorvado cuerpo. Continué enfermando hasta que al final el látigo perdió por completo su eficacia. El agudo escozor del cuero ya no me estimulaba. Finalmente, en septiembre, cuando estaba a punto de comenzar la ardua época de la recogida de algodón, me sentí incapaz de salir de la cabaña. Hasta aquel momento no me habían dado ningún medicamento, ni había recibido la más mínima atención por parte del amo o de la señora. Al estar demasiado débil para valerme por mí mismo, la vieja cocinera me visitaba de vez en cuando, me preparaba café de maíz y a veces me hervía un poco de beicon.

Cuando empezaron a correr los rumores de que moriría, el amo Epps, incapaz de soportar la pérdida de un animal valorado en mil dólares, decidió acarrear con los gastos que suponía enviarme a Holmesville para que me visitara el doctor Wines. Este le dijo que eran los efectos del clima, y que cabía la posibilidad de que me perdiera. Me aconsejó que no comiera carne y que me alimentara solo con lo imprescindible para mantenerme vivo. Transcurrieron varias semanas, durante las cuales, gracias a la escasa dieta a la que estaba sometido, me recuperé un poco. Una mañana, mucho antes de estar aún en condiciones de trabajar, apareció Epps en la puerta de la cabaña y, dándome un saco, me ordenó que me dirigiera al campo de algodón. En aquella época no tenía ninguna experiencia en aquella labor, y me pareció un trabajo realmente difícil. Mientras que los demás utilizaban ambas manos, cogiendo el algodón y depositándolo en la boca del saco con una destreza y una precisión que me resultaban incomprensibles, yo tenía que coger la cápsula con una mano y con la otra tirar con fuerza de la flor blanca.

Además, meter el algodón en el saco me resultaba tan difícil que tenía que utilizar las manos y la vista. Me veía obligado a recogerlo del lugar donde había caído casi con tanta frecuencia como del tallo donde había crecido. Al arrastrar el largo y engorroso saco, balanceándose de un lado a otro de forma inapropiada, causaba también destrozos en las ramas, cargadas aún con el cáliz sin romper. Tras un largo día de trabajo llegué a la desmotadora con mi carga. Cuando la balanza determinó que solo había recogido unos cuarenta kilos, ni la mitad de lo que se le exigía al recogedor más inexperto, Epps me amenazó con azotarme severamente, pero como era un «novato» decidió perdonarme en aquella ocasión. Al día siguiente, y durante otros muchos, regresaba por la noche con el mismo resultado, pues a todas luces yo no estaba hecho para aquel trabajo. No tenía las cualidades necesarias, ni los dedos diestros, ni la habilidad de Patsey, que recorría a toda prisa las hileras de algodón arrancando las inmaculadas y suaves borlas blancas con una rapidez increíble. La práctica y los latigazos no surtían ningún efecto, y Epps, dándose por vencido al final, me dijo que era tan inútil que no merecía que se me tratase como a un «negro» recolector de algodón, que no recogía ni la suficiente cantidad como para que mereciese la pena pesarla y que ya no iría nunca más al campo de algodón. Me pusieron a cortar y apilar leña, a transportar el algodón desde el campo hasta la desmotadora, así como a hacer cualquier tipo de trabajo que me pidiesen. No hace falta decir que no me permitían ni un instante de reposo.

Raro era el día en que no se infligía uno o dos castigos a base de latigazos. Solían tener lugar en el momento en que se pesaba el algodón. Al delincuente cuya carga se quedaba corta, lo sacaban, lo desnudaban, lo obligaban a echarse en el suelo boca abajo y lo castigaban de acuerdo con su delito. A decir verdad, en la plantación de Epps, casi todos los días durante la época de la recogida del algodón, se oían los restallidos del látigo y los gritos de los esclavos desde que se ponía el sol hasta la hora de acostarse.

El número de latigazos dependía de la gravedad de la falta. Veinticinco se consideraba una simple caricia, un castigo que se aplicaba, por ejemplo, cuando se encontraba una hoja seca o un cáliz en el algodón, o cuando se rompía una rama en el campo; cincuenta era el castigo más habitual cuando se infringía una norma más grave; cien se consideraba un castigo severo, y se infligía por un delito grave, como holgazanear en el campo; de ciento cincuenta a doscientos latigazos se daban a aquellos que se peleaban con sus compañeros de cabaña, y quinientos se propinaban, aparte de las mordeduras de los perros, a los pobres y desagradecidos fugitivos, los cuales sufrían semanas de dolor y agonía.

Durante los dos años que Epps estuvo en la plantación de Bayou Huff Power, tenía la costumbre, al menos una vez cada dos semanas, de regresar completamente ebrio de Holmesville. Las competiciones de tiro terminaban de manera casi invariable en una orgía. En tales ocasiones regresaba enfurecido y medio loco, y con frecuencia rompía los platos, las sillas y todo el mobiliario que se encontraba a su paso. Cuando ya se había desahogado en la casa, cogía el látigo y salía al campo. Entonces los esclavos debían tener mucho cuidado y ser sumamente cautelosos, porque se ponía a repartir latigazos al primero que se encontrara. A veces se pasaba horas enteras haciéndoles correr en todas direcciones, ocultándose en las esquinas de las cabañas. En ocasiones sorprendía a alguno que se había descuidado, y si le propinaba un golpe de lleno, se alegraba enormemente. Los niños más pequeños, y los más ancianos que ya no trabajaban, solían ser quienes sufrían sus castigos. En medio de la confusión se ocultaba astutamente detrás de una cabaña con el látigo levantado para golpear al primer negro que se asomara con cautela por la esquina.

Otras veces regresaba a casa de un humor menos brutal y le gustaba organizar una fiesta. Entonces todos debíamos movernos al ritmo de alguna canción. Le gustaba deleitarse con la música del violín, y eso hacía que se convirtiera en una persona ágil, elástica y alegre a la que le gustaba «bailar al son de la música», alrededor de la explanada y dentro de la casa.

Cuando me vendieron, Tibeats, al cual se lo había comentado Ford, le dijo que yo sabía tocar el violín. Por capricho e insistencia de la señora Epps, su marido se vio obligado a comprarme durante una de sus visitas a Nueva Orleans, y frecuentemente me hacían ir a la casa para que tocara delante de la familia, ya que a la señora le apasionaba la música.

Siempre que Epps regresaba alegre y le apetecía bailar, nos reunía a todos en un enorme salón de la casa grande y, sin importarle lo cansados y abatidos que pudiéramos estar, nos hacía bailar. Una vez sentado debidamente en el suelo, tocaba una canción mientras Epps gritaba:

—¡Bailad, negros, bailad!

Entonces no nos dejaba ni un momento de respiro, ni ejecutar movimientos lánguidos o lentos; todo debía ser rápido, alegre y enérgico.

—Venga, vamos, arriba y abajo, de puntillas y de tacón —nos decía.

El corpulento Epps se mezclaba con sus esclavos de piel oscura y se movía rápidamente entre todos los que participaban en el baile.

Solía llevar el látigo en la mano, preparado para darle un golpe en las orejas a cualquier esclavo presuntuoso que se atreviese a descansar un momento, aunque solo fuese para recuperar el aliento. Cuando era él quien estaba exhausto, hacía un pequeño intervalo, pero muy breve. Blandiendo el látigo y haciéndolo restallar, volvía a gritar:

—¡Bailad, negros, bailad!

Estos obedecían una vez más, a trancas y barrancas, mientras yo, estimulado por el agudo dolor de un latigazo y sentado en un rincón, hacía sonar el violín e interpretaba alguna canción alegre y movida. El ama solía reprenderle a menudo y lo amenazaba con regresar de nuevo a casa de su padre en Cheneyville, aunque también había ocasiones en que no podía reprimir una carcajada al ver sus divertidas travesuras. Con frecuencia nos hacía quedarnos hasta bien entrada la madrugada. Extenuados por el excesivo trabajo, disfrutando de tan poco descanso que a veces deseábamos tirarnos al suelo y echarnos a llorar, hubo muchas noches en que sus desdichados esclavos tuvimos que pasar la noche entera bailando y riendo en casa de Epps.

A pesar de las penurias que pasábamos para satisfacer los caprichos de un amo desconsiderado, al día siguiente, nada más salir el sol, teníamos que estar en el campo para desempeñar nuestro trabajo cotidiano. La falta de sueño no nos servía de excusa para justificar que hubiéramos recogido menos cosecha ni para escardar con menos celeridad. Los castigos eran tan severos como cuando íbamos al campo, fortalecidos y rejuvenecidos por una noche de reposo. De hecho, después de aquellas juergas, siempre se comportaba de forma más estricta y cruel, castigándonos por la más mínima causa y utilizando el látigo con mayor frecuencia y saña.

Durante diez años trabajé incansablemente para aquel hombre sin recibir la más mínima recompensa. Diez años de mi arduo trabajo sirvieron para que él acumulara más riqueza. Durante diez años estuve obligado a mirarlo con la cabeza gacha y el sombrero en la mano, a hablarle y tratarle de la misma forma que un esclavo, por eso no creo deberle nada, salvo muchos e inmerecidos abusos y azotes.

Ahora que estoy fuera del alcance de su cruel látigo y de nuevo en el estado libre donde nací, gracias a Dios puedo andar con la cabeza bien alta entre la gente y puedo hablar abiertamente de las injusticias que padecí y de aquellos que las infligieron. Sin embargo, al mencionarlo a él o a cualquier otro, no me mueve nada más que el deseo de decir la verdad sin reservas. Con todo, hablar sinceramente de Edwin Epps supone decir que es un hombre que carece por completo de bondad y justicia, una persona que destaca por un carácter grosero y tosco, unido a una mente analfabeta y un espíritu avaricioso. Se lo conoce con el apodo del Domador de Negros, por su capacidad de someter la voluntad de los esclavos, algo de lo que se enorgullece como un jinete alardea de sus destrezas para domar un caballo salvaje. No considera a los hombres de color seres humanos responsables ante el Creador por las pequeñas cualidades que este les ha concedido, sino «objetos personales», una propiedad viviente que no se diferencia en absoluto, salvo por su valor, de una mula o un perro. Cuando le presentaron pruebas claras e indiscutibles de que yo era un hombre libre, con tanto derecho a mi libertad como él, y cuando le dijeron, el día que me fui, que yo tenía una esposa e hijos a los que amaba tanto como él a los suyos, se sintió indignado y maldijo la ley que lo obligaba a desprenderse de mí. Amenazó con encontrar al hombre que había escrito la carta que revelaba el lugar de mi cautiverio, así como utilizar toda su influencia y su dinero para arrebatarle la vida. No pensó en otra cosa salvo en su pérdida, y me maldijo por haber nacido libre. Edwin Epps era un hombre tan duro y cruel que podía permanecer impasible viendo cómo les arrancaban la lengua a sus pobres esclavos, cómo ardían a fuego lento o cómo morían en las fauces de sus perros si eso le proporcionaba algún beneficio.

Solo había una persona más despiadada que él en Bayou Boeuf. La plantación de Jim Burns, como ya he mencionado, la cultivaban exclusivamente mujeres. Aquel hombre salvaje les propinaba tantos latigazos que eran incapaces de realizar el trabajo cotidiano que les exigía como esclavas. Alardeaba de su crueldad, y en todo el país se hablaba de que había un hombre aún más estricto que el mismo Epps. Jim Burns era tan inhumano que no tenía ni la más mínima compasión por las personas que estaban a su cargo y, como un loco, las azotaba hasta arrebatarles la fuerza que necesitaba para obtener sus ganancias.

Epps permaneció en Bayou Huff Power durante dos años, hasta que consiguió el suficiente dinero para adquirir la plantación situada en la orilla este de Bayou Boeuf, donde aún reside. Tomó posesión de ella en 1845, tras las vacaciones. Se llevó con él a nueve esclavos, los cuales, salvo Susan, que falleció, y yo, aún continúan a su servicio. No adquirió ningún otro esclavo, y durante ocho años las personas que voy a enumerar fueron mis compañeros en su plantación: Abram, Wiley, Phebe, Bob, Henry, Edward y Patsey. Todos, salvo Edward, que nació allí, los compró en lote durante el tiempo que fue supervisor de Archy B. Williams, cuya plantación está situada a orillas del Río Rojo, cerca de Alexandria.

Abram es tan alto que le sacaba una cabeza a cualquier hombre. Tiene sesenta años y nació en Tennessee. Hace veinte años lo compró un comerciante que lo llevó a Carolina del Sur y lo vendió a James Buford, del condado de Williamsburgh, en el mismo estado. Durante su juventud era famoso por su fuerza, pero la edad y el constante trabajo han mermado su fuerte constitución y sus facultades mentales.

Wiley tiene cuarenta y ocho años. Nació en la plantación de William Tassle y durante muchos años estuvo a cargo del ferry de aquel señor que cruza el río Big Black, en Carolina del Sur.

Phebe era una esclava de Buford, vecino de Tassle, la cual, al estar casada con Wiley, insistió para que lo comprara también. Buford era un amo afable, sheriff del condado, y, en aquellos tiempos, un hombre rico.

Bob y Henry son hijos de Phebe y de un marido anterior, quien los abandonó y dejó que Wiley ocupase su lugar. Ese joven seductor manifestó sus sentimientos a Phebe, y la esposa infiel echó amablemente a su primer marido del dormitorio. Edward era hijo de ambos y nació en Bayou Huff Power.

Patsey tiene veintitrés años y también pertenecía a la plantación de Buford. No tiene ni el más mínimo parentesco con los demás, pero se enorgullece de ser descendiente de un negro de Guinea que fue llevado a Cuba en un barco de esclavos y posteriormente transferido a Buford, que era el amo de su madre.

Esta es la descripción genealógica de los esclavos de mi amo, tal y como me la contaron ellos. Durante años habían estado juntos y, con frecuencia, mencionaban los recuerdos de otros tiempos y suspiraban anhelando poder regresar a su antiguo hogar en Carolina. Las dificultades económicas que acuciaron al amo Buford repercutieron gravemente en ellos. Buford se endeudó e, incapaz de hacer frente a sus problemas económicos, se vio obligado a venderlos, junto con otros esclavos. Encadenados como prisioneros, fueron llevados desde el otro lado del Mississippi hasta la plantación de Archy B. Williams. Edwin Epps, que durante mucho tiempo había sido su capataz y supervisor, estaba a punto de establecerse por su cuenta cuando ellos llegaron y los aceptó como pago por su salario.

El viejo Abram era un hombre bondadoso, una especie de patriarca entre nosotros, una persona a la que le gustaba entretener a su joven prole con profundos y serios discursos. Era un hombre muy versado en la filosofía que se enseña en las cabañas de los esclavos, aunque su mayor entretenimiento era hablar del general Jackson, con el cual su joven amo de Tennessee había estado en la guerra. Le encantaba echar a volar su imaginación y regresar al lugar donde había nacido, rememorar su juventud durante aquella época convulsa en que el país estuvo en guerra. Había sido una persona atlética, más inteligente y vivaz que la mayoría de los de su raza, pero su vista se había debilitado, al igual que su fuerza natural. De hecho, mientras hablaba sobre la mejor forma de preparar una arepa, o cuando se explayaba acerca de las hazañas de Jackson, se olvidaba a menudo de dónde había dejado el sombrero, la azada o la cesta; si Epps estaba ausente, nos reíamos de él, pero si estaba presente recibía un latigazo. Continuamente se quedaba perplejo, y suspiraba al pensar que se estaba haciendo viejo y estaba perdiendo facultades. La filosofía, Jackson y la mala memoria hicieron mella en él, y resultaba obvio que aquella combinación estaba acelerando su vejez.

La tía Phebe había sido una excelente recolectora, pero posteriormente la trasladaron a la cocina, donde permanecía siempre, salvo en los momentos en que se necesitaba con urgencia su ayuda. Era una mujer astuta y, cuando el amo o el ama no estaban presentes, extremadamente charlatana.

Wiley, por el contrario, era muy callado. Realizaba sus tareas sin pronunciar palabra ni queja alguna, jamás se permitía el lujo de hablar, salvo para decir que ojalá pudiera librarse de Epps y regresar de nuevo a Carolina del Sur.

Bob y Henry han cumplido veinte y veintitrés años respectivamente, pero no han destacado por nada fuera de lo corriente, mientras que a Edward, que solo tiene trece, al no ser capaz aún de mantener el ritmo en el campo de maíz, lo trasladaron a la casa grande para que cuidase de los hijos de Epps.

Patsey era una mujer delgada y de buena figura. Siempre caminaba sumamente erguida. Se movía con una altanería que ni el trabajo, el cansancio o el castigo podían alterar. Era una mujer maravillosa y, si el cautiverio no hubiera envuelto su inteligencia en una perpetua y completa oscuridad, habría sido una líder de su raza. Podía saltar los muros más altos y corría tan rápido que nadie podía vencerla en una carrera. Tampoco había caballo capaz de derribarla de su montura y conducía de maravilla las carretas. Era la mejor manejando la azada y no había quien la ganase levantando vallas. Cuando se oía la señal de alto por la noche, ella ya había guardado las mulas en el establo, les había quitado los arneses, les había dado de comer y las había almohazado antes de que el tío Abram hubiera encontrado su sombrero. Sin embargo, por lo que más destacaba no era por nada de eso, sino por sus dedos, que se movían a tal velocidad que durante la recogida de algodón era la reina del campo.

Tenía un carácter agradable y jovial, y era leal y obediente. Por naturaleza era una mujer alegre y desenfadada que disfrutaba con la mera existencia. Sin embargo, Patsey lloraba con más frecuencia y sufría más que todos los demás, ya que, literalmente, había sido excoriada. Su espalda estaba marcada por miles de latigazos, y no porque fuera negligente con su trabajo ni porque tuviese un espíritu rebelde, sino porque era la esclava de un amo licencioso y una ama celosa. Ella atraía la lujuriosa atención del primero y corría el peligro de perder la vida en manos de la segunda, y ambos la trataban de forma execrable. Muchos días, en la casa grande, se oían gritos y palabras malsonantes, mohines y distanciamiento, provocados por ella de forma inocente. No había nada que deleitase más al ama que verla sufrir, y, en más de una ocasión, cuando Epps se negaba a venderla, el ama intentó sobornarme para que la matase en secreto y enterrase su cuerpo en algún lugar alejado, a la orilla de los pantanos. Si hubiera podido, Patsey habría sosegado de buena gana aquel implacable espíritu, pero no como Joseph,* y habría escapado del amo Epps, dejando su ropa en sus manos. Patsey recibía golpes de todos lados. Si se oponía a la voluntad del amo, este le propinaba un latigazo de inmediato para hacerla obedecer; si no estaba atenta cuando estaba en la cabaña, o cuando caminaba por el patio, un leño o una botella rota arrojada por el ama le golpeaban inesperadamente la cara. Al ser víctima de la lujuria y el odio, no tenía ni un momento de sosiego en su vida.

Esos eran mis compañeros y amigos de esclavitud, con los cuales solía ir al campo y con quienes compartí alojamiento diez años en las cabañas de Edwin Epps. Si siguen vivos, aún trabajarán a orillas de Bayou Boeuf sin poder respirar ni disfrutar, como yo ahora, de la preciada libertad, ni despojarse de los pesados grilletes que los encadenarán hasta que yazcan en la tierra para siempre.

* Se refiere a Joseph Smith, el fundador de la Iglesia de los Santos de los Últimos Días, o de los mormones, que, junto con otros, se quitó la ropa para que no lo identificaran como polígamo antes de dirigirse a la cárcel de Carthage (*N. de los T.*)

XIV

El primer año que Epps empezó a vivir a orillas del río, en 1845, las orugas destruyeron casi por completo la cosecha de algodón en toda la región. Al haber poco que hacer, los esclavos estaban ociosos casi todo el tiempo. Sin embargo, llegó el rumor a Bayou Boeuf de que en la parroquia de Saint Mary había una gran demanda de trabajadores y que los salarios eran muy altos. La parroquia está situada en la costa del golfo de México, a unas ciento cuarenta millas de Avoyelles. El río Teche, de un tamaño considerable, pasa por la parroquia de Saint Mary y desemboca en el golfo.

Los cultivadores, al enterarse de la noticia, decidieron organizar una marcha de esclavos para enviarlos a Tuckapaw, en Saint Mary, con el fin de arrendarlos a los propietarios de los campos de caña. Por esta razón, en septiembre, agruparon a ciento cuarenta y siete en Holmesville, entre los que estábamos Abram, Bob y yo. La mitad del grupo estaba constituido por mujeres. Epps, Alonson Pierce, Henry Toler y Addison Roberts fueron los hombres blancos elegidos para acompañarnos y dirigir el grupo. Tenían un carro tirado por dos caballos y dos monturas más para su propio uso. En una enorme carreta, tirada por cuatro caballos y conducida por John, un muchacho que pertenecía al señor Roberts, se transportaban las mantas y las provisiones.

Hacia las dos de la tarde, después de haber comido, se hicieron los preparativos y se inició la marcha. Me asignaron el trabajo de cuidar de las mantas y las provisiones, y comprobar que no se perdía nada por el camino. El carruaje emprendió el viaje, seguido de la carreta y, detrás de esta, los esclavos, mientras que los dos jinetes se apostaron en la parte de atrás; en ese orden, la procesión salió de Holmesville.

Aquella noche llegamos a la plantación del señor McCrow, a una distancia de diez o quince millas, donde nos ordenaron que nos detuviéramos. Hicimos grandes hogueras, echamos las mantas en el suelo y nos acostamos sobre ellas. Los hombres blancos se alojaron en la casa grande. Una hora antes del amanecer nos despertaron los capataces, haciendo restallar los látigos y ordenándonos que nos levantáramos. Enrollamos las mantas, me las entregaron y, cuando las hube colocado en la carreta, nos pusimos en marcha de nuevo.

La noche siguiente llovió a mares. Todos estábamos empapados, con la ropa manchada de barro y agua. Nos cobijamos en un cobertizo abierto que anteriormente se había utilizado como desmotadora. Al no haber espacio para tendernos, nos apretujamos unos contra otros para pasar la noche, y continuamos la marcha, como de costumbre, por la mañana. Durante el viaje nos daban de comer dos veces al día; asábamos el beicon y preparábamos las tortitas de maíz en las hogueras de la misma forma que en las cabañas. Pasamos por Lafayetteville, Mountsville, New Town y llegamos a Centreville, donde arrendaron a Bob y al tío Abram. A medida que avanzábamos, el número de esclavos disminuía, ya que en cada plantación de azúcar se requerían los servicios de uno o más trabajadores.

Durante el trayecto pasamos por la llanura de Grand Coteau, una zona monótona y plana, sin un árbol, salvo alguno de vez en cuando que había sido trasplantado cerca de alguna casa ruinosa. En su momento fue una zona muy poblada y cultivada, pero por algún motivo había quedado abandonada. Los escasos habitantes que vivían en el pueblo se dedicaban a la ganadería, y al pasar vimos enormes rebaños pastando. En medio de la llanura de Grand Coteau, uno se sentía como si estuviera en el océano, lejos de cualquier tierra. Hasta donde alcanzaba la vista, en todas direcciones, solo se veía una zona abandonada y desértica.

Me arrendaron al juez Turner, un hombre distinguido y propietario de una vasta extensión de tierras, cuya plantación se encontraba en Bayou Salle, a unas millas del golfo. Bayou Salle es un pequeño arroyo que desemboca en la bahía de Atchafalaya. Durante algunos días estuve trabajando reparando la refinería, pero luego me dieron un machete y me enviaron al campo para trabajar junto con otros treinta o cuarenta esclavos. Cortar caña no me resultó tan difícil como recoger algodón. Fue algo que aprendí de manera natural e intuitiva, y, en poco tiempo, estuve a la altura de los mejores. Sin embargo, antes de terminar la época de la tala, el juez Turner me trasladó del campo a la refinería para que ocupara el puesto de capataz. Desde el momento en que comienza la fabricación del azúcar hasta el final, la molienda y el hervor no cesan ni de día ni de noche. Me dieron un látigo con instrucciones de utilizarlo contra cualquiera que holgazaneara en el trabajo. Si no cumplía la orden a rajatabla, había otro dispuesto para mi espalda. Además, tenía la obligación de relevar los diferentes turnos en el momento debido. No tenía intervalos de descanso regulares, por lo que solo podía dormir a ratos.

En Luisiana, e imagino que en otros estados esclavistas, se tiene la costumbre de permitir que los esclavos se queden con las ganancias que puedan obtener por los servicios prestados los domingos. Solo de esa forma pueden comprar algunos objetos o caprichos. Cuando un esclavo, sea comprado o secuestrado en el norte, es trasladado a una cabaña de Bayou Boeuf, no se le permite tener ningún cuchillo, tenedor, plato, tetera, ni ningún otro objeto de vajilla o mueble de ningún tipo. Se le entrega una manta antes de llegar y, envuelto en ella, se puede levantar, echarse en el suelo o sobre una tabla, si su amo no requiere sus servicios. Se le permite buscar una jícara para guardar la comida, o puede comerse el maíz directamente de la mazorca, como guste. Si le pide al amo un cuchillo, una sartén o cualquier otro utensilio, solo obtendrá como respuesta una sonora carcajada, como si hubiese contado un chiste. Por eso, cualquier objeto de esa índole que se encuentre en una cabaña se ha comprado con el dinero de los domingos. Por muy perjudicial que sea para la moral, es toda una bendición para las condiciones físicas de un esclavo que se le permita descansar el día del Señor, ya que de lo contrario no podría conseguir ninguno de los utensilios que le son tan necesarios, pues tiene la obligación de prepararse su propia comida.

En las plantaciones de caña, durante la cosecha del azúcar, no hay distinción en lo que se refiere a los días de la semana. Todo el mundo sabe que los trabajadores deben trabajar el día del Señor, y asimismo se sabe que aquellos que son especialmente arrendados, como era mi caso con el juez Turner, así como con otros amos en años posteriores, deben recibir una remuneración por ello. También es costumbre durante la época de más trabajo en la cosecha de algodón recurrir a esos servicios extra. Así, los esclavos tienen la oportunidad de ganar lo bastante para comprar un cuchillo, una tetera, tabaco y otras cosas. Las mujeres, al no precisar esto último, pueden gastar sus pequeñas ganancias en bonitos lazos para adornarse el pelo durante la época de las vacaciones.

Permanecí en Saint Mary hasta el primero de enero y, durante aquel tiempo, el dinero que había reunido trabajando los domingos ascendía a diez dólares. También obtuve otras ganancias, que debo a mi fiel compañero, el violín, y no solo porque con él obtuve algunos beneficios, sino también porque me servía para aliviar mis penas durante mis años de servidumbre. Se celebró una gran fiesta de blancos en la hacienda del señor Yarney, en Centreville, una enorme casa situada en las cercanías de la plantación de Turner. Me contrataron para que tocara, y los invitados quedaron tan satisfechos con mi interpretación que organizaron una colecta para retribuirme, de lo que obtuve unos beneficios de diecisiete dólares.

Al poseer esa suma, me sentía como un millonario respecto a mis compañeros. Me producía un enorme placer contemplar el dinero, contarlo una y otra vez, día tras día. Fantaseaba con comprar muebles para la cabaña, cubetas, navajas, zapatos nuevos, abrigos y sombreros, pero lo que más placer me daba era saber que era el negro más rico de Bayou Boeuf.

Hay algunos barcos que suben el río Teche hasta Centreville. Mientras estuve allí, me armé de valor para presentarme ante el capitán de un vapor y rogarle que me diera permiso para esconderme entre la carga. Me sentí lo bastante valiente como para afrontar los riesgos que suponía dar aquel paso porque escuché una conversación de la cual deduje que el capitán era originario del norte. No le conté los pormenores de mi historia, y me limité a expresarle mi ardiente deseo de escapar de la esclavitud y marcharme a un estado libre. Se apiadó de mí, pero me dijo que sería imposible eludir los estrictos agentes de aduanas de Nueva Orleans, y que si me encontraban lo castigarían a él y le confiscarían el barco. Desde luego, mis fervientes súplicas despertaron su simpatía, y estoy seguro de que habría cedido si hubiera podido llevarlas a cabo con cierta garantía. Me vi obligado a aplacar los repentinos deseos de libertad que me invadían y sumergirme de nuevo en la profunda oscuridad de la desesperación.

Inmediatamente después de aquel acontecimiento nos reunieron a todos los esclavos en Centreville, donde los amos, tras haber recogido las ganancias por nuestros servicios, nos condujeron de nuevo a Bayou Boeuf. Durante el trayecto de vuelta, al pasar por una pequeña aldea, vi a Tibeats sentado en la puerta de un bar de mala muerte, con un aspecto desastroso y abandonado. No cabía duda de que la pasión y el mal whisky le habían sumido en aquel estado.

Según supe por la tía Phebe y la propia Patsey, durante nuestra ausencia, esta había sufrido muchas calamidades. La pobre chica inspiraba lástima. El viejo Hogjaw, apodo con el cual los esclavos llamábamos a Epps cuando estábamos solos, la había golpeado con más severidad y frecuencia que nunca. Cada vez que venía de Holmesville, embriagado por el licor como solía suceder aquellos días, la azotaba por el mero hecho de contentar al ama; la golpeaba hasta casi matarla por un crimen del cual él era el único e indiscutible responsable. En los momentos en que estaba sobrio, no siempre se dejaba convencer para satisfacer la insaciable sed de venganza de su esposa.

Librarse de Patsey, apartarla de su vista y su alcance, fuera matándola, vendiéndola o de cualquier otra forma, parecía ser la obsesión del ama. Patsey había sido una de las favoritas cuando era niña, incluso en la casa grande. La habían mimado y admirado por su destacada personalidad y su agradable disposición. Le habían dado de comer, al menos eso decía el tío Abram, incluso galletas y leche, cuando la señora, en sus días de juventud, solicitaba su presencia en la explanada y la acariciaba como si fuera un gatito juguetón. Sin embargo, por desgracia, el carácter de la mujer había cambiado, y ya solo la dominaban los sentimientos de odio y rencor, hasta tal punto que miraba a Patsey con una ira irreprimible.

La señora Epps no era una mujer malvada por naturaleza. Es cierto que estaba poseída por los celos, pero aparte de eso tenía muchas cualidades dignas de admiración. Su padre, el señor Roberts, vivía en Cheneyville, y era un hombre influyente y honorable, muy respetado en toda la parroquia. La señora Epps había sido educada en una institución a aquel lado del Mississippi; era hermosa, inteligente y de carácter alegre. Era amable con todos nosotros, salvo con Patsey, y con frecuencia, cuando su marido estaba ausente, nos enviaba alguna exquisitez de su mesa. En una situación muy distinta, en una sociedad muy diferente a la que existía en las orillas de Bayou Boeuf, se la habría considerado una mujer elegante y fascinante, pero la mala fortuna quiso que cayese en los brazos de Epps.

Él respetaba y amaba tanto a su esposa como puede amar un hombre de carácter tosco, pero su infinito egoísmo siempre imperaba por encima del afecto conyugal.

Amaba tanto como puede amar un animal, pero su corazón y su alma eran tan mezquinos como los de un chacal.

Estaba dispuesto a concederle cualquier capricho, a complacer cualquiera de sus deseos, siempre y cuando no costaran demasiado dinero. Para él, Patsey valía como dos esclavos en el campo de algodón, de ahí que no estuviera dispuesto a reemplazarla teniendo en cuenta el dinero que le hacía ganar. La idea de desprenderse de ella no lo seducía en absoluto. Sin embargo, el ama no era del mismo parecer. Nada más verla, su orgullo se enardecía, la sangre le hervía y lo único que deseaba era borrar del mapa a aquella inofensiva esclava.

A veces su cólera se volvía contra él por haberle provocado aquel odio, pero después de la tormenta de palabras amargas volvía a reinar la calma. En tales ocasiones, Patsey temblaba de miedo, ya que sabía por dolorosa experiencia que si el ama se había calmado tras aquel estallido de violencia era porque Epps la había apaciguado prometiéndole que la castigaría, una promesa que estaba segura que cumpliría. Por eso, en la mansión de mi amo, el orgullo, los celos y la venganza estaban en constante contienda con la avaricia y la pasión desenfrenada, haciendo que las discusiones y la discordia estuvieran a la orden del día. Así, la fuerza de aquella tempestad doméstica recaía sobre la cabeza de Patsey, una mujer sencilla en cuyo corazón Dios había plantado la semilla de la virtud.

Durante el verano siguiente a mi regreso de la parroquia de Saint Mary, ideé un plan para conseguir algo de comida, un plan que, pese a resultar muy simple, superó todas las expectativas. Lo copiaron muchos otros de mi condición, tanto arriba como abajo del arroyo, obteniendo tantos beneficios que casi me consideré un benefactor. Aquel verano el beicon estaba plagado de gusanos, y solo el hambre desaforada lograba que lo comiéramos. La asignación semanal de alimentos apenas bastaba para satisfacernos. Los esclavos, así como otros muchos individuos de aquella región, cuando nos quedábamos sin alimentos antes del sábado por la noche, o en el caso de que se pudrieran y resultaran nauseabundos y repugnantes, teníamos la costumbre de ir a los pantanos a cazar mapaches y zarigüeyas. Era algo que debíamos hacer de noche, cuando habíamos acabado de trabajar. Había amos cuyos esclavos, a veces durante meses, no comían otra carne que la que obtenían de aquella manera. Los amos no tenían objeción alguna a que fuéramos de caza, siempre y cuando dejáramos airear las presas encima de la sala de ahumado, ya que cada mapache que matásemos era uno menos que dañaba el maíz. Se suelen cazar con perros y porras, ya que a los esclavos no se les permite emplear armas de fuego.

La carne de los mapaches es aceptable, pero en realidad no hay carne más deliciosa que la de una zarigüeya asada. Son animales con un cuerpo rechoncho y alargado, de color blanquecino, con el hocico parecido al de un cerdo y las extremidades de una rata. Hacen sus madrigueras entre las raíces y los agujeros de los eucaliptos, y son bastante torpes y lentas. Son engañosas y astutas, y, cuando se les da con un palo, se enrollan en la tierra y se hacen las muertas. Si el cazador las deja y sale en busca de otra sin tomarse la molestia de romperles el cuello, lo más probable es que se haya marchado cuando regrese. El animalito ha engañado a su enemigo, se «ha hecho el muerto» y desaparece.

Sin embargo, tras haber pasado un largo y duro día trabajando, el agotado esclavo no se siente con fuerzas de ir a los pantanos a buscar su cena, y la mayoría de las veces regresa a la cabaña y se acuesta sin comer. El amo debe velar por que sus sirvientes no padezcan hambre, y también que no engorden demasiado. Según los amos, un esclavo es más útil cuando está delgado y ágil, como si fuese un caballo de carreras, por eso la mayoría de los esclavos de las plantaciones de azúcar y algodón que hay a lo largo del Río Rojo suelen tener esa complexión.

Mi cabaña estaba a cierta distancia de la orilla del río y, como la necesidad es la madre de la invención, decidí buscar el modo de obtener alimento sin necesidad de salir al bosque por la noche: construyendo una trampa para peces. Una vez concebida la forma de hacerla, el siguiente domingo me decidí a ponerla en práctica. Me resulta imposible describir al lector la manera correcta de hacerlo, pero creo que la siguiente descripción general bastará.

Se hace un marco entre dos o tres pies cuadrados, y otro de mayor o menor altura, dependiendo de la profundidad del agua. Se clavan tablas o listones en tres lados del marco, no muy juntos los unos de los otros para dejar que el agua circule entre ellos. Se hace una puerta en el cuarto lado, de tal manera que suba y baje con facilidad a través de las ranuras que se han hecho en los dos postes. Luego se le acopla un fondo movible de modo que pueda levantarse hasta la parte superior del marco sin dificultad. En el centro de la parte inferior se hace un agujero con una barrena, y se introduce un asa o un palo redondo que quede lo bastante suelto para que pueda girarse. El asa sube desde el centro del fondo movible hasta la parte superior del marco, o incluso más, si es posible. En las partes superior e inferior, así como en otros muchos sitios del asa, se hacen algunos agujeros con la barrena y, a través de ellos, se insertan pequeños palos que lleguen hasta los lados opuestos del marco. Hay tantos palos pequeños saliendo del asa en todas las direcciones que un pez de un tamaño considerable no puede salir sin golpearse con alguno de ellos. Luego se mete el marco en el agua y se deja allí.

La trampa se prepara corriendo o levantando la puerta, y se mantiene en esa posición mediante otro palo cuyo extremo descansa en una muesca que se hace en la parte interna, y otro en otra muesca hecha en el asa, izándose desde el centro del fondo movible. Se pone de cebo un puñado de pienso húmedo y algodón hasta que se endurece, y se deposita en la parte trasera del marco. Cualquier pez que pase por la puerta levantada en busca del cebo acabará golpeando uno de los pequeños palos y haciendo girar el asa, lo cual sacará de su sitio el palo que sostiene la puerta, la hará caer y retendrá al pez dentro de la trampa. Cogiendo la parte superior del asa, el fondo movible sube a la superficie del agua y se saca el pez. Puede que se hayan inventado otras trampas antes que la mía, pero yo no las había visto. En Bayou Boeuf abundan los peces de gran tamaño y excelente calidad, y, una vez construida la trampa, en raras ocasiones me faltaban, ni a mí ni a mis compañeros. Así se desarrolló un nuevo descubrimiento, desconocido hasta entonces por los niños esclavos de África que trabajan sin descanso y buscan alimento en las orillas de aquel lento pero prolífico río.

Durante la época que estoy describiendo, se produjo un incidente en nuestro vecindario más cercano que me causó una profunda impresión, y que demuestra el tipo de sociedad que existe allí y la forma que tiene de resolver las disputas. Justo enfrente de nuestras dependencias, en la otra orilla del río, se encontraba la plantación del señor Marshall, un caballero que pertenecía a una de las familias más ricas y aristocráticas del país. Otro señor de la cercana Natchez había estado negociando con él para comprarle las propiedades. Un día se presentó un mensajero en nuestra plantación que corría a toda prisa, diciendo que se había entablado una encarnizada y sangrienta pelea en la casa del señor Marshall, que se había derramado sangre y que, a menos que separaran a los combatientes, el resultado sería desastroso.

Al llegar a la casa del señor Marshall, vimos una escena que merece ser descrita. Tendido en el suelo de una de las habitaciones yacía el espantoso cadáver del hombre de Natchez, mientras que Marshall, enfurecido y cubierto de heridas y sangre, iba de un lado para otro pronunciando amenazas y maldiciones. Al parecer, había surgido un problema en sus negociaciones, empezaron a insultarse y acabaron sacando las armas, entablando una pelea a muerte que terminó de manera muy desafortunada. El señor Marshall jamás fue encarcelado. Se celebró una especie de juicio o investigación en Marksville, quedó absuelto y regresó a su plantación, siendo aún más respetado que antes, al menos eso creo, ya que tenía las manos manchadas de sangre.

Epps, persiguiendo su propio interés, lo acompañó hasta Marksville y justificó sus actos con ahínco, pero sus favores no impidieron que posteriormente un pariente del señor Marshall quisiera arrebatarle también la vida. Tuvieron una discusión en la mesa de juego, que desembocó en una pelea a muerte. Montado en su caballo y armado con una pistola y un cuchillo de monte, Marshall se plantó delante de la casa y lo desafió a salir y resolver la disputa, advirtiéndole que si no lo hacía lo consideraría un cobarde y lo mataría como a un perro a la más mínima oportunidad. En mi opinión, Epps no se negó por cobardía ni por escrúpulos de conciencia, sino porque su esposa intervino y le pidió que no aceptase el reto de su enemigo. Posteriormente se reconciliaron y, desde entonces, han mantenido una estrecha amistad.

Tales acontecimientos, que en los estados del norte recibirían castigos justos y merecidos, son frecuentes en esas regiones pantanosas, pero pasan desapercibidos y casi sin comentarios. Todos los hombres llevan un cuchillo de monte y, cuando se origina una disputa, lo sacan y se pelean a navajazos, o se los clavan comportándose como salvajes y no como seres inteligentes y civilizados.

La existencia de la esclavitud en su forma más cruel provoca un embrutecimiento de los sentimientos más humanos y delicados de su naturaleza. Presenciar a diario el sufrimiento humano, oír los alaridos agónicos de los esclavos, ver cómo reciben latigazos sin piedad o los muerden y los desgarran los perros, observar cómo mueren sin recibir la más mínima atención, o cómo los entierran sin mortaja ni ataúd, hace que se degrade aún más su poco aprecio y respeto por la vida humana. Es cierto que hay hombres buenos y de gran corazón en la parroquia de Avoyelles, como, por ejemplo, William Ford, personas que se compadecen del sufrimiento de los esclavos, al igual que en todos los sitios del mundo hay personas sensibles y comprensivas que no pueden mirar con indiferencia el sufrimiento de ninguna criatura creada por Dios. Ser cruel no es culpa del esclavista, sino del sistema en el que vive. No puede evitar la influencia de las costumbres y los hábitos que lo rodean. Al aprender desde niño que el látigo está hecho para la espalda del esclavo, resulta muy difícil que cambie de opinión al hacerse mayor.

Desde luego, hay amos humanos, al igual que hay amos inhumanos, al igual que hay esclavos bien vestidos, bien alimentados y felices, y esclavos desgraciados, medio desnudos y desnutridos, pero creo que una institución que tolera los castigos y la inhumanidad que yo he presenciado es cruel, injusta y miserable. Los hombres pueden escribir libros retratando la vida humilde tal como es, o como no es, se pueden explayar con la solemnidad propia de los que todo lo saben sobre el goce de la ignorancia y hablar displicentemente desde sus sillones de los placeres de la esclavitud, pero si trabajaran en el campo, si durmieran en una cabaña, si comieran farfollas y fueran azotados, cazados y maniatados, contarían otra historia muy diferente. Si supieran lo que siente el pobre esclavo, si conocieran sus pensamientos más secretos, que no se atreve a manifestar en presencia del hombre blanco; si se sentaran al lado de ellos durante la silenciosa noche y hablaran sinceramente de la vida, la libertad y la búsqueda de la felicidad, se darían cuenta de que el noventa y nueve por ciento de ellos son lo bastante inteligentes como para darse cuenta de su situación y abrigar el amor a la libertad con tanta pasión como ellos.

XV

Debido a mi ineptitud para recoger algodón, Epps tenía la costumbre de arrendarme en las plantaciones de azúcar durante la época del corte y la elaboración del azúcar. Recibía por mis servicios un dólar al día, y aquel dinero le servía para compensar mi ausencia en la plantación de algodón. Cortar la caña era un trabajo que se me daba bien, y durante tres años mantuve el liderazgo en la plantación de Hawkins, siendo el jefe de una cuadrilla formada por entre cincuenta y cien hombres.

En un capítulo anterior he descrito la forma de cultivar el algodón, y creo que ha llegado el momento oportuno de hablar del modo de cultivar la caña.

Se hacen arriates en la tierra de la misma forma que se prepara para la siembra del algodón, solo que se cava más profundo. Las perforaciones se hacen de igual manera. La siembra comienza en enero y continúa hasta abril. Solo se puede plantar un campo de azúcar una vez cada tres años, y se recogen tres cosechas antes de que la semilla o la planta se agoten.

Se emplean tres cuadrillas en la operación. La primera saca la caña del almiar, se corta la parte de arriba y las hojas del tallo, dejando solo la parte sana y sólida. Cada nudo de la caña tiene una yema, como la de una patata, de la cual saldrá un brote cuando se entierre en la tierra. Otra cuadrilla mete la caña en los agujeros, colocando dos tallos, uno junto al otro, de manera que haya un nudo cada cuatro o seis pulgadas. La tercera cuadrilla trabaja con la azada, echando tierra encima de los tallos y tapándolos hasta una profundidad de unas siete pulgadas.

Al cabo de cuatro semanas como mucho, empiezan a aparecer los brotes por encima de la tierra y, a partir de entonces, comienzan a crecer con suma rapidez. El campo de la caña de azúcar se escarda tres veces, igual que el de algodón, solo que se echa más tierra sobre las raíces. A finales de agosto se termina de escardar. A mediados de septiembre se corta lo que se necesita para la siembra y se apila en un almiar. En octubre, la caña ya está preparada para ir al molino o la refinería, y entonces comienza el corte. La hoja de un machete para cortar caña de azúcar tiene unas quince pulgadas de largo y tres de ancho en la parte central, estrechándose en la punta y cerca de la empuñadura. La hoja es muy delgada y debe estar muy afilada para que cumpla su función. Uno de cada tres hombres toma el liderazgo de los otros dos, colocándose cada uno de ellos a su lado. El primer hombre corta las hojas del tallo de un solo tajo. El segundo corta la parte de arriba que esté verde. Debe tener mucho cuidado de cortar todo lo verde que hay en la parte madura, ya que el jugo que desprende amarga la melaza y entonces resulta invendible. Luego arranca el tallo de raíz y lo tira a su espalda. Sus dos compañeros tiran los suyos una vez cortados y los apilan con el suyo.

Cada tres hombres hay una carretilla que los sigue, donde los esclavos más jóvenes echan los tallos para llevarlos a la refinería o al molino.

Si el cultivador sufre una helada, la caña se hilera. El hilerado consiste en cortar los tallos a una edad temprana y arrojarlos a lo largo del surco de agua de tal manera que la parte superior cubra la parte inferior de los tallos. Se quedan en esa posición durante tres semanas o un mes sin agriarse ni helarse. Cuando llega el momento oportuno, se recogen, se podan y se echan a la carreta para llevarlos a la refinería.

En el mes de enero, los esclavos vuelven al campo para prepararlo para la siguiente cosecha. El campo se esparce con la parte superior y las hojas que se cortaron en la cosecha anterior. Un día que haga calor se prende fuego a esos desechos, y el fuego se extiende por todo el campo, dejándolo limpio y desnudo, preparado para pasarle la azada. Se remueve la tierra alrededor de los viejos rastrojos y, con el paso del tiempo, crece una nueva cosecha con las semillas del año anterior. Este proceso se repite año tras año, hasta el tercero, ya que la semilla ha perdido su fuerza, y entonces el campo debe labrarse y sembrarse de nuevo. El segundo año la caña es más dulce y productiva que el primero, y el tercero, aún más que el segundo.

Durante los tres años que trabajé en la plantación de Hawkins, la mayor parte del tiempo estuve en la refinería. Él es famoso por producir la variedad más rica de azúcar blanco. Por eso, a continuación describiré su refinería y el proceso de fabricación.

El molino es un edificio de ladrillo enorme que se levanta sobre la orilla del brazo del río. Saliendo del edificio hay un cobertizo abierto, de al menos cien pies de largo y cuarenta o cincuenta de ancho. La caldera que genera el vapor está situada fuera del edificio principal; la maquinaria y el motor descansan sobre una plataforma de ladrillo, a unos quince pies del suelo y dentro del edificio. La maquinaria hace girar dos enormes rodillos de hierro de entre dos y tres pies de diámetro y seis y ocho pies de largo. Están elevados por encima de la plataforma de ladrillo y giran uno en dirección al otro. Una cinta transportadora, fabricada con cadenas y madera, parecida a las correas de cuero que se usan en los molinos pequeños, corre desde los rodillos de hierro hasta el edificio principal y a lo largo de todo el cobertizo abierto. Las carretas que traen la caña recién cortada se descargan a los lados del cobertizo. Los hijos de los esclavos se colocan a lo largo de la cinta transportadora, y su trabajo consiste en echar encima la caña recién cortada, pasando del cobertizo hasta el edificio principal, donde cae entre los rodillos, se muele y va a parar a otra cinta que la saca del edificio principal en dirección contraria, depositándola encima de una chimenea bajo la cual arde un fuego que acaba consumiéndola. Es necesario quemarla de esta manera porque de lo contrario llenaría el edificio y, sobre todo, porque se agriaría y causaría enfermedades. El jugo de la caña cae en un canalillo colocado debajo de los rodillos que lo lleva hasta un depósito. Mediante una serie de tuberías pasa por cinco filtros, cada uno con varias barricas. Estos filtros están rellenos de harina de hueso, una sustancia parecida al carbón pulverizado. Se hace calcinando huesos en recipientes cerrados, y se utiliza para refinar y filtrar el jugo de la caña antes de hervirlo. Pasa sucesivamente por estos cinco filtros y luego cae en un depósito colocado debajo de la planta principal, donde asciende mediante una bomba de vapor y cae en un clarificador de hierro laminado, donde se calienta con vapor hasta que hierve. Desde este primer clarificador pasa a un segundo, y luego a un tercero a través de tuberías, y de allí a las ollas de hierro cerradas, atravesadas por tuberías llenas de vapor. Mientras hierve, pasa por tres ollas sucesivamente y luego se transfiere a través de otras tuberías a los refrigeradores colocados en la planta principal. Los refrigeradores son cajas de madera con coladores en la parte inferior hechos de alambre muy fino. En cuanto el sirope llega a los refrigeradores y entra en contacto con el aire se cristaliza, y la melaza pasa por los coladores a una cisterna que hay debajo. Así se obtiene el azúcar blanco; un azúcar limpio y tan blanco como la nieve. Cuando se enfría, se saca, se guarda en barricas y ya está preparado para venderlo en el mercado. La melaza pasa de la cisterna a la planta superior una vez más, donde, mediante otro proceso, se transforma en azúcar moreno.

Hay molinos más grandes y construidos de manera diferente al que he descrito de forma imperfecta, pero ninguno es tan conocido como aquel, al menos en Bayou Boeuf. Lambert, de Nueva Orleans, es socio de Hawkins. Es un hombre muy rico y, según me han dicho, tiene participaciones en cuarenta plantaciones de azúcar repartidas por Luisiana.

El único descanso del que disfruta el esclavo a lo largo de todo el año son las vacaciones de Navidad. Epps nos daba tres días de vacaciones, aunque hay quien da a sus esclavos cuatro, cinco e incluso seis días, dependiendo de su generosidad. Es la única época del año que los esclavos esperan con impaciencia e incluso placer. Se alegran cuando finaliza el día, y no solo porque les proporciona algunas horas de reposo, sino porque así les queda menos para la Navidad. Es algo que disfrutan por igual jóvenes y viejos; incluso el tío Abram deja de elogiar a Andrew Jackson, y Patsey se olvida de sus muchas penas, y ambos se dejan llevar por la hilaridad de las vacaciones. Es época de celebraciones, de divertirse y tocar el violín; es la época festiva para los niños esclavos. Son los únicos días en que se les permite cierta libertad restringida, algo que disfrutan enormemente.

Los cultivadores tienen la costumbre de organizar una cena de Navidad, e invitan a los esclavos de las plantaciones vecinas a que se unan a los suyos para la ocasión; por ejemplo, un año la organiza Epps, al siguiente Marshall y al otro Hawkins, y así sucesivamente. En general, se reúnen de trescientos a quinientos, y van andando, en carretas, a caballo, en mulas, a veces dos o tres sobre el mismo animal, a veces un chico y una chica, otras una chica y dos chicos, e incluso un chico, una chica y una anciana. En Bayou Boeuf, no es raro ver al tío Abram montado en una mula, con la tía Phebe y Patsey detrás, dirigiéndose a una cena de Navidad.

Durante esos días, los esclavos también se visten con sus mejores trajes. Lavan sus abrigos de algodón, pasan el muñón de una vela de sebo por los zapatos y, si son tan afortunados como para tener un sombrero sin ala, se lo ponen con desenfado sobre la cabeza. Vayan como vayan, con sombrero o descalzos, todos son recibidos en la fiesta con la misma cordialidad. Por lo general, las mujeres llevan pañuelos alrededor de la cabeza, pero si por casualidad disponen de una cinta de color rojo chillón o un sombrero que tiró la abuela de su señora, no dudan en ponérselo en tales ocasiones. El rojo —el rojo intenso de la sangre— es, sin duda, el color favorito de las jóvenes esclavas. Si una cinta roja no es lo bastante larga para ponérsela alrededor del cuello, no cabe duda alguna de que encontrarán la forma de atársela en el pelo de sus lanudas cabezas.

La mesa se coloca al aire libre, y sobre ella se ponen todo tipo de carnes y verduras. Se prescinde del beicon y del maíz. La cena se prepara a veces en la cocina de la plantación, otras a la sombra de un gran árbol. Cuando se prepara así, se hace un agujero en la tierra, se llena de leña y se quema hasta que esté lleno de brasas, sobre las cuales se ponen pollos, patos, pavos, cerdos y, a menudo, incluso el cuerpo entero de un buey para que se ase. También se añade harina para hacer galletas, melocotones y otras delicias, así como tartas y todo tipo de pasteles, salvo los agridulces de carne picada, ya que desconocen ese artículo de repostería. Solo un esclavo que ha vivido muchos años a base de su escasa ración de comida y beicon sabe apreciar esas exquisiteces. Muchos blancos acuden para presenciar los festejos gastronómicos.

Los esclavos se sientan en la mesa rústica, los hombres a un lado y las mujeres al otro. Si dos personas se sienten atraídas, no cabe duda alguna de que se sentarán la una frente a la otra, ya que el omnipresente Cupido no desaprovecha la oportunidad de arrojar sus flechas entre los sencillos corazones de los esclavos.

Una felicidad exultante y absoluta ilumina el rostro oscuro de todos ellos. Sus dientes blancos como el marfil, en contraste con su piel atezada, parecen dos franjas largas y blancas extendidas a lo largo de la mesa. Alrededor de la copiosa cena, una multitud de ojos miran extasiados. Risas y carcajadas, se mezclan con el sonido de la cubertería y la vajilla. El codo de Cuffee empuja el de su vecino, ya que no puede controlar un impulso involuntario de goce; Nelly señala con el dedo a Sambo, se ríe sin saber por qué, y así corre la alegría y el júbilo.

Cuando las viandas han desaparecido y las hambrientas barrigas de los niños están satisfechas, entonces, a modo de diversión, comienza el baile de Navidad. Mi labor en los días festivos era tocar el violín. La raza africana ama especialmente la música, y muchos de mis compañeros tenían un oído sumamente desarrollado, llegando algunos a tocar el banyo con gran destreza, pero, aunque parezca un tanto engreído, debo decir que me consideraban el Ole Bull de Bayou Boeuf. Mi amo recibía cartas a menudo, a veces de diez millas a la redonda, pidiéndole que me enviara para tocar en algún baile o alguna festividad de los blancos. Él recibía su compensación, y yo solía regresar con muchos picayunes* tintineando en mi bolsillo, una contribución extra hecha por aquellos a los que deleitaba con mi música. De aquella manera me convertí en una persona conocida, orilla arriba y orilla abajo del brazo del río. Los muchachos y las jovencitas de Holmesville siempre sabían que iba a haber algún tipo de festejo cada vez que veían pasar a Platt Epps con su violín en la mano. «¿Dónde vas, Platt?» o «¿Qué se celebra esta noche?» eran las preguntas más habituales que me hacían desde todas las puertas y las ventanas. En muchas ocasiones, cuando no tenía demasiada prisa, cediendo a su insistencia, Platt sacaba el estuche y, sentado sobre su mula, interpretaba una canción para una multitud de niños que gustosamente se congregaban alrededor de él en la calle.

* Moneda española valorada en medio real. (*N. de los T.*)

No puedo imaginar cómo habría podido soportar todos aquellos largos años de cautiverio de no haber sido por mi amado violín. Gracias a él pude entrar en casas grandes, librarme de muchos días de tedioso trabajo en el campo, comprar algunos objetos para la cabaña, pipas, tabaco e incluso algunos pares de zapatos, así como alejarme de la presencia de mi severo amo y poder disfrutar de momentos de jovialidad y alborozo. El violín fue mi compañero, mi amigo del alma. Tocaba alegres canciones cuando me sentía feliz, e interpretaba suaves melodías cuando estaba triste. A menudo, a medianoche, cuando no podía conciliar el sueño en la cabaña y mi alma se sentía inquieta y preocupada al contemplar mi destino, tocaba para mí mismo y su sonido me sosegaba. En los días sagrados del Señor, cuando nos permitían una o dos horas de descanso, me acompañaba hasta algún recodo tranquilo a orillas del río y, alzando su voz, me hablaba amablemente. Gracias a él se me conoció en todo el país, hice amigos que de no ser por él jamás se habrían fijado en mí, me proporcionó un lugar honorable en las fiestas anuales, y recibí ovaciones y una calurosa bienvenida en el baile de Navidad. ¡El baile de Navidad! Oh, sí, vosotros, muchachos que buscáis el goce, y vosotras, hijas de la holganza, que os movéis con pasos comedidos, lánguidos y lentos por el ovalado salón, si queréis ver lo que es celeridad, o lo que es la poesía del movimiento, o la genuina, rampante y desenfrenada felicidad, bajad hasta Luisiana y veréis cómo bailan los esclavos bajo las estrellas de una noche navideña.

Aquella Navidad en particular de la que me acuerdo en este momento, cuya descripción servirá para describir cualquier otra, la señorita Lively, sirvienta del señor Stewart, y el señor Sam, esclavo del señor Roberts, abrieron el baile. Todo el mundo sabía que Sam sentía una ardiente pasión por Lively, al igual que uno de los sirvientes de Marshall y otro de los hijos de Carey, ya que Lively era realmente guapa y una coqueta que disfrutaba rompiendo corazones. Fue toda una victoria para Sam Roberts cuando, levantándose de la mesa, Lively le tendió la mano para iniciar el primer baile, manifestándole así su preferencia por encima de los demás rivales. Ellos se quedaron un tanto alicaídos, y de buena gana se habrían dejado llevar por la furia y se habrían abalanzado contra el señor Sam para pegarle. Sin embargo, no había un ápice de cólera en el plácido corazón de Samuel mientras sus piernas volaban como los palos de una batería, deslizándose desde fuera hasta el centro, al lado de su cautivadora compañera. Todos los presentes los animaban con gritos y, entusiasmados por los aplausos, ellos continuaban brincando hasta que los demás, exhaustos, se detenían unos instantes para recuperar el aliento. Pero el esfuerzo sobrehumano de Sam acabó venciéndolo y tuvo que dejar a Lively sola, dando vueltas como una peonza. En aquel momento, uno de los rivales de Sam, Pete Marshall, avanzó y, con todas sus ganas, empezó a saltar, a moverse y a adoptar todas las posturas posibles, como si estuviera decidido a demostrarle a la señorita Lively, y a todo el mundo, que Sam Roberts no estaba a su altura.

Sin embargo, su entusiasmo era superior a su discreción, y aquel ejercicio tan violento acabó pronto con sus fuerzas, hasta que se dejó caer como un saco vacío. Había llegado el momento de que Harry Carey intentara jugar sus bazas, pero Lively no tardó en dejarlo resollando y, entre ovaciones y gritos, continuó danzando y conservando su merecida reputación de ser la bailarina más rápida de toda la orilla del arroyo.

Cuando uno acaba, otro ocupa su lugar, y el que aguanta más tiempo bailando recibe la más estrepitosa ovación, y así continúa el baile hasta el amanecer. Si cesa el sonido del violín interpretan una música oriunda de aquella tierras. Se llama «juba» y va acompañada de una de esas canciones insulsas que se componen más para adaptarse a ciertos pasos o melodías que para expresar una idea en particular. La juba se baila dándose palmadas en las rodillas, dando palmas, golpeándose el hombro derecho con una mano, el izquierdo con la otra, mientras al mismo tiempo se dan zapatazos y se canta una canción como esta:

Harper's creek and roarin' ribber,
Thar, my dear, we'll live forebber;
Den we'll go to de Ingin nation,
All I want in dis creation,
Is pretty little wife and big plantation.

Estribillo:

Up dat oak and down dat ribber,
*Two overseers and one little nigger.**

Y si la letra no se adapta a la música, entonces puede que lo haga la de «Old Hog Eye», cuya letra solemne y conmovedora no se puede apreciar a no ser que se viva en el sur. La canción dice así:

Who's been here since I've been gone?
Pretty little gal wid a josey on.
Hog Eye!
Old Hog Eye!
And Hosey too!
Never see de like since I was born,
Here come a little gal wid a josey on.
Hog Eye!
Old Hog Eye!
*And Hosey too!***

O puede que la siguiente, que también carece de sentido, pero tiene mucha gracia cuando se escucha en boca de un negro:

* Harper es un arroyo y un inmenso río, / donde tú y yo viviremos para siempre; / luego iremos a la nación india, / pues todo lo que quiero en esta vida / es una bonita esposa y una gran plantación.
Estribillo: Subiendo aquel roble y bajando aquel río / dos supervisores y un negrito. (*N. de los T.*)
** ¿Quién ha estado aquí desde que me marché? / Una chica muy guapa con un bonito traje. / ¡Hog Eye! / ¡El viejo Hog Eye! / ¡Y Hosey también! / Nunca vi nada más bello, / aquí viene la chica del traje bonito. / ¡Hog Eye! / ¡El viejo Hog Eye! / ¡Y Hosey también! (*N. de los T.*)

Ebo Dick and Jurdan's Jo,
Them two niggers stole my yo.
Hop Jim along,
Walk Jim along,
Talk Jim along.

Old black Dan, as black as tar,
He dam glad he was not dar.
Hop Jim along.*

Durante los demás días de vacaciones, después de Navidad, se les proporciona pases y se los deja ir a donde quieran, dentro de una distancia limitada, o si quieren pueden quedarse y trabajar en la plantación, en cuyo caso se les paga por ello, aunque raras veces lo hacen. Se los ve ir a toda prisa en todas direcciones, tan felices como cualquier otro mortal sobre la faz de la tierra. Se convierten en personas distintas a las que son cuando están en los campos; el descanso temporal y la breve ausencia del miedo y del látigo los transforma por completo, tanto en su aspecto como en su conducta. Dedican el tiempo a visitar, entablar y cultivar viejas amistades, puede que algún viejo vínculo, o a disfrutar de cualquier otro placer. Así es la vida sureña durante esos tres días del año, ya que los restantes trescientos sesenta y dos son jornadas de cansancio, de miedo, de sufrimiento y de tedioso trabajo.

Los matrimonios se contraen durante las vacaciones, si es que se puede decir que esa institución existe entre ellos. La única ceremonia que se necesita para entrar en ese estado sagrado es obtener el consentimiento de los respectivos amos. Suelen fomentarlo los amos de las mujeres esclavas. Cada cónyugue puede tener tantos maridos o esposas como le permita el amo, y

---

* Ebo Dick y Jurdan Jo, / esos dos negros me robaron lo que más quería. Estribillo: Salta Jim, / camina Jim, / habla Jim. // Dan, el viejo negro, tan negro como el alquitrán, / se alegró de no estar allí. / Estribillo: Salta Jim. (*N. de los T.*)

cada uno de ellos tiene la libertad de desembarazarse a su antojo del otro. La ley establecida para el divorcio o la bigamia no se aplica para la propiedad. Si la esposa no pertenece a la misma plantación del marido, a este se le permite visitarla los sábados por la noche si la distancia no es excesiva. La esposa del tío Abram vivía a siete millas de la plantación de Epps, en Bayou Huff Power. Él tenía permiso para visitarla una vez cada dos semanas, pero, como ya he dicho, se estaba haciendo viejo y, aunque resulte triste decirlo, casi se había olvidado de ella. El tío Abram dedicaba todo su tiempo a meditar sobre el general Jackson; la alianza conyugal estaba bien para los jóvenes y los insensatos, pero no para un filósofo serio y solemne como él.

XVI

Con excepción de mi viaje a la parroquia de Saint Mary, y mis
ausencias durante la época en que se cortaba la caña, siempre trabajé en la plantación del amo Epps. Se lo consideraba un cultivador pequeño, con un número tan reducido de trabajadores que no
necesitaba de los servicios de un supervisor, por lo que él mismo
desempeñaba aquel cargo. Al no poder comprar más esclavos, tenía la costumbre de arrendarlos durante la cosecha de algodón.

En propiedades más grandes, en las que hay cincuenta o
cien, o puede que incluso doscientos obreros, es indispensable
contar con un supervisor. Estos señores suelen ir al campo montados en su caballo y, que yo sepa, todos sin excepción van armados con pistolas, un cuchillo de monte y el látigo, además de
sus perros. Equipados de esa forma, vigilan de cerca a los escla-

vos. Las únicas cualidades que se requieren para trabajar de supervisor es ser despiadado, brutal y cruel. Su función consiste en procurar una gran cosecha, y para conseguir tal cosa no importa el sufrimiento que puedan causar. La presencia de los perros es necesaria para impedir que un esclavo intente escapar, como ocurre en ocasiones, cuando por cansancio o enfermedad el pobre es incapaz de mantener el ritmo de la cuadrilla o de seguir soportando el dolor del látigo. Las pistolas se reservan para los casos de emergencia, y ha habido momentos en que se han visto obligados a utilizarlas. Dominados por una incontrolable locura, hasta los esclavos se abalanzan a veces contra su opresor. El pasado enero se levantó una horca en Marksville, y se ejecutó a un esclavo por haber matado a su capataz. Sucedió a escasas millas de la plantación de Epps, en el Río Rojo. Le ordenaron al esclavo que se pusiera a levantar vallas, pero durante el transcurso del día el supervisor lo envió a hacer un recado que le ocupó tanto tiempo que no pudo terminar la faena. Al día siguiente lo llamaron para que se presentase ante el supervisor, el cual no aceptó la pérdida de tiempo como excusa por haber tenido que hacer el recado y le ordenó que se arrodillara y se quitara la camisa para recibir los latigazos. Estaban solos en el bosque, lejos de la vista y del oído de todo el mundo. El muchacho soportó el castigo hasta que, enloquecido por semejante injusticia y encolerizado por el dolor, se levantó, cogió un hacha y descuartizó literalmente al supervisor. Sin embargo, en lugar de ocultarse, se presentó a toda prisa ante su amo y le relató lo que había hecho, dispuesto a expiar sus culpas sacrificando su vida. Lo condujeron hasta el patíbulo y, mientras tuvo la soga alrededor del cuello, mantuvo una actitud serena y valiente, empleando sus últimas palabras en justificar su acto.

Aparte del supervisor, y por debajo de él, están los capataces, cuyo número está en proporción a la cantidad de trabajadores que haya en la plantación. Los capataces son negros que, además de realizar su trabajo como cualquier otro, están obligados a infligir los castigos a sus compañeros. Llevan el látigo colgando del cuello, y si no lo usan con la debida frecuencia, son ellos los que reciben los latigazos. Sin embargo, gozan de algunos privilegios; por ejemplo, cuando se corta la caña de azúcar, no se permite a los trabajadores que se sienten mucho rato para comer. Las carretas se llenan de tortas de maíz, preparadas en la cocina, y se llevan al campo a mediodía. Los capataces reparten las tortas, que los esclavos tienen que comer a toda prisa.

Cuando el esclavo deja de sudar, cosa que sucede a menudo cuando se ha quedado sin fuerzas, cae al suelo y no puede moverse. El capataz tiene entonces la obligación de arrastrarlo hasta la sombra, ya sea entre las plantas de algodón o de caña, o bajo un árbol cercano, y empezar a echarle cubetas de agua hasta que empiece a transpirar de nuevo, momento en que se le ordena que regrese a su sitio y continúe trabajando.

Cuando llegué por primera vez a la plantación de Epps, en Huff Power, el capataz era Tom, uno de los negros de Roberts. Era un hombre robusto y sumamente severo. Cuando Epps fue trasladado a Bayou Boeuf, me concedió a mí aquel honorable puesto. Hasta el momento de mi marcha tuve que llevar un látigo en el cuello cuando estaba en el campo. Si Epps estaba presente, no podía mostrar la más mínima clemencia, ya que carecía de la suficiente fortaleza cristiana del famoso Tío Tom, que era lo bastante valiente como para hacer frente a la ira de su amo y negarse a realizar lo que le pedía. Además, de aquella forma no solo conseguí librarme del martirio que él padeció, sino también evitar muchos sufrimientos a mis compañeros, tal como quedó demostrado. No tardé en descubrir que Epps, estuviera o no en el campo, siempre estaba pendiente de nosotros. Ya fuera desde la explanada, desde algún árbol cercano o desde algún otro lugar oculto, estaba constantemente al acecho. Si alguno de nosotros se había quedado rezagado o había estado holgazaneando durante el día, teníamos que comunicárselo a él al regresar a las dependencias, y para él era una cuestión de principios responder a aquella ofensa no solo castigando al culpable por su demora, sino también a mí por haberlo permitido.

Por el contrario, si me veía utilizar el látigo a la ligera, se sentía satisfecho. No cabe duda alguna de que la práctica hace al maestro. Durante los ocho años de experiencia como capataz, aprendí a manejar el látigo con suma destreza y precisión, haciéndolo restallar a escasa distancia de la espalda, la oreja y la nariz sin llegar a tocarlas. Si Epps me observaba a distancia, o teníamos motivos para pensar que estaba oculto por los alrededores, acordábamos que yo haría restallar el látigo con fuerza mientras ellos fingirían retorcerse y gemir, aunque no hubiera llegado ni a rozarlos. Patsey, si lo tenía a su lado, aprovechaba la ocasión para quejarse diciendo que Platt siempre los estaba pegando, y el tío Abram, con aquel aire de honestidad tan peculiar suyo, afirmaba que yo los azotaba más que el general Jackson a sus enemigos en Nueva Orleans. Si Epps no estaba borracho ni de un humor de perros, eso lo dejaba satisfecho, pero si lo estaba, entonces alguien debía pagar las consecuencias. A veces su violencia alcanzaba extremos insospechados, llegando a poner en riesgo la vida de sus trabajadores. En una ocasión en que estaba ebrio, quiso divertirse cortándome el cuello.

Había estado en Holmesville, asistiendo a un concurso de tiro, y no nos dimos cuenta de que había regresado. Mientras escardaba al lado de Patsey, ella, de repente, me dijo en voz baja:

—Platt, ¿has visto que el viejo Hogjaw me está haciendo señas para que me acerque?

Miré a ambos lados y vi que estaba al borde del campo, moviéndose y haciendo muecas como solía hacer cuando estaba medio borracho. Consciente de sus lascivas intenciones, Patsey empezó a llorar. Le susurré que no mirara y que continuara trabajando como si no lo hubiera visto. Epps, sospechando que le había dicho algo, se acercó a mí dando tumbos y enfurecido.

—¿Qué le has dicho a Pats? —me preguntó soltando una maldición.

Le respondí evasivamente, pero solo conseguí incrementar su violencia.

—¿Desde cuándo eres el dueño de esta plantación, negro asqueroso? —preguntó adoptando un aire despectivo y agarrándome del cuello de la camisa con una mano mientras la otra se la metía en el bolsillo—. Te voy a cortar el cuello.

Sacó el cuchillo del bolsillo, pero como era incapaz de abrirlo con una mano, cogió la hoja entre los dientes. Presintiendo lo que iba a hacer, me vi obligado a escapar, ya que por el estado en que se encontraba me di cuenta de que no bromeaba. Yo tenía la camisa abierta por delante y, como la tenía agarrada, al volverme se me rajó por la espalda y no tuve ningún problema para huir de él. Empezó a perseguirme hasta que se quedó sin aliento; luego se detuvo hasta recuperarlo, maldijo y empezó a perseguirme de nuevo. Me ordenó que me acercara hasta donde estaba, trataba de convencerme, pero fui lo bastante prudente para mantenerme a cierta distancia. Así, dimos varias vueltas por el campo, él tratando desesperadamente de atraparme y yo esquivándolo, más divertido que asustado, ya que sabía que cuando estuviera sobrio él mismo se reiría de su estúpida borrachera. Descubrí al ama, de pie, cerca del muro que había en el jardín, mirando mientras nosotros nos peleábamos medio en serio y medio en broma. Pasando a su lado a toda velocidad, corrí hasta donde estaba el ama. Epps, al verla, no me siguió. Se quedó en el campo durante una hora o quizá más, y durante todo aquel tiempo me quedé al lado del ama, contándole lo sucedido. El ama se enfadó y empezó a gritar a su marido y a Patsey. A final, Epps se dirigió a la casa, ya casi sobrio, andando con recato, con las manos en la espalda e intentando parecer tan inocente como un niño.

Sin embargo, cuando se acercó, el ama empezó a insultarlo, soltándole toda clase de improperios y pidiéndole una explicación de por qué había querido cortarme el cuello. Epps fingió no saber nada y, para mi sorpresa, juró por todos los santos del calendario que no me había hablado en todo el día.

—Platt, negro mentiroso, ¿acaso no estoy diciendo la verdad?

No se debe contradecir al amo, aunque se esté diciendo la verdad, por eso me quedé callado. Al verlo entrar en la casa, regresé al campo y ya no se volvió a hablar del asunto.

Poco después, sucedió algo que me hizo divulgar el secreto de mi nombre y mi historia verdadera, que había ocultado cuidadosamente porque estaba convencido de que de ello dependía mi liberación. Poco después de comprarme, Epps me preguntó si sabía leer y escribir. Cuando le respondí que había recibido algunas enseñanzas en aquellos menesteres, me aseguró con énfasis que si me veía alguna vez con un libro, o una pluma y tinta, me daría cien latigazos. Me dijo que compraba negros para trabajar, no para enseñar. Jamás me preguntó nada más de mi vida pasada, ni de dónde procedía. No obstante, el ama me hacía muchas preguntas sobre Washington, suponiendo que era mi ciudad natal, y en más de una ocasión señaló que yo no hablaba ni me comportaba como los demás negros, y que estaba segura de que había visto más mundo del que decía.

Mi principal objetivo era buscar la forma de hacer llegar una carta a la oficina de correos y enviársela a mis amigos o familiares del norte. La dificultad que entrañaba no puede comprenderla alguien que desconozca las rígidas medidas a las que estaba sometido. Para empezar, no se me permitía tener pluma, ni tinta, ni papel. Segundo, un esclavo no podía salir de la plantación sin un pase, ni tampoco enviar una carta sin un permiso por escrito de su amo. Llevaba nueve años de esclavitud, siempre bajo estrecha vigilancia, cuando de pronto tuve la suerte de obtener una hoja de papel. Un invierno, mientras Epps estaba en Nueva Orleans vendiendo el algodón, el ama me envió a Holmesville para que le comprara algunos artículos, entre ellos una gran cantidad de papel. Cogí una de las hojas y la escondí en la cabaña, bajo la tabla sobre la que dormía.

Tras varios experimentos, conseguí fabricar un poco de tinta hirviendo la corteza blanca del arce y, con una pluma que arranqué del ala de un pato, me fabriqué un cálamo. Cuando todos dormían en la cabaña, a la luz de las brasas, tendido sobre la tarima de la cama, conseguí redactar una epístola bastante larga. Estaba dirigida a un viejo amigo que vivía en Sandy Hill; le hablaba de la situación en la que me encontraba y le pedía que tomara las medidas oportunas para que pudiera recuperar la libertad. Guardé la carta durante mucho tiempo, mientras trataba de ingeniármelas para llevarla a la oficina de correos sin que me pasara nada. Finalmente, un hombre mezquino que se llamaba Armsby, hasta entonces un extraño, estuvo recorriendo el vecindario buscando trabajo como supervisor. Se presentó ante Epps y estuvo en la plantación durante varios días. Luego fue a ver al señor Shaw y trabajó en su campo durante varias semanas. A Shaw le gustaba rodearse de personas de esa calaña, en parte porque él también era un jugador y un hombre sin principios. Se había casado con una de sus esclavas, Charlotte, y tenía una prole de mulatos criándose en su casa. Armsby cayó tan bajo al final que se vio obligado a trabajar con los esclavos. Un hombre blanco trabajando en el campo es algo muy raro e inusual en Bayou Boeuf. Yo busqué la forma de entablar amistad con él en secreto, tratando de ganarme su confianza para entregarle la carta. Según me dijo, solía ir a Marksville, una ciudad a unas veinte millas de distancia, desde donde pensé que podría enviar la carta.

Deliberadamente, y con suma cautela, busqué la forma de hablarle del tema. Un día decidí preguntarle si la próxima vez que fuera allí podría depositar una carta en la oficina de correos de Marksville. No le comenté que ya la tenía escrita, ni le hablé de los detalles que contenía, pues temía que me traicionara, y además sabía que debía darle algo de dinero antes de poder confiar en él por completo. Una noche, a eso de la una de la madrugada, salí a hurtadillas de la cabaña y crucé el campo hasta llegar a la plantación de Shaw, donde lo encontré durmiendo en la explanada. Tenía algunos picayunes que había ganado con mis recitales de violín, pero le prometí que le daría todo lo que tenía si me hacía el favor que le pedía. Le supliqué que no me delatara si no podía cumplir con mi petición. Me dio su palabra de honor de que depositaría la carta en la oficina de correos de Marksville y que me guardaría el secreto de por vida. Aunque llevaba la carta en el bolsillo, no me atreví a dársela, y le dije que la tendría escrita en cuestión de un día o dos. Despidiéndome de él, regresé a la cabaña. Me resultaba imposible ahuyentar las sospechas que me inspiraba, y durante toda la noche estuve despierto y dándole vueltas al asunto para buscar la forma más segura de llevarlo a cabo. Estaba dispuesto a arriesgarme con tal de conseguir mi propósito, pero de ninguna manera la carta debía caer en manos de Epps, ya que ello supondría un golpe mortal para mis aspiraciones. Estaba asustado a más no poder.

Mis sospechas estaban fundadas, como quedó demostrado. Al día siguiente, mientras estaba limpiando el algodón en el campo, Epps se sentó en la valla que había entre la plantación de Shaw y la suya, en una postura con la cual podía vernos trabajar. Al rato se presentó Armsby y, encaramándose a la valla, se sentó a su lado. Estuvieron juntos dos o tres horas, durante las cuales viví una completa agonía.

Aquella noche, mientras asaba el beicon, Epps entró en la cabaña con el látigo en la mano.

—¿Sabes, chico? —dijo—, me he enterado de que tengo un negro sabiondo que escribe cartas e intenta que los blancos se las envíen. Me pregunto si sabes quién es.

Mis peores temores se habían hecho realidad y, aunque puede que no parezca del todo encomiable, dadas las circunstancias, la única forma de salvarme era mintiendo.

—No sé de qué me habla, amo Epps —le respondí, adoptando un aire de ignorancia y sorpresa—. No sé nada en absoluto, señor.

—¿Acaso no estuviste en la plantación de Shaw anoche?

—No, amo.

—¿No le pediste a Armsby que te echase una carta en cuanto fuera a Marksville?

—¿Yo, señor? Jamás he hablado con ese hombre en toda mi vida. No sé a qué se refiere.

—Armsby me ha dicho hoy que debo tener cuidado con uno de mis negros; que debo vigilarlo o intentará escapar. Y cuando le he preguntado por qué lo decía, me ha dicho que estuviste en la plantación de Shaw, lo despertaste en medio de la noche y le pediste que llevara una carta a Marksville. ¿Qué me dices?

—Lo único que puedo decir, amo, es que no es cierto. ¿Cómo voy a escribir una carta si no tengo ni papel ni tinta? No hay nadie a quien pueda escribir, pues que yo sepa no tengo ningún amigo vivo. Ese Armsby es un mentiroso y un borracho, y nadie cree lo que dice. Usted sabe que yo siempre digo la verdad y que jamás he salido de la plantación sin un pase. Yo sé lo que anda buscando ese Armsby. ¿Acaso no quería que usted le contratase como supervisor?

—Sí, me lo pidió —respondió Epps.

—Pues eso. Quiere que usted piense que nos vamos a escapar para que contrate a un supervisor que nos vigile. Se ha inventado la historia. Es un mentiroso, amo, no debe creerlo.

Epps se quedó pensativo durante un rato, a todas luces impresionado con la plausibilidad de mi teoría, y exclamó:

—Sería un estúpido, Platt, si no te creyese. Ese Armsby me ha debido de tomar por un blando para venir a contarme esas historias. Quizá crea que puede engañarme; quizá piense que no valgo para nada y que no sé cuidar de mis negros. Por lo que veo, ha querido hacerme la pelota. ¡Menudo cabrón está hecho ese Armsby! Le voy a echar los perros, Platt.

Soltando este y otros muchos comentarios acerca del carácter de Armsby y su capacidad para cuidar de su negocio y sus negros, el amo Epps salió de la cabaña. En cuanto se marchó, arrojé la carta al fuego. Desalentado y descorazonado, observé cómo la epístola que tanta ansiedad y tanto esfuerzo me había costado redactar, la epístola que esperaba que me haría dar mi primer paso hacia la tierra de la libertad, se arrugaba y se consumía entre las brasas hasta quedar reducida a humo y cenizas.

Armsby, ese maldito traidor, fue expulsado poco después de la plantación de Shaw, lo cual me produjo un gran alivio, ya que temía que quisiera reanudar la conversación con Epps y convencerlo de que decía la verdad.

Ya no sabía dónde ni de qué forma buscar la liberación. Las esperanzas que había albergado en lo más hondo de mi corazón se desmoronaron y se desvanecieron. El verano de mi vida se estaba yendo. Sentía que estaba envejeciendo prematuramente; pensaba que si seguía unos años más, el arduo trabajo, la pena y los miasmas de los pantanos acabarían llevándoseme a la tumba, donde me pudriría y sería olvidado para siempre. Repelido, traicionado, sin posibilidad alguna de poder pedir ayuda, solo pude arrodillarme y manifestar mi indecible angustia. La esperanza de ser rescatado era la única luz que me consolaba; una luz que de pronto temblequeaba y se iba desvaneciendo; otro desengaño más y se apagaría para siempre, dejándome en la más completa oscuridad hasta el fin de mis días.

XVII

El año 1850, que voy a describir tras omitir muchos detalles que
no son de interés para el lector, fue un año muy desafortunado
para mi compañero Wiley, el marido de Phebe, cuyo carácter
taciturno e introvertido ha hecho que permaneciera en el tras-
fondo de mi narración. A pesar de que apenas abría la boca, y de
estar inmerso en aquella oscura y poco pretenciosa atmósfera
sin protestar jamás, en el interior de aquel negro silencioso y callado ardían grandes deseos de socializar. Llevado por la euforia
de la independencia y haciendo caso omiso de la filosofía del tío
Abram y de los consejos de la tía Phebe, tuvo la osadía de hacer
una visita nocturna a una cabaña vecina sin un pase.

La compañía que encontró era tan fascinante que no se dio
cuenta de lo rápido que pasaba el tiempo hasta que no vio el sol

asomarse por el este. Corrió todo lo aprisa que pudo, esperando llegar a la plantación antes de que sonara la sirena, pero, por desgracia, fue sorprendido por una brigada de patrulleros.

No sé si eso existe en otros lugares donde hay esclavitud, pero en Bayou Boeuf hay una organización de patrulleros que, como dice su nombre, tienen la función de apresar y castigar a cualquier esclavo que vean deambulando fuera de la plantación. Van montados a caballo, normalmente dirigidos por un capitán, armados y acompañados por perros. Tienen derecho, ya sea por ley o por el consentimiento general, a castigar de la forma que mejor consideren a cualquier hombre negro que haya cruzado los límites de las propiedades de su amo sin un pase, e incluso a dispararle si intenta escapar. Cada brigada de patrulleros se ocupa de recorrer una parte del brazo del río. El salario se lo pagan los dueños de las plantaciones, que contribuyen según el número de esclavos que tienen. El sonido de los cascos de sus caballos se oye durante toda la noche, y se los ve con frecuencia conduciendo a un esclavo delante de ellos o arrastrándolo con una soga alrededor del cuello hasta la plantación de su amo.

Wiley corría delante de uno de aquellos grupos de patrulleros, creyendo que podía llegar a la cabaña antes de que lo alcanzaran, pero uno de los perros, uno grande y muy fiero, lo agarró por la pierna y lo apresó con todas sus fuerzas. Los patrulleros lo azotaron con severidad y lo trajeron hecho prisionero hasta la plantación de Epps. Este volvió a azotarlo con tal saña que, entre las llagas que le hizo el látigo y los mordiscos que le había dado el perro, quedó tan maltrecho y molido que apenas podía moverse. En semejante estado era incapaz de mantener el ritmo de la cuadrilla, por lo que no transcurría ni una hora sin que volviera a sentir el escozor del látigo en su ya dolorida y sangrante espalda. Su sufrimiento resultaba tan insoportable que decidió escapar. Sin tan siquiera expresar sus intenciones a su esposa Phebe, empezó a hacer los preparativos para llevar a cabo su plan. Después de cocinar todas las provisiones que tenía para la semana, salió a hurtadillas de la cabaña un domingo por la noche, después de que sus compañeros se fuesen a la cama. Cuando sonó la sirena por la mañana, Wiley no apareció. Lo buscaron en las cabañas, en el granero, en la desmotadora, en todos los rincones y los recovecos de los locales. Nos preguntaron uno a uno por si alguien podía arrojar algo de luz sobre su repentina desaparición y su paradero. Epps, enfurecido y encolerizado, montó en su caballo y se dirigió a las plantaciones cercanas para preguntar si alguien sabía algo, pero la búsqueda resultó infructuosa. Nadie proporcionó ninguna información sobre qué había sido de él. Soltaron a los perros en los pantanos, pero fueron incapaces de encontrar su rastro. Daban vueltas por el bosque, con el hocico pegado al suelo, pero al rato regresaban al mismo punto de partida.

Wiley se había escapado, y lo había hecho tan secretamente y con tanto sigilo que eludió y desconcertó a todos sus perseguidores. Transcurrieron varios días e incluso semanas sin que supiéramos nada de él. Epps no hacía más que blasfemar y maldecir. Cuando estábamos solos, era nuestro único tema de conversación. Especulábamos sobre lo que le habría podido ocurrir. Unos decían que se había ahogado en algún brazo del río, pues no era muy buen nadador; otros que quizá lo habían devorado los cocodrilos, o que lo habría picado una mocasín, cuyo mordisco es tan venenoso que te produce una muerte instantánea. Sin embargo, todos estábamos de su lado, estuviera donde estuviese. El tío Abram rezaba sin cesar, rogándole a Dios que protegiera al fugitivo.

Tres semanas después, cuando ya no teníamos esperanzas de verlo, para nuestra sorpresa apareció entre nosotros. Según nos contó, al salir de la plantación, tenía la intención de dirigirse a Carolina del Sur, a las viejas dependencias del amo Buford. Durante el día se ocultaba en las ramas de algún árbol y por la noche cruzaba los pantanos. Finalmente, una mañana, al amanecer, llegó hasta la orilla del Río Rojo. Mientras estaba allí, pensando cómo podía cruzar, un hombre blanco se le acercó y le pidió que le enseñara el pase. Al no tener ninguno, como es lógico pensó que era un fugitivo y lo llevaron a Alexandria, la ciudad rural de la parroquia de Rapides, y lo encerraron en la prisión. Pocos días después, Joseph B. Roberts, el tío de la señora Epps, estuvo en Alexandria, fue a la prisión y lo reconoció, ya que Wiley había trabajado en su plantación cuando Epps vivía en Huff Power. El señor Roberts pagó la fianza, le escribió un pase, debajo del cual había una nota para Epps pidiéndole que no lo azotase a su regreso. Alentado por aquella petición, que el señor Roberts le aseguró que Epps respetaría, regresó a la casa. Sin embargo, como es de imaginar, Epps hizo caso omiso de la petición. Después de tenerlo en suspense durante tres días, Wiley fue azotado y obligado a soportar uno de aquellos castigos tan inhumanos a los que someten tan a menudo a los pobres esclavos. Fue el primero y el último intento de escapar por parte de Wiley. Las enormes cicatrices en su espalda, que lo acompañarán hasta el día de su muerte, le recuerdan constantemente lo arriesgado que es dar ese paso.

Durante los diez años que llevaba trabajando al servicio de Epps, no hubo ni un solo día en que no pensara en la perspectiva de escapar. Urdí muchos planes, que al principio consideraba excelentes, pero iba abandonándolos uno tras otro. Nadie que no se haya visto en aquella situación puede imaginar los miles de obstáculos que puede encontrarse un esclavo en su huida. Todos los hombres blancos se ponen en su contra, los patrulleros los buscan, se sueltan los perros para que sigan su rastro, y, además, tiene que enfrentarse a la naturaleza infranqueable de aquel país. Sin embargo, yo pensaba que tarde o temprano se me presentaría la oportunidad, y que yo también me vería cruzando los pantanos. Decidí que si llegaba aquel momento, debía estar preparado para los perros de Epps, por si acaso me perseguían. Tenía varios, pero había uno que era un destacado cazador de esclavos, además del más fiero y salvaje de la jauría. Cuando salía a cazar mapaches y zarigüeyas, si estaba solo, aprovechaba cualquier oportunidad para pegarlos con saña. Así conseguí finalmente someterlos por completo. Me tenían miedo y me obedecían cuando los llamaba, mientras que otros esclavos no podían ejercer ningún control sobre ellos. Estaba seguro de que, si me perseguían y me apresaban, no se atreverían a atacarme.

A pesar de estar casi seguros de que serán capturados, los bosques y los pantanos están repletos de fugitivos. Muchos esclavos, cuando están enfermos o tan extenuados que no pueden desempeñar su trabajo, huyen a los pantanos, dispuestos a padecer el castigo por semejante delito con tal de tener un día o dos de descanso.

Mientras pertenecí a Ford, involuntariamente fui la persona que reveló el escondite donde se ocultaban seis u ocho esclavos que se habían alojado en el Big Pine Woods. Adam Taydem me enviaba a menudo desde los molinos a la tienda en busca de provisiones. Todo el trayecto era a través de un espeso bosque de pinos. Sobre las diez de una hermosa noche, mientras caminaba bajo la luz de la luna por la carretera de Texas, ya de regreso a los molinos y llevando un cerdo sazonado en una bolsa colgando del hombro, oí unos pasos a mi espalda, me di la vuelta y vi a dos hombres vestidos como esclavos acercándoseme a toda prisa. Cuando estuvieron a unos pasos de distancia, uno de ellos levantó una porra como si quisiera golpearme, mientras el otro trataba de arrebatarme la bolsa. Logré esquivarlos a los dos y, agarrando un nudo de pino, se lo arrojé con tanta fuerza a la cabeza de uno de ellos que cayó inconsciente al suelo. En aquel momento aparecieron dos hombres más de uno de los lados de la carretera. Antes de que pudieran apresarme, aterrorizado, eché a correr hacia los molinos. Cuando se lo conté a Adam, fue a toda prisa a la aldea india, despertó a Cascalla y varios de su tribu, y salieron en busca de los hombres. Los conduje hasta el sitio donde me habían atacado, y vimos un charco de sangre en el lugar en que había caído el hombre al que había golpeado con el nudo de pino. Después de buscar a conciencia en el bosque durante un buen rato, uno de los hombres de Cascalla vio humo erizándose por encima de algunas ramas de varios pinos que estaban tumbados y cuyas copas habían caído juntas. Rodearon el lugar y los hicieron prisioneros a todos. Se habían escapado de una plantación de Lamourie y llevaban ocultos allí tres semanas. No pretendían hacerme daño, solo quitarme el cerdo. Al ver que me dirigía hacia la plantación de Ford al anochecer, sospechando lo que iba a hacer, me siguieron y me vieron trocear y sazonar el cerdo, y luego emprender el camino de regreso. Ellos llevaban varios días sin comer, y la necesidad los llevó a comportarse de aquella forma. Adam los condujo a la cárcel de la parroquia y recibió una recompensa por ello.

Hay muchas ocasiones en que el fugitivo pierde la vida en su intento de escapar. Las tierras de Epps limitaban por un lado con la muy extensa plantación de azúcar de Carey, quien cada año cultivaba seiscientas hectáreas y fabricaba de dos mil doscientas a dos mil trescientas barricas de azúcar, siendo una barrica y media la producción habitual de un acre. Además, plantaba quinientos o seiscientos acres de algodón y maíz. El año pasado poseía ciento cincuenta y tres braceros, así como un número casi equivalente de niños, y anualmente arrienda a un buen número de esclavos de este lado del Mississippi durante la época de la cosecha.

Uno de sus capataces era un negro, un chico amable e inteligente llamado Augustus. Durante las vacaciones, y también cuando trabajábamos en campos adyacentes, tuve la oportunidad de conocerlo, tanto que con el tiempo entablamos una amistad cordial. Hace dos veranos, Augustus fue tan desgraciado como para ganarse la enemistad de uno de sus supervisores, un tipo grosero y despiadado que lo azotaba con suma crueldad. Augustus decidió escapar. Al llegar a un almiar de caña en la plantación de Hawkins, se ocultó en la parte superior. Carey soltó a los perros para que siguieran su rastro, unos quince, y no tardaron en dar con su escondite. Rodearon el almiar, aullando y arañando, pero sin poder apresarlo. Guiados por el clamor de los sabuesos, los perseguidores lo rodearon, y el supervisor, subiéndose al almiar, lo tiró de un empujón al suelo. Cuando cayó, toda la jauría se abalanzó sobre él y, antes de que pudieran quitarle los perros de encima, lo mordieron y lo mutilaron con tal saña que los dientes de los perros le llegaron al hueso en muchas partes del cuerpo. Después de rescatarlo, lo montaron a una mula, lo ataron y lo llevaron a casa, donde acabaron todas sus penas. Tras agonizar durante un día, la muerte acudió en su ayuda y amablemente lo libró de su agonía.

Tampoco era raro que las mujeres, al igual que los hombres, intentaran escapar. Nelly, la chica de Eldret, con la que aserré durante un tiempo en el Big Cane Brake, estuvo escondida en el almiar de Epps durante tres días. Por la noche, cuando la familia de este dormía, entraba en la casa para buscar comida y luego se volvía a ocultar en el almiar. Llegamos a la conclusión de que no podíamos seguir ocultándola más tiempo y regresó a su cabaña.

Sin embargo, el ejemplo más notable de exitosa evasión, tanto de los perros como de los cazadores, fue el siguiente.

Entre las chicas de Carey había una que se llamaba Celeste. Tenía diecinueve o veinte años, y era más blanca que su propio dueño o cualquiera de sus hijos. Hacía falta mirarla con mucho detenimiento para distinguir en sus rasgos que tenía sangre africana, y un extraño jamás se habría dado cuenta de que descendía de esclavos. Una noche estaba sentado en mi cabaña, tocando una suave melodía con el violín, cuando de pronto se abrió la puerta y vi a Celeste delante de mí. Estaba pálida y demacrada. Me quedé tan sorprendido como si hubiese visto un fantasma.

—¿Quién eres? —pregunté después de mirarla durante unos instantes.

—Tengo hambre. Dame un poco de beicon —respondió.

Mi primera impresión fue que se trataba de una señorita trastornada que se había escapado de su casa y que, no sabiendo adónde ir, se había acercado a mi cabaña, atraída por el sonido del violín. Sin embargo, su traje tosco de esclava me indicó lo contrario.

—¿Cómo te llamas? —le pregunté de nuevo.

—Celeste —respondió—. Pertenezco a Carey, y llevo dos días entre los palmitos. Estoy enferma y no puedo trabajar, pero prefiero morir en los pantanos que azotada por el supervisor. Los perros de Carey no me seguirán. Han intentado azuzármelos, pero entre ellos y yo hay un secreto, y no me perseguirán por mucho que el supervisor se lo ordene. Dame algo de carne. Estoy hambrienta.

Me partí mi escasa ración con ella y, mientras la compartíamos, me contó cómo había logrado escapar, y me describió el lugar donde se ocultaba. Al borde del pantano, a media milla de la casa de Epps, había una larga extensión, probablemente de miles de acres, cubierta de palmitos. Los palmitos son árboles altos cuyas largas ramas se entrelazan formando una especie de bóveda tan densa que no penetran ni los rayos de sol. Incluso en los días soleados siempre estaba en penumbra. En el centro de aquel gran espacio, donde no había nada salvo serpientes, en un lugar muy sombrío y solitario, Celeste había construido una caseta con las ramas muertas que habían caído al suelo y la había ocultado con hojas de palmito. Aquella era la morada que había escogido. Celeste tenía tan poco miedo de los perros de Carey como yo de los de Epps. Hay algo que nunca he sabido explicar, pero hay personas a las que los perros se niegan a seguir. Celeste era una de ellas.

Durante varias noches vino a mi cabaña en busca de comida, pero en una de aquellas ocasiones nuestros perros empezaron a ladrar, despertando a Epps, quien se levantó y se puso a inspeccionar las cabañas. No la descubrió, pero a partir de entonces no resultaba muy prudente que se acercara. Cuando todo estaba en silencio, le llevaba provisiones a un lugar que habíamos acordado, donde ella iba luego y las recogía.

Así, Celeste pasó gran parte del verano. Recuperó la salud y las fuerzas. Durante todo el año, cuando cae la noche, se oyen los aullidos de los animales salvajes en las orillas de los pantanos. En varias ocasiones la visitaron en plena noche, despertándola con gruñidos. Aterrorizada por aquellas desagradables visitas, decidió abandonar su solitaria morada y regresó con su amo. Como era de esperar, fue azotada, con el cuello atado al cepo, y luego la enviaron de nuevo a los campos.

Un año antes de mi llegada a aquella región hubo un movimiento concertado entre un gran número de esclavos en Bayou Boeuf que terminó de forma muy trágica. Durante aquella época fue un asunto de mucha notoriedad en los periódicos, pero lo único que sé es lo que me contaron quienes vivían en las cercanías cuando ocurrió. Se ha convertido en un tema de interés general en todas las cabañas de esclavos que hay a orillas del brazo del río, y con seguridad pasará a las siguientes generaciones como una tradición importante. Lew Cheney, un negro astuto y sagaz que conocí, más inteligente que la mayoría de los de su raza, pero sin escrúpulos y traicionero, ideó el proyecto de organizar una compañía lo bastante fuerte como para enfrentarse a cualquiera y abrirse camino hasta el vecino territorio de México.

Eligieron como punto de reunión un lugar remoto situado en lo más profundo del pantano que se encuentra en la plantación de Hawkins. Lew pasaba de una plantación a otra en plena noche, formando una cruzada a México, y, como Pedro el Ermitaño, suscitando una gran exaltación cada vez que aparecía. Al final se congregaron un gran número de fugitivos, robaron mulas, maíz de los campos y beicon de las salas de ahumado, y se ocultaron en el bosque. La expedición estaba a punto de partir cuando descubrieron el escondite. Lew Cheney, al ver que su proyecto había fracasado, buscando los favores de su amo e intentando evitar las consecuencias, decidió deliberadamente traicionar a todos sus compañeros. Partiendo en secreto del campamento, dijo a los dueños de plantaciones el número de personas congregadas en el pantano y, en lugar de revelar cuál era su verdadero objetivo, afirmó que su intención era escapar de su cautiverio a la más mínima oportunidad y asesinar a todos los blancos que vivían en las cercanías del río.

El rumor, exagerado al pasar de boca en boca, corrió por toda la región, causando terror. Rodearon a los fugitivos, los capturaron y los condujeron encadenados hasta Alexandria a fin de que el pueblo los ahorcara. Y no solo a ellos. A muchos otros que fueron considerados sospechosos, aunque eran completamente inocentes, los sacaron de los campos o de sus cabañas y, sin proceso ni juicio, terminaron en el patíbulo. Al final, los dueños de plantaciones de Bayou Boeuf se rebelaron contra aquella violación de su propiedad, pero hasta que no llegó un regimiento de soldados de un fuerte en la frontera de Texas no se destruyeron los patíbulos, se abrieron las puertas de la prisión de Alexandria y se detuvo aquella indiscriminada matanza. Lew Cheney escapó, e incluso fue recompensado por su traición. Aún vive, pero su nombre es despreciado y execrado por todos los de su raza en todas las parroquias de Rapides y Avoyelles.

Sin embargo, esa idea de insurrección no es nueva entre la población esclava de Bayou Boeuf. En más de una ocasión he asistido a reuniones serias en las que se trataba el tema y en más de una ocasión mis palabras han hecho que mis compañeros adoptasen actitud de desafío, pero es que creo que sin armas y sin municiones, e incluso con ellas, ese paso solo traería la derrota, el desastre y la muerte, por eso siempre me he opuesto a llevarlo a cabo.

Durante la guerra de México, recuerdo muy bien las esperanzas tan extravagantes que se suscitaron. La noticia de la victoria llenó de júbilo las casas grandes de nuestros amos, pero solo trajeron penas y decepciones en las cabañas. En mi opinión, y he tenido la oportunidad de comprobar lo que digo, hay muchos esclavos en las orillas de Bayou Boeuf que aclamarían con desmesurado deleite la llegada de un ejército invasor.

Se engañan aquellos que creen que el esclavo ignorante y envilecido no se da cuenta de la magnitud de sus penurias. Se engañan aquellos que creen que siempre se levantarán con la espalda lacerada y sangrando para pedir clemencia y perdón. Llegará un día, si es que se oyen sus oraciones, en que se vengarán, y entonces será su amo el que llore en vano pidiendo clemencia.

XVIII

O'NIEL, EL CURTIDOR – ESCUCHAN MI CONVERSACIÓN CON LA TÍA PHEBE
– EPPS EN EL NEGOCIO DE CURTIDOR – EL APUÑALAMIENTO DEL TÍO
ABRAM – UNA HERIDA FEA – EPPS SE PONE CELOSO – PATSEY DESAPARECE
– SU REGRESO DE LA PLANTACIÓN DE SHAW – HARRIET, LA ESPOSA NEGRA
DE SHAW – EPPS SE ENFURECE – PATSEY NIEGA LAS ACUSACIONES – ATADA
DESNUDA A CUATRO ESTACAS – UN CASTIGO INHUMANO – EPPS LE ARRAN-
CA A PATSEY LA PIEL A TIRAS – LA BELLEZA DEL DÍA – LA CUBETA DE AGUA
SALADA – LA ROPA EMPAPADA DE SANGRE – A PATSEY LE INVADE LA TRIS-
TEZA – SU IDEA DE DIOS Y LA ETERNIDAD – SU IDEA DEL CIELO Y LA LIBER-
TAD – EL EFECTO DE LOS AZOTES A LOS ESCLAVOS – EL HIJO MAYOR DE
EPPS – «DE TAL PALO, TAL ASTILLA»

Wiley sufrió mucho a manos del amo Epps, tal como se ha descrito en el capítulo anterior, pero en aquel aspecto no fue distinto de sus desafortunados compañeros. «Saca el látigo» era lo único que sabía decir nuestro amo. Era una persona que por
naturaleza tenía arrebatos de humor y, en aquellos momentos,
necesitaba de muy pocos motivos para castigarnos. Las circunstancias por las que recibí uno de mis últimos castigos demostra-
rán que la más insignificante trivialidad le bastaba para hacer uso
del látigo.

El señor O'Niel, que residía en las inmediaciones de Big
Pine Woods, se presentó ante Epps con el propósito de adqui-
rirme. Era curtidor y zurrador de profesión, dirigía una gran

empresa y tenía la intención de contratarme como empleado en algún departamento de su establecimiento, si conseguía comprarme. La tía Phebe, mientras ponía la mesa para cenar en la casa grande, oyó su conversación. Cuando regresó aquella noche a la cabaña, la anciana fue corriendo a buscarme con la intención de alegrarme con las noticias. Repitió palabra por palabra todo lo que había oído, y puedo asegurar que a la tía Phebe no se le escapaba ni el menor detalle. Hablaba en voz tan alta mientras recalcaba el hecho de que el amo Epps estaba dispuesto a venderme a un curtidor de Pine Woods que llamó la atención de la señora, que, sin darnos cuenta, estaba en la explanada en aquel momento, escuchando nuestra conversación.

—Bueno, tía Phebe —dije—, me alegra saberlo. Estoy harto de limpiar algodón y me gustaría ser curtidor. Espero que me compre.

Sin embargo, O'Neil no llevó a cabo la compra porque las partes no se pusieron de acuerdo en el precio y, al día siguiente de su llegada, regresó a su casa. Acababa de marcharse cuando Epps se presentó en el campo. No había nada que encolerizara más a un amo, especialmente a Epps, que saber que uno de sus sirvientes quería dejarlo. Como supe después, la señora Epps le había contado lo que yo le había dicho a la tía Phebe la noche anterior, mencionándole a ella que nos había escuchado. Nada más llegar al campo, Epps se dirigió a mí.

—¿Así que estás cansado de limpiar algodón, Platt? ¿Y quieres cambiar de amo? Por lo que veo, te gusta ir de un lado para otro. A lo mejor es que te sienta bien para la salud. Te crees demasiado importante como para limpiar algodón y quieres meterte en el negocio de los curtidos. Es un buen negocio. Vaya, tenemos a un negro empresario. Yo también me voy a meter en ese negocio. ¡Arrodíllate y quítate la camisa! Voy a enseñarte lo que es curtir.

Le rogué de todas las formas posibles que se calmara, le di todo tipo de razones, pero fue en vano. No me quedaba otra alternativa que arrodillarme y quitarme la camisa para que me azotara con el látigo.

—¿Conque te gusta curtir? —exclamó dándome el primer latigazo en la espalda—. ¿Conque te gusta curtir? —repetía después de cada golpe.

Así, me propinó veinte o treinta latigazos, enfatizando sin cesar la palabra «curtir». Cuando me «curtió» lo suficiente, permitió que me levantara y, con una sonrisa maliciosa, me dijo que si aún quería meterme en ese negocio, él me enseñaría muchas cosas sobre cómo hacerlo. Según dijo, solo me había dado una pequeña lección sobre «curtir», pero la próxima vez me «mostraría lo que es bueno».

También solía tratar al tío Abram con gran brutalidad, a pesar de ser una de las personas más amables y leales de este mundo. Durante años, fue mi compañero de cabaña. Tenía una expresión benevolente que resultaba muy agradable, y siempre se dirigía a nosotros en tono paternal, aconsejándonos con suma gravedad y parsimonia.

Una tarde, al regresar de la plantación de Marshall, donde la señora me había enviado para hacer un recado, lo hallé tirado en el suelo de la cabaña, con la ropa ensangrentada. ¡Me dijo que lo habían apuñalado! Mientras extendía el algodón, vio a Epps regresar ebrio de Holmesville. Encontraba fallos en todo y daba órdenes tan contradictorias entre sí que resultaba imposible cumplirlas. El tío Abram, cuyas facultades estaban algo mermadas, se confundió y cometió un error insignificante. Epps se encolerizó tanto que, sin saber lo que hacía de lo borracho que estaba, se abalanzó sobre él y lo apuñaló en la espalda. Era una herida larga y fea, pero no había penetrado lo bastante como para que resultara fatal. El ama se la cosió, y luego reprendió a su marido con suma severidad, no solo por su falta de humanidad, sino porque si seguía actuando de aquella manera haría que su familia cayera en la pobreza, ya que mataría a todos los esclavos de la plantación en alguno de sus arrebatos.

Era muy habitual que Epps pegara a la tía Phebe con una silla o un palo, pero el castigo más cruel del que fui testigo, y que solo puedo recordar con horror, se lo infligió a la pobre Patsey.

Ya he hablado de que los celos y el odio que sentía la señora Epps convertían la vida cotidiana de su joven y bella esclava en una verdadera desgracia, y me alegra saber que en numerosas ocasiones evité que la inofensiva chica recibiera algún castigo. Cuando Epps estaba ausente, la señora me ordenaba frecuentemente que la azotara sin la más mínima provocación. Yo me negaba, aduciendo que temía que no fuera del agrado de mi amo, y varias veces me rebelé contra ella por el trato que le daba a Patsey. Intentaba impresionarla diciéndole la verdad, que Patsey no era la responsable de los actos de los que ella se quejaba, ya que al ser una esclava no podía oponerse a la voluntad de su amo, ni replicarle.

Al final, el monstruo de los celos entró en el alma de Epps, y disfrutaba junto con su iracunda esposa de las penurias que le causaban a la joven.

Un día del Señor, en la época de la escarda, que ha sido hace poco, nos encontrábamos a orillas del río lavando la ropa, como de costumbre. Al ver que Patsey había desaparecido, Epps empezó a llamarla, pero no respondió. Nadie la había visto salir de la plantación, y nos preguntábamos si se habría fugado. Al cabo de dos horas, la vimos que venía de la plantación de Shaw. Este, como es bien sabido por todos, era un absoluto libertino, y además no se llevaba muy bien con Epps. Harriet, su esposa negra, al enterarse de los problemas de Patsey, se mostraba muy amable con ella, por lo que esta solía ir a visitarla siempre que podía. La chica solo pretendía pasar un rato agradable con una amiga, pero Epps empezó a sospechar que no iba a ver a Harriet, sino que se encontraba con su libertino vecino. Al regresar, Patsey vio que su amo estaba muy enfurecido. Su violencia la asustó tanto que al principio evitó responder directamente a sus preguntas, lo que incrementó aún más sus sospechas. Sin embargo, al final le replicó con orgullo e, indignada, negó por completo sus acusaciones.

—El ama no me da jabón para lavar, como al resto —respondió Patsey—, y usted sabe por qué. He ido a ver a Harriet para que me diera un poco —dijo sacando un trozo del bolsillo de su traje y enseñándoselo—. Por eso he ido a verla, amo Epps. Dios lo sabe.

—¡Estás mintiendo, maldita negra! —gritó Epps.

—Yo no miento, amo. Aunque me mate.

—¡Al suelo! Te voy a enseñar a ir a casa de Shaw y de paso te voy a quitar esos humos que tienes —dijo pronunciando aquellas palabras con los dientes rechinando de rabia.

Dándose la vuelta, me ordenó que clavara cuatro estacas en el suelo, señalando con la punta de la bota los lugares exactos donde quería que las clavara. Una vez clavadas las estacas, le ordenó a Patsey que se quitara la ropa. La hizo tenderse boca abajo, y le ató las muñecas y los pies con fuerza a cada estaca. Dirigiéndose a la explanada, cogió un látigo grueso y, poniéndomelo en las manos, me ordenó que la azotara. Por muy desagradable que me resultara estaba obligado a obedecer. Juro por lo más sagrado de esta tierra que hasta la fecha no he visto una exhibición más demoníaca que aquella.

La señora Epps se encontraba en la explanada con sus hijos, contemplando la escena con un aire de despiadada satisfacción. Los esclavos estaban agrupados a escasa distancia, con una expresión de pena. La pobre Patsey rezaba pidiendo clemencia, pero sus oraciones fueron en vano. Epps rechinaba los dientes y, dando zapatazos en el suelo, me gritaba como un poseso que la pegara más fuerte.

—¡Pega más fuerte o tú serás el siguiente, maldito sinvergüenza! —gritaba.

—Por favor, amo. Ten piedad de mí —exclamaba Patsey sin cesar, forcejeando inútilmente mientras le temblaba la carne con cada latigazo.

Cuando la hube golpeado unas treinta veces, me di la vuelta esperando que Epps se diera por satisfecho, pero, soltando amenazas y blasfemias, me ordenó que continuara. Le di diez o quince latigazos más. Patsey tenía la espalda cubierta de largos verdugones, que se superponían. No obstante, Epps estaba más enfurecido y rabioso que nunca, y gritaba que si volvía a ir a casa de Shaw, la azotaría hasta que deseara estar en el infierno. Tiré el látigo al suelo y le dije que ya no podía seguir castigándola más. Me ordenó que continuara, amenazándome con recibir un castigo aún más severo que el de ella si me negaba. Mi corazón se rebeló al presenciar aquella escena tan horrible y, arriesgándome a padecer las consecuencias, me negué por completo a levantar el látigo. Epps lo cogió del suelo y empezó a golpearla con mucha más saña de la que yo había empleado. Los gritos y los gemidos de la torturada Patsey, junto con las maldiciones y las blasfemias que salían de la boca de Epps, cargaban el ambiente. Patsey fue lacerada de manera brutal y, sin exagerar, puedo decir que literalmente le desolló todo el cuerpo. El látigo estaba empapado de sangre, de una sangre que le corría por los costados y caía al suelo. Al final dejó de forcejear y, abatida, hundió la cabeza en el suelo. Sus súplicas y sus gritos fueron disminuyendo gradualmente hasta convertirse en débiles gemidos. Dejó de estremecerse cada vez que el látigo le golpeaba la carne. ¡Pensé que estaba agonizando!

Era domingo, día del Señor. Los campos relucían bajo la cálida luz, los pájaros piaban alegremente entre las ramas de los árboles, la paz y la felicidad parecían reinar en todas partes, salvo en el alma de Epps, en su jadeante víctima y en los silenciosos testigos que presenciábamos aquella escena. Las convulsas emociones que sentíamos todos los presentes no armonizaban en absoluto con la plácida y sosegada belleza del día. Miraba a Epps con un desprecio y un aborrecimiento indescriptibles, y, para mis adentros, pensaba: «¡Eres un ser infame que, tarde o temprano, cuando te llegue la hora de la justicia eterna, tendrás que responder por este pecado!».

Exhausto, al final dejó de golpearla y ordenó a Phebe que trajera una cubeta de agua salada. Después de lavarla, me ordenó que la llevara a su cabaña. Le quité las ataduras y la levanté en brazos. Incapaz de mantenerse en pie, apoyó su cabeza en mi hombro y, con una voz tan débil que apenas resultaba perceptible, repitió muchas veces: «¡Oh, Platt! ¡Oh, Platt!». La cambiaron de ropa, pero se le pegó a la espalda y poco después estaba empapada de sangre. La tendimos sobre algunas tablas de la cabaña, donde permaneció mucho tiempo con los ojos cerrados y gimiendo en plena agonía. Por la noche Phebe le puso sebo derretido en las heridas, y la cuidamos y la consolamos lo mejor que pudimos. Durante días estuvo tendida boca abajo en su cabaña, ya que las heridas le impedían ponerse en otra postura.

Habría sido una bendición para ella si no se hubiera levantado nunca más, pero los días, las semanas y los meses de dolor hicieron que se recuperara. A partir de entonces dejó de ser la persona que era. Una profunda tristeza se apoderó de su alma y nunca más volvió a moverse con sus andares alegres y ágiles, y sus ojos perdieron aquella chispa tan característica suya. Su enorme vigor y el espíritu jovial de su juventud desaparecieron por completo. Se convirtió en una persona triste y apática que con frecuencia se despertaba en medio de la noche agitando las manos y pidiendo clemencia. Se transformó en una persona silenciosa que se pasaba el día trabajando sin pronunciar palabra. Su rostro adquirió una expresión lastimosa y preocupada, con tendencia a llorar en lugar de reír. Si alguna vez ha existido un corazón afligido, roto y desolado por el sufrimiento y la desgracia, es el de Patsey.

La habían educado igual que a la bestia de su amo, es decir, como si simplemente fuera un valioso y bello animal, por lo que tenía unos conocimientos muy rudimentarios. Sin embargo, un rayo de luz iluminaba su inteligencia, y no se puede decir que viviera sumida en una oscuridad absoluta. Tenía una vaga percepción de Dios y la eternidad, y una percepción aún más vaga del Redentor, que había muerto por personas como ella. Poseía unas nociones muy confusas de la vida futura, sin llegar a comprender del todo la diferencia entre la existencia corpórea y la espiritual. A su entender, la felicidad era la exoneración de los azotes, del trabajo, de la crueldad de los amos y los supervisores. Su idea de la dicha del cielo era el simple «descanso», expresado en estos versos de un poeta melancólico:

> *No quiero un paraíso en el cielo*
> *si en la tierra vivo oprimido.*
> *El único cielo que anhelo*
> *es el descanso, el eterno descanso.*

Están muy confundidos quienes creen que el esclavo no concibe la idea de la libertad. Incluso en Bayou Boeuf, donde creo que la esclavitud existe de la forma más cruel y abyecta, con características desconocidas por completo en la mayoría de los estados del norte, hasta el esclavo más ignorante sabe perfectamente lo que significa. Sabe cuáles son los privilegios y las exenciones que implica, y que la libertad le permitiría gozar de los frutos de su trabajo y le garantizaría el disfrute de la felicidad doméstica. Percibe la diferencia entre su condición y la del hombre blanco, por muy pobre que este sea; se da cuenta de lo injustas que son las leyes que le otorgan a este el poder no solo de apropiarse de los beneficios de su trabajo, sino de someterlo a castigos injustos e inmerecidos sin que él pueda resistirse ni quejarse.

La vida de Patsey, especialmente después de aquel terrible castigo, era un largo sueño de libertad. Muy lejos, a una distancia inmensurable, sabía que existía una tierra libre. Había oído hablar miles de veces de que en el lejano norte no había esclavos ni amos. En su imaginación se trataba de una región encantada, el paraíso en la tierra. Vivir donde el hombre negro trabajara para sí mismo, vivir en su propia casa y arar su propia tierra era el sueño anhelado de Patsey, un sueño que jamás se haría realidad.

Los efectos de aquella demostración de brutalidad en el hogar de los esclavistas son obvios. El hijo mayor de Epps era un muchacho inteligente de unos diez o doce años. Sin embargo, resulta vergonzoso verlo en ocasiones reprobando, por ejemplo, al venerable tío Abram. Pedía explicaciones al anciano y, si lo creía necesario, lo sentenciaba a recibir un número considerable de latigazos, algo que hacía con mucha seriedad y parsimonia. Montado en su poni, solía adentrarse en el campo con el látigo y jugaba a ser supervisor, lo cual deleitaba a su padre. En ocasiones utilizaba el látigo indiscriminadamente, gritaba a los esclavos y se dirigía a ellos con todo tipo de blasfemias, mientras su padre se reía y lo elogiaba como si lo hiciera muy bien.

«De tal palo, tal astilla.» Siendo educados de aquella forma, sea cual sea su disposición natural, es inevitable que al llegar a la madurez los jóvenes observen los sufrimientos y las penurias de los esclavos con suma indiferencia. La influencia de un sistema tan inicuo fomenta necesariamente un carácter cruel e insensible, incluso en aquellos que, entre sus iguales, se los considera humanos y generosos.

El hijo de Epps tenía algunas cualidades nobles, pero no había forma de convencerlo de que a los ojos del Señor somos todos iguales. Él veía al hombre negro como un simple animal, como cualquier otro, con la única diferencia de que sabía hablar y poseía unos instintos más elevados, y, por tanto, era más valioso. Que trabajara como las mulas de su padre, que fuera azotado, pateado e insultado toda su vida, que estuviera obligado a dirigirse al hombre blanco con el sombrero en la mano y cabizbajo era, para él, el destino natural y merecido del esclavo. Al ser educados de aquella forma, creyendo que carecemos de cualquier rasgo de humanidad, no es de extrañar que los opresores de mi pueblo sean una raza implacable y despiadada.

XIX

Avery, de Bayou Rouge – Particularidades de las viviendas – Epps construye una casa nueva – Bass, el carpintero – Sus nobles cualidades – Su apariencia y sus excentricidades – Bass y Epps discuten sobre la esclavitud – La opinión de Epps sobre Bass – Me doy a conocer – Nuestra conversación – Su sopresa – El encuentro a medianoche a orillas del pantano – Las garantías de Bass – Declara la guerra contra la esclavitud – Por qué no había contado mi historia – Bass escribe cartas – Las copias de sus cartas a los señores Parker y Perry – La fiebre del suspense – Desilusiones – Bass trata de consolarme – Mi fe en él

En el mes de junio de 1852, y en virtud de un contrato previo, el señor Avery, un carpintero de Bayou Rouge, empezó a construir una casa para el amo Epps. Habían acordado de antemano que no habría sótanos en Bayou Boeuf; además, por causas naturales, el terreno está tan deprimido y cenagoso que, por lo general, las casas grandes se construyen sobre pilastras. Otra particularidad es que las estancias no se revocan, sino que los techos y las paredes están cubiertos con planchas de ciprés machihembradas y pintadas con el color preferido del propietario. Habitualmente, los tablones y las planchas son aserrados por esclavos con sierras de vaivén porque en muchas millas a la redonda no hay cursos de agua con los que construir un molino. Cuando el dueño de una plantación se construye una casa, a sus esclavos se les encomienda más trabajo que de costumbre. Al haber adquirido cierta práctica como carpintero con Tibeats, fui liberado por completo de los campos tras la llegada de Avery y sus ayudantes.

Entre ellos había uno con el que tengo una inconmensurable deuda de gratitud. Con toda probabilidad, de no ser por él habría acabado mis días en la esclavitud. Fue mi libertador: un hombre cuyo generoso corazón rebosaba de nobles y misericordiosos sentimientos. Lo recordaré con agradecimiento hasta el último suspiro de mi existencia. Se llamaba Bass y en aquella época residía en Marksville. Resulta difícil transmitir una impresión correcta de su apariencia y su carácter. Era un hombre alto, de unos cuarenta o cincuenta años, de tez y cabellos claros. Era muy correcto y dueño de sí mismo, aficionado a discutir pero expresándose siempre con mucha precisión. Era una de esas personas que poseen la virtud de no ofender con lo que dicen. Lo que podría resultar intolerable en labios de otra persona, él podía decirlo impunemente. En Río Rojo no había nadie, quizá, que coincidiera con él en asuntos políticos o religiosos, y me atrevería a decir también que ningún hombre que discutiera la mitad que él acerca de esas materias. Todos parecían dar por sentado que adoptaría la postura más impopular sobre cualquier tema local, y entre sus oyentes siempre provocaba más hilaridad que desagrado la ingeniosa y original manera en que cultivaba la controversia. Era un soltero —un «solterón», de acuerdo con la auténtica acepción del término— sin ningún pariente en el mundo, que él supiera. Tampoco tenía una residencia estable y deambulaba de un estado a otro según le dictaba su capricho. Había residido tres o cuatro años en Marksville para llevar a cabo sus actividades de carpintero; en consecuencia, y debido también a sus peculiaridades, era muy conocido en la parroquia de Avoyelles. Era un liberal sin tacha, y sus numerosos gestos de generosidad y la transparente bondad de su corazón le habían hecho muy popular en la comunidad, un sentimiento que él combatía incesantemente.

Había nacido en Canadá, de donde se había marchado a una edad temprana, y, tras visitar las principales ciudades de los estados del norte y el oeste, en el curso de su peregrinaje llegó a la insalubre región del Río Rojo. Su último traslado fue desde Illinois. Lamento verme obligado a decir que desconozco si se ha traslado de nuevo. Recogió sus efectos y salió discretamente de Marksville un día antes que yo, debido a que las sospechas de que hubiera participado en mi liberación hicieron que fuera necesario dar aquel paso. Sin duda, haber cometido aquel acto justo y honesto le habría supuesto la muerte en caso de haber caído en manos de la tribu de flageladores de esclavos de Bayou Boeuf.

Un día, mientras trabajábamos en la casa nueva, Bass y Epps se enzarzaron en una discusión que, como se entenderá enseguida, escuché con apasionado interés. Hablaban de la esclavitud.

—Voy a decirte lo que es, Epps —dijo Bass—, es un inmenso error: un error en su totalidad, caballero; en ella no hay justicia ni honestidad. Yo no poseería un esclavo ni aunque fuera tan rico como Creso, cosa que no soy, como bien saben mis acreedores. Existe otra patraña, el sistema crediticio, que es otra patraña, caballero; sin créditos, no hay deuda. El crédito arrastra al hombre a la tentación. El pago al contado es lo único que puede apartarlo del mal. Pero volviendo al asunto de la esclavitud, si hablamos en serio, ¿qué derecho tiene usted sobre sus negros?

—¿Qué derecho? —dijo Epps riéndose—. Los he comprado, he pagado por ellos.

—Naturalmente que pagó; la ley dice que tiene derecho a adquirir un negro, pero, con perdón de la ley, se equivoca. Sí, Epps, cuando la ley dice tal cosa, miente y no expresa la verdad. ¿Está todo bien porque la ley lo permite? Imagínese que promulgaran una ley que le arrebatara la libertad y lo convirtiera en esclavo.

—Es un caso inimaginable —dijo Epps sin dejar de reírse—. Espero que no me esté comparando con un negro, Bass.

—Bien —repuso Bass con gravedad—, no, no exactamente. Pero he visto negros tan valiosos como yo y no conozco a ningún blanco de por aquí al que considere ni un ápice mejor que yo. Y a los ojos de Dios, Epps, ¿cuál es la diferencia entre un negro y un blanco?

—Toda la diferencia del mundo —replicó Epps—. También podría preguntar qué diferencia hay entre un blanco y un babuino. He visto a un bicho de esos en Nueva Orleans que sabía tanto como cualquiera de los negros que he tenido. Supongo que no los considera conciudadanos, ¿verdad? —Epps se permitió una sonora carcajada por su agudeza.

—Mire, Epps —prosiguió su compañero—, no puede usted burlarse de mí de esta forma. Algunas personas son inteligentes y otras no lo son tanto como creen. Pero déjeme hacerle una pregunta. ¿Todos los hombres han sido creados libres e iguales como proclama la Declaración de la Independencia?

—Sí —respondió Epps—, pero todos los hombres, no los negros ni los babuinos —y rompió a reír de forma todavía más escandalosa que antes.

—Ya que hablamos de ello, hay monos entre los blancos y también entre los negros —observó Bass con frialdad—. Conozco a blancos que recurren a razonamientos que ningún mono sensible utilizaría. Pero dejémoslo. Los negros son seres humanos. ¿Qué culpa tienen de no ser tan sabios como sus amos? No se les permite aprender nada. Usted tiene libros y documentos y puede ir a donde le plazca y obtener información de mil maneras, pero sus esclavos carecen de privilegios. Les da de latigazos si sorprende a uno de ellos leyendo un libro. Permanecen en cautiverio generación tras generación, privados de desarrollo mental, ¿cómo se puede esperar que posean grandes conocimientos? Si están a la par con los animales creados, ustedes los propietarios de esclavos serán acusados de ello. Si son babuinos, o no están por encima de esos animales en la escala de la inteligencia, usted y las personas como usted habrán de responder por ello. Sobre esta nación pesa un pecado, un horrible pecado, que no va a quedar impune para siempre. Hay pendiente un ajuste de cuentas, Epps, está llegando el día en que quemará como un horno. Tarde o temprano, acabará llegando con tanta certeza como que el Señor es justo.

—Si ha vivido usted en Nueva Inglaterra con los yanquis —dijo Epps—, supongo que será uno de esos malditos fanáticos que saben más que la Constitución y que van por ahí contando cuentos y persuadiendo a los negros de que se escapen.

—Si estuviese en Nueva Inglaterra —repuso Bass—, sería exactamente como soy aquí. Diría que la esclavitud es una iniquidad y que debe ser abolida. Diría que no hay razón ni justicia en la ley o en una constitución que permita a un hombre mantener a otro en cautiverio. Sería duro para usted perder sus posesiones, por descontado, pero no sería ni la mitad de duro que perder su libertad. En estricta justicia, usted no tiene más derecho a su libertad que el viejo tío Abram. Hablemos de piel negra y sangre negra, ¿cuántos esclavos hay en estos pantanos tan blancos como cualquiera de nosotros? ¿Y qué diferencia hay en el color del alma? ¡Bah! El sistema entero es tan absurdo como cruel. Usted puede tener negros y colgarlos, pero yo no tendría uno ni por la mejor plantación de Luisiana.

—Bass, no conozco a nadie a quien le guste escucharse hablar tanto como a usted. Argumentaría que lo negro es blanco o blanco lo negro si alguien lo contradijera. No hay nada en este mundo que le parezca bien y tampoco creo que estuviera satisfecho en el otro, en caso de que le dieran ocasión de elegir.

A partir de aquello, conversaciones como la precedente no eran inusuales entre ambos; Epps lo hacía más con intención de reírse a su costa que con el propósito de discutir honestamente los méritos de la cuestión. Consideraba que Bass era un hombre dispuesto a decir lo que fuera por el mero placer de escuchar su propia voz; quizá un engreído capaz de oponerse a su propia fe y su juicio con tal de exhibir su destreza en la discusión.

Permaneció en casa de Epps durante el verano, visitando Marksville por lo general cada quince días. Cuanto más lo veía, más me convencía de que era un hombre en quien podía confiar. Sin embargo, la anterior falta de suerte me había enseñado a ser extremadamente precavido. En mi situación no debía hablar a un hombre blanco excepto si era interpelado, pero no dejé pasar ninguna oportunidad de cruzarme en su camino e hice continuos esfuerzos por llamar su atención de todas las maneras posibles. A principios de agosto nos quedamos trabajando él y yo solos en la casa, pues los demás carpinteros se habían marchado y Epps estaba en los campos. Era un momento único para sacar el tema y decidí hacerlo, asumiendo las consecuencias que pudieran derivarse de ello. Por la tarde estábamos muy enfrascados en el trabajo cuando me detuve de repente y dije:

—Amo Bass, quisiera preguntarle de qué parte del país es usted.

—Pero, Platt, ¿cómo se te ha ocurrido una cosa así? —repuso—. Aunque te contestara no sabrías dónde está. —Y, tras unos momentos, añadió—: Nací en Canadá; adivina dónde cae.

—Sé dónde está Canadá —dije—. He estado allí.

—Claro, imagino que conoces todo el país —comentó riéndose, incrédulo.

—He estado allí, amo Bass —repliqué—, tan cierto como que estoy vivo. He visitado Montreal y Kingston y Queenston y muchos otros grandes lugares de Canadá, y también he estado en el estado de York, en Buffalo, en Rochester y en Albany, y puedo recitarle las ciudades del canal de Erie y las del canal Champlain.

Bass se volvió y se quedó mirándome largo rato sin decir una sola palabra.

—¿Cómo has llegado aquí? —preguntó al cabo.

—Amo Bass —respondí—, si se hubiera hecho justicia, yo nunca habría llegado aquí.

—¿Cómo? —preguntó—. ¿Quién eres? Está claro que has estado en Canadá; conozco todos los lugares que mencionas. ¿Qué te ocurrió para acabar aquí? Vamos, cuéntamelo.

—Aquí no tengo amigos en los que pueda confiar —contesté—. Me da miedo contárselo, pese a que no creo que vaya a decírselo al amo Epps.

Me aseguró con gran seriedad que se guardaría cualquier cosa que le dijera como un profundo secreto, y era evidente que le había despertado la curiosidad. Era una historia muy larga, le anuncié, y me iba a llevar algún tiempo contársela. El amo Epps regresaría pronto, pero si deseaba verme aquella noche mientras todos durmieran, se la contaría. Aceptó de inmediato la propuesta y me indicó que fuera al edificio en el que trabajábamos y que lo encontraría allí. Hacia la medianoche, cuando todo estaba tranquilo y en silencio, salí con cautela de mi cabaña, entré silencioso en el edificio inacabado y lo encontré aguardándome.

Después de que me asegurara de nuevo que no me traicionaría, empecé el relato de la historia de mi vida y mis infortunios. Bass estaba muy interesado y hacía numerosas preguntas acerca de las localidades y los acontecimientos. Al concluir mi historia, le supliqué que escribiera a alguno de mis amigos del norte informándoles de mi situación y rogándoles que enviaran una carta de libertad o que tomaran las medidas que consideraran necesarias para asegurar mi liberación. Me prometió hacerlo, pero puso mucho énfasis en el peligro de un acto así en caso de ser descubierto, y me insistió en la imperiosa necesidad de guardar silencio y un estricto secreto. Antes de separarnos, acordamos el plan de operaciones.

Convinimos en encontrarnos a la noche siguiente en un determinado lugar entre la vegetación del pantano, a cierta distancia de la casa grande del amo. Allí tenía que tomar nota de los nombres y las direcciones de varias personas, viejos amigos míos del norte, a quienes enviaría cartas durante su próxima visita a Marksville. No consideramos prudente encontrarnos en la casa nueva ya que la luz que necesitaríamos posiblemente podría ser descubierta. A lo largo del día me las arreglé para conseguir sin ser visto unas cerillas en la cocina y un trozo de vela aprovechando la ausencia momentánea de la tía Phebe. Bass tenía papel y lápiz en su caja de herramientas.

A la hora convenida nos encontramos a orillas del pantano y, ocultos por la vegetación, encendí la vela mientras él aprestaba el lápiz y el papel. Le di los nombres de William Perry, Cephas Parker y el juez Marvin, todos ellos de Saratoga Springs, en el condado de Saratoga, en Nueva York. Yo había sido empleado del último en el hotel United States, y había mantenido numerosas transacciones con el anterior y confiaba en que al menos uno de ellos seguiría viviendo en el mismo lugar. Bass anotó los nombres con cuidado y después comentó juiciosamente:

—Han pasado tantos años desde que saliste de Saratoga que todos estos hombres pueden haber muerto o haberse mudado. Dices que obtuviste la documentación en la aduana de Nueva York. Probablemente exista un registro de la misma allí, y creo que estaría bien escribir para asegurarse.

Estuve de acuerdo con él, y volví a repetir las circunstancias antes narradas, relacionadas con mi visita a la aduana con Brown y Hamilton. Permanecimos a la orilla del pantano una hora o más conversando acerca del tema que ocupaba nuestros pensamientos. Ya no ponía en duda su fidelidad y le conté libremente las muchas penalidades que había soportado en silencio, y todo lo demás. Hablé de mi esposa y mis hijos, mencioné sus nombres y sus edades y me explayé sobre la indecible felicidad que experimentaría al apretarlos contra mi corazón una vez más antes de morir. Le tomé la mano y con lágrimas en los ojos le supliqué apasionadamente que fuera mi amigo y me devolviera a la libertad y a los míos, y le prometí que durante lo que me restaba de vida aburriría al cielo a fuerza de oraciones para que lo bendijera y le diera prosperidad. Con el disfrute de la libertad, rodeado por los recuerdos de juventud y devuelto al seno de mi familia, no he olvidado mi promesa, ni la olvidaré mientras tenga fuerzas para elevar mis implorantes ojos a lo alto.

Benditos sean su dulce voz y sus cabellos plateados,
y bendita sea su vida entera hasta que nos encontremos allí.

Me abrumó con sus promesas de amistad y fidelidad, y dijo que nunca se había tomado un interés tan profundo en la suerte de nadie. Se refirió a sí mismo en un tono algo lúgubre como un hombre solitario que vagaba por el mundo, que se estaba haciendo viejo y que pronto llegaría al final de su viaje terrenal y yacería hasta su último descanso sin parientes ni amigos que lo lloraran o lo recordaran; que su vida casi no tenía valor para él y que, en consecuencia, la consagraría a lograr mi libertad y a desatar la guerra contra la infausta vergüenza de la esclavitud.

A partir de entonces apenas hablamos ni nos reconocimos el uno al otro. Además, Bass se mostró menos espontáneo en sus conversaciones con Epps sobre la esclavitud. Ni Epps, ni ninguna otra persona de la plantación, blanca o negra, tuvo jamás la más remota sospecha sobre la existencia de una inusual intimidad ni un acuerdo secreto entre nosotros.

Muchas veces se me pregunta, con aire de incredulidad, cómo logré ocultar con éxito durante tantos años a mis compañeros del día a día la naturaleza de mi verdadero nombre y mi historia. La terrible lección que me enseñó Burch grabó de forma indeleble en mi mente el peligro y la inutilidad de dejar constancia de que yo era un hombre libre. No había posibilidad alguna de que un esclavo pudiera ayudarme mientras que, por otra parte, cabía la posibilidad de que me denunciara. Tras esta recopilación de todos mis pensamientos a lo largo de doce años acerca de la posibilidad de escapar, no será difícil comprender que me mostrara siempre cauteloso y en guardia. Habría sido una locura proclamar mi «derecho» a la libertad; únicamente me habría valido ser sometido a una estrecha vigilancia y probablemente me habría costado ser confinado en alguna región más distante e inaccesible incluso que Bayou Boeuf. Edwin Epps era un hombre absolutamente ajeno al bien y el mal relativo a los negros y absolutamente desprovisto de cualquier sentido natural de la justicia, como bien sabemos, razón por la cual era importante mantenerle oculta la historia de mi vida no solo en lo relativo a mi esperanza de liberación, sino en lo que respecta a mis privilegios personales.

La noche del sábado posterior a nuestro encuentro a orillas del pantano, Bass regresó a su casa en Marksville. Al día siguiente, al ser domingo, lo pasó escribiendo cartas en su habitación. Una se la dirigió al administrador de aduanas de Nueva York, otra al juez Marvin y otra conjunta a los señores Parker y Perry. Esta última fue la que me condujo a la libertad. Firmó con mi verdadero nombre, pero en la posdata aclaraba que no la había escrito yo. La propia carta demuestra que consideraba haberse embarcado en una empresa peligrosa, nada menos que «la vida de quien lo hace corre peligro si es descubierto». Yo no vi la carta antes de que la echara al correo, pero más tarde conseguí una copia, que incluyo a continuación.

Bayou Boeuf, 15 de agosto de 1852

Señor William Perry o señor Cephas Parker:
Caballeros, ha transcurrido mucho tiempo desde que los vi o tuve noticias de ustedes, y al no saber si continúan con vida les escribo con incertidumbre, pero la gravedad del caso me sirve de excusa.
Nací libre, justo frente a ustedes en la otra orilla del río, y tengo por seguro que me conocen, y me encuentro aquí como esclavo. Deseo que consigan mi carta de libertad y que, por favor, me la hagan llegar a Marksville, Luisiana, parroquia de Avoyelles.
Suyo,

SOLOMON NORTHUP

Me convertí en esclavo cuando me trasladaron enfermo a la ciudad de Washington y estuve inconsciente durante algún tiempo. Cuando recuperé la razón, me robaron la documentación y me enviaron aherrojado a este estado, y hasta ahora no he podido encontrar a nadie que escriba en mi nombre; y la vida de quien lo hace corre peligro si es descubierto.

La alusión a mi caso en un artículo publicado recientemente, titulado «Claves para entender *La cabaña del tío Tom*», incluye la primera parte de la carta, omitiendo la posdata. Tampoco figuran de manera correcta los nombres completos de los caballeros a los cuales iba dirigida, pues hay una ligera discrepancia debida probablemente a un error tipográfico. Debo más mi liberación a la posdata que al cuerpo de la carta, como se verá a continuación.

Cuando Bass regresó de Marksville, me informó de lo que había hecho. Proseguimos con las consultas nocturnas sin hablar nunca en pleno día, salvo que fuera necesario para el trabajo. Que él supiera, en circunstancias normales del correo, la carta tardaría dos semanas en llegar a Saratoga y el mismo plazo de tiempo para que volviese la respuesta. Calculó que, en el caso más rápido, la respuesta llegaría en un plazo de seis semanas, si es que llegaba. Hicimos un gran número de conjeturas y mantuvimos numerosas conversaciones acerca del camino adecuado y seguro que debíamos seguir una vez recibida la carta de libertad. Esta debía protegerlo de todo daño en caso de ser sorprendidos y arrestados escapando juntos del país. No habría transgresión de la ley, por más hostilidad individual que pudiera suscitar el ayudar a un hombre libre a recuperar la libertad.

Al cabo de cuatro semanas fue de nuevo a Marksville, pero no había llegado ninguna respuesta. Quedé profundamente decepcionado, pero me consolé pensando que aún no había transcurrido el suficiente plazo de tiempo y que no era razonable esperar tan pronto una respuesta. Transcurrieron seis, siete, ocho y diez semanas, pero no llegó carta alguna. Me sumía en un estado febril cada vez que Bass visitaba Marksville, y a duras penas lograba pegar ojo hasta su regreso. Al final, se acabó de construir la casa de mi amo y llegó el momento en que Bass tuvo que abandonarme. La noche previa a su partida me entregué por completo a la desesperanza. Me había aferrado a él como un hombre que se ahoga se agarra a un madero que flota a sabiendas de que, si se le escapa, se hundirá para siempre bajo las aguas. La gloriosa esperanza a la que me había aferrado con tanto entusiasmo se estaba reduciendo a cenizas entre mis manos. Sentía que me estaba hundiendo cada vez más en las aguas amargas de la esclavitud, de cuya insondable profundidad jamás lograría volver a salir.

El generoso corazón de mi amigo y benefactor se llenó de piedad al ver mi angustia. Trató de animarme prometiéndome que regresaría la víspera de Navidad y que, si mientras tanto no habían llegado noticias, tomaríamos alguna nueva medida para lograr nuestro propósito. Me exhortó a no dejarme vencer y confiar en sus continuos esfuerzos por ayudarme, asegurándome con las palabras más fervientes y conmovedoras que, en adelante, mi liberación sería el motivo principal de sus pensamientos.

En su ausencia el tiempo transcurría muy despacio. Aguardaba la Navidad con gran ansiedad e impaciencia. Había abandonado toda esperanza de recibir alguna respuesta a mis cartas. Tal vez se hubieran perdido o estuvieran mal dirigidas. Quizá las personas de Saratoga a quienes iban dirigidas estuvieran muertas o, quizá, ocupadas en sus asuntos, no tenían en cuenta la suerte de un oscuro y desgraciado negro que no era lo bastante importante como para llamar su atención. Toda mi confianza reposaba en Bass. La fe que tenía en él me daba ánimo y me permitía resistir la ola de desilusión que me anegaba.

Estaba tan absorto reflexionando sobre mi situación y mis perspectivas que los braceros con quienes trabajaba en los campos se dieron cuenta. Patsey solía preguntarme si estaba enfermo, y el tío Abram, Bob y Wiley a menudo manifestaban su curiosidad por saber en qué estaría pensando sin cesar, pero yo eludía sus preguntas con cualquier comentario banal y guardé con celo mis pensamientos en mi corazón.

XX

Fiel a su palabra, la víspera de Navidad, justo al caer la noche, Bass llegó al patio a caballo.

—¿Cómo está usted? —dijo Epps estrechándole la mano—. Encantado de verle.

No hubiera estado tan encantado de haber sabido el motivo de su llegada.

—Muy bien, muy bien —respondió Bass—. Tenía algunos asuntos en el pantano y he decidido acercarme a verle y pasar la noche.

Epps ordenó a uno de los esclavos que se hiciera cargo de su caballo y, con muchas risas y cháchara, entraron juntos en la casa; sin embargo, antes Bass me miró significativamente como diciendo: «Guarda el secreto, ya nos entendemos». Eran las diez de la noche cuando entré en la cabaña una vez concluidas las labores del día. Por aquel entonces la compartía con el tío Abram y Bob. Me dejé caer en la tarima y fingí dormir. Cuando mis compañeros cayeron en un sueño profundo salí sigilosamente por la puerta con mucho cuidado y me puse a escuchar cualquier señal o llamada de Bass. Permanecí allí hasta pasada la medianoche sin oír ni ver nada. Sospeché que Bass no se había atrevido a salir de casa por miedo a llamar la atención de algún miembro de la familia. Deduje, de manera acertada, que se levantaría más pronto que de costumbre y que buscaría la forma de verme antes de que se levantase Epps. En consecuencia, desperté al tío Abram una hora antes de lo habitual y le mandé a encender el fuego en la casa, cosa que en aquella época del año era una de sus obligaciones.

También le di a Bob una buena sacudida, le pregunté si pensaba dormir hasta el mediodía y le dije que el amo Epps se levantaría antes de que las mulas estuvieran alimentadas. Bob conocía con creces las consecuencias que tendría aquel hecho y, poniéndose en pie de un salto, se precipitó hacia los pastos en un abrir y cerrar de ojos.

Poco después de que ambos salieran, Bass se deslizó en la cabaña.

—Todavía no hay carta, Platt —dijo. El anuncio me hundió el corazón como plomo.

—Por favor, escriba otra vez, amo Bass —grité—. Le daré los nombres de muchos otros hombres que conozco. Seguro que no todos están muertos. Y seguro que alguno se apiadará de mí.

—Es inútil —dijo Bass—, inútil. Lo tengo decidido. Temo que el encargado de correos de Marksville pueda sospechar algo, pues he preguntado muchas veces en la oficina. Es demasiado inseguro, demasiado peligroso.

—Entonces todo ha terminado —exclamé—. ¡Oh, Dios mío, cómo podré acabar mis días aquí!

—No vas a acabar tus días aquí —dijo él—, a menos que mueras muy pronto. He pensado detenidamente en el asunto y he tomado una decisión. Hay varias formas de abordar el problema y maneras mejores y más seguras que escribir cartas. Tengo un par de encargos entre manos que espero terminar hacia marzo o abril. Para entonces estaré en posesión de una considerable suma de dinero, Platt, e iré a Saratoga yo mismo.

Apenas lograba dar crédito a mis sentidos mientras dichas palabras brotaban de sus labios, pero me aseguró, de una forma que no dejaba dudas acerca de la sinceridad de su intención, que llevaría a cabo el viaje.

—Ya he vivido suficiente tiempo en esta región —prosiguió—, y me da igual estar en un lugar o en otro. Desde hace tiempo pienso en volver al lugar donde nací. Estoy tan cansado de la esclavitud como tú. Si logro sacarte con éxito de aquí, será una buena acción en la que me gustará pensar el resto de mi vida. Y voy a tener éxito, Platt; me siento obligado a ello. Ahora, permíteme decir lo que quiero. Epps no tardará en levantarse y no estaría bien que nos sorprendiera aquí. Piensa en mucha gente importante de Saratoga y Sandy Hill y esa vecindad que te conocía. Buscaré una excusa para volver a lo largo del invierno y tomaré nota de los nombres. Así sabré a quién acudir cuando vaya al norte. Piensa en todos los nombres que puedas. ¡Y anímate! No te des por vencido. Estoy contigo hasta la muerte. Adiós. Que Dios te bendiga —y salió a toda prisa de la cabaña y entró en la casa.

Era la mañana de Navidad, el día más feliz en la vida del esclavo. Aquella mañana no debía salir enseguida a los campos, con la calabaza de agua y la bolsa para el algodón. La felicidad brillaba en los ojos y rebosaba en el semblante de todos. Había llegado el momento de la comilona y el baile. Los campos de caña y algodón estaban desiertos. Aquel día había que ponerse trajes limpios y lucir la cinta roja; habría reuniones y alegría y risas, y muchas idas y venidas. Iba a ser un día de libertad entre los hijos de la esclavitud, por eso estaban felices y se regocijaban.

Después del desayuno, Epps y Bass pasearon por el patio charlando sobre el precio del algodón y otros asuntos.

—¿Dónde pasan sus negros la Navidad? —preguntó Bass.

—Platt irá hoy a casa de los Tanners. Su violín está muy solicitado. Los Marshall quieren que vaya el lunes y la señorita Mary McCoy, de la vieja plantación Norwood, me ha escrito una nota diciendo que quiere que toque para sus negros el martes.

—Es un chico inteligente, ¿verdad? —dijo Bass—. Ven aquí, Platt —añadió, y mientras me acercaba me miró como si jamás se le hubiera ocurrido fijarse en mí.

—Sí —replicó Epps tomándome del brazo y palpándolo—, no tiene mala planta. No hay nadie en el pantano que valga tanto como él, perfectamente fiable y sin triquiñuelas. El condenado no es como los demás negros; no se les parece y no actúa como ellos. La semana pasada me ofrecieron mil setecientos dólares por él.

—¿Y no los aceptó? —preguntó Bass con aire sorprendido.

—Demonios, no, no los acepté. Es un auténtico genio; puede hacer un timón de arado o la viga de un carromato tan bien como usted. Marshall quería equipararlo a uno de sus negros y sortearlos, pero le dije que preferiría que se lo llevara el diablo.

—No veo nada especial en él —observó Bass.

—Pues no tiene más que palparlo —repuso Epps—. No verá muchas veces un chico tan bien formado. Tiene la piel fina y no aguanta los latigazos como otros, pero tiene nervio, sin duda.

Bass me palpó, me hizo girar y llevó a cabo un cuidadoso examen mientras Epps insistía en mis puntos fuertes. Con todo, el huésped no mostró mucho interés y abandonaron el tema. Bass no tardó en marcharse, lanzándome otra avispada mirada de reconocimiento mientras salía al trote del patio.

Cuando se marchó me dieron un pase y me dirigí a casa de los Tanner, no del Peter Tanner del que se ha hecho mención antes, sino de un pariente suyo. Estuve tocando todo el día y parte de la noche, y el día siguiente, domingo, lo pasé en mi cabaña. El lunes crucé el pantano para ir a casa de Douglas Marshall en compañía de todos los esclavos de Epps, y el martes fui a la antigua plantación Norwood, que es la tercera por encima de la de Marshall en la misma orilla del pantano.

En la actualidad la finca es propiedad de la señorita Mary McCoy, una adorable muchacha de unos veinte años de edad. Es la belleza y el orgullo de Bayou Boeuf. Posee cerca de un centenar de braceros, además de numerosos sirvientes, jardineros y niños. Su cuñado, que vive en la propiedad vecina, es su administrador. Todos sus esclavos la adoran y tienen buenas razones para estar agradecidos de haber caído en tan dulces manos. En ningún otro lugar del pantano hay fiestas y celebraciones como las de la joven McCoy. Allí, más que en ningún otro lugar, jóvenes y viejos de millas a la redonda gustan de dirigirse durante las fiestas de Navidad, porque en ningún otro lugar encontrarán comidas tan deliciosas, ni oirán una voz que les hable con tanta amabilidad. Nadie más es tan amado ni ocupa un lugar tan grande en el corazón de miles de esclavos como la joven McCoy, la huérfana dueña de la plantación Norwood.

Al llegar a su casa vi que ya se habían reunido doscientas o trescientas personas. La mesa estaba dispuesta en un edificio alargado que ella había hecho erigir expresamente para que bailaran los esclavos. Estaba llena de todas las clases de alimentos que ofrecía la región, y fue declarado por aclamación el más excepcional de los ágapes. Pavo asado, cerdo, pollo, pato y todo tipo de carnes al horno, hervidas o a la parrilla en hilera a lo largo de la mesa extendida, y los espacios libres estaban llenos de tartas, gelatinas, dulces helados y pasteles de muchas clases. La joven ama deambulaba en torno a la mesa sonriendo y diciendo una palabra amable a cada uno, y parecía disfrutar mucho del momento.

Una vez terminada la comida, retiraron las mesas para hacer sitio a los bailarines. Afiné el violín y arranqué con una pieza alegre; mientras unos daban vueltas ágilmente, otros seguían el ritmo con los pies y cantaban sus sencillas pero melodiosas canciones, llenando la gran estancia de música mezclada con el sonido de voces humanas y el golpeteo de numerosos pies.

Por la tarde regresó el ama y permaneció largo rato en la puerta mirándonos. Iba magníficamente arreglada. Sus oscuros ojos y cabellos contrastaban vivamente con su cutis claro y delicado. Tenía una silueta delgada pero imponente, y se movía con una mezcla de gracia y dignidad sin afectación. Mientras estuvo allí, ataviada con su rico vestido y con el rostro iluminado de placer, pensé que jamás había visto a un ser humano ni la mitad de hermoso. Me complazco en hacer hincapié en la descripción de esa hermosa y gentil dama no solo porque me inspiró sentimientos de gratitud y admiración, sino porque quisiera dar a entender al lector que todos los propietarios de esclavos de Bayou Boeuf no son como Epps, Tibeats o Jim Burns. En ocasiones, aunque es cierto que raramente, se puede encontrar un buen hombre como William Ford o un ángel de bondad como la joven señorita McCoy.

El martes se acabaron los tres días de fiesta que Epps nos concedía cada año. De vuelta a casa, el miércoles por la mañana, al atravesar la plantación de William Pierce, dicho caballero me detuvo, diciendo que había recibido una nota de Epps, traída por William Varnell, que le daba permiso para retenerme a fin de que tocara aquella noche para sus esclavos. Era la última vez que iba a tener ocasión de presenciar un baile de esclavos a orillas de Bayou Boeuf. La fiesta de Pierce se prolongó hasta la madrugada, momento en que regresé a casa de mi amo algo cansado por la falta de descanso, pero alegre por todas las cosas y los picayunes que los blancos, complacidos por mis interpretaciones musicales, me habían regalado.

El sábado por la mañana, por vez primera en muchos años, me quedé dormido. Me asusté al salir de la cabaña y descubrir que los esclavos ya estaban en los campos. Me llevaban quince minutos de adelanto. Prescindí del desayuno y de la calabaza para el agua y los seguí tan rápido como pude. Aún no había amanecido, pero Epps ya estaba en el patio cuando salí de la cabaña y me gritó que era una bonita hora del día para levantarse. A costa de más esfuerzo, coseché toda mi hilera cuando Epps se me acercó después del desayuno, pero no sirvió para excusar la ofensa de haberme quedado dormido. Me ordenó que me quitara la camisa y me tumbara, y me propinó diez o quince latigazos, al término de los cuales me preguntó si creía que podría levantarme en algún momento a lo largo de la mañana. Le aseguré que sí podría y, con un dolor hiriente en la espalda, reanudé el trabajo.

El día siguiente, domingo, mis pensamientos se centraron en Bass, así como en las probabilidades y las esperanzas que reposaban en sus medidas y su determinación. Reflexioné sobre la incertidumbre de la vida; que si la voluntad de Dios fuera que este muriera, mis perspectivas de liberación y todas las expectativas de felicidad en este mundo se desvanecerían por completo. Tal vez mi dolorida espalda no contribuía a que estuviera alegre. Me sentí descorazonado y desdichado todo el día, y por la noche, cuando me acosté en la dura tarima, tenía el corazón tan oprimido por el dolor que parecía a punto de romperse.

El lunes por la mañana del 3 de enero de 1853 ya estábamos en los campos al alba. Era una mañana extraordinariamente cruda y fría en aquella región. Yo iba delante, el tío Abram detrás de mí y, más atrás, Bob, Patsey y Wiley con las bolsas para el algodón colgadas del cuello. Ocurrió que aquella mañana (cosa rara, desde luego) Epps llegó sin el látigo. Juró, de una forma que habría hecho enrojecer a un pirata, que no hacíamos nada. Bob se atrevió a decir que debido al frío tenía los dedos tan entumecidos que no podía recolectar rápido. Epps se maldijo por no haber traído consigo su látigo de cuero sin curtir y nos prometió que cuando volviera nos calentaría; sí, nos pondría a todos más calientes que el reino feroz en el que a veces me creo obligado a creer que él acabará recluido.

Con tan fervientes amenazas, nos dejó. Cuando ya no podía oírnos empezamos a decirnos los unos a los otros lo duro que resultaba verse obligado a realizar la tarea con los dedos entumecidos y lo poco razonable que era el amo, hablando de él en términos no muy halagadores. La conversación se vio interrumpida por un carruaje que se dirigía velozmente hacia la casa. Alzamos la mirada y vimos dos hombres que se nos acercaban a través de los campos de algodón.

Una vez narrada hasta la última hora que pasé en Bayou Boeuf, y una vez relatada mi última cosecha de algodón y a punto de decir adiós al amo Epps, debo rogar al lector que retroceda conmigo hasta el mes de agosto, que siga la carta de Bass en su largo viaje hasta Saratoga y que conozca el efecto que provocó, mientras yo me afligía y me desesperaba en la cabaña de los esclavos de Edwin Epps, gracias a la amistad de Bass y la bondad de la Providencia, que sumaban sus fuerzas para liberarme.

XXI

Estoy en deuda con el señor Henry B. Northup, entre otros, por muchos de los hechos incluidos en este capítulo.

La carta escrita por Bass y dirigida a Parker y Perry, depositada en la oficina de correos de Marksville el día 15 de agosto de 1852, llegó a Saratoga durante la primera mitad de septiembre. Un poco antes Anne se había trasladado a Glens Falls, en el condado de Warren, donde tenía a su cargo la cocina del hotel Carpenter. No obstante, conservó la casa, en la que vivía con nuestros hijos, y únicamente se ausentaba durante el tiempo que requería el cumplimiento de sus tareas en el hotel.

Al recibir la carta, los señores Parker y Perry se la reexpidieron de inmediato a Anne. Los niños la leyeron exaltados y sin

243

perder el tiempo se dirigieron a la localidad vecina de Sandy Hill para consultar a Henry B. Northup y solicitar su consejo y su ayuda al respecto.

Tras estudiarlo, el caballero encontró entre los estatutos del estado una ley que estipulaba la liberación de la esclavitud de ciudadanos libres. Se aprobó el 14 de mayo de 1840 y se titulaba «Una ley más efectiva para proteger a los ciudadanos libres de este estado de ser raptados o reducidos a la esclavitud». Estipulaba que, si se recibía información satisfactoria de que cualquier ciudadano libre o habitante de ese estado se hallaba retenido ilegalmente en cualquier otro estado o territorio de los Estados Unidos bajo la pretensión o la alegación de que dicha persona era un esclavo, o que en virtud de alguna costumbre o disposición se lo consideraba o tomaba por esclavo, era deber del gobernador tomar las medidas que considerara necesarias para procurar la devolución de la libertad a esa persona. Y a tal fin estaba autorizado a nombrar y hacer uso de un agente, y debía proporcionarle las credenciales y las instrucciones que considerara necesarias para lograr el objetivo de su nombramiento. Todo ello exigía un agente idóneo para reunir las pruebas precisas a fin de establecer el derecho a la libertad del interesado; realizar los viajes, tomar las medidas y entablar tantos procedimientos legales, etc., como fueran necesarios para devolver a esa persona a su estado, y cargar todos los gastos incurridos en hacer efectiva la actuación a los fondos del tesoro no asignados a otros menesteres.*

Fue preciso establecer satisfactoriamente dos hechos a los ojos del gobernador; primero, que yo era un ciudadano libre de Nueva York y, segundo, que estaba ilegalmente sometido a cautiverio. Respecto al primer punto, no hubo dificultad porque todos los antiguos residentes del vecindario estaban dispuestos a testificarlo. El segundo punto dependía por completo de la carta a Parker y Perry, escrita por una mano desconocida, y de la carta escri-

---

* Veáse el Apéndice A, en la página página 273.

ta a bordo del bergantín *Orleans* que, por desgracia, se había extraviado o perdido.

Se preparó un memorial, dirigido a su excelencia el gobernador Hunt, y en el que se ponía en claro mi matrimonio; mi salida de la ciudad de Washington; la recepción de las cartas; que yo era un ciudadano libre y otros hechos que se consideraron importantes, todo ello firmado y autentificado por Anne. Acompañaban al memorial varias declaraciones juradas de prominentes ciudadanos de Sandy Hill y Fort Edward corroborando íntegramente su contenido, y también una solicitud por parte de varios caballeros muy conocidos del gobernador para que Henry B. Northup fuera nombrado agente de acuerdo con la ley.

Al leer el memorial y las declaraciones juradas, su excelencia tomó un vivo interés en la cuestión y, el 23 de noviembre de 1852, y bajo el sello del estado, Henry B. Northup, abogado, era «constituido, nombrado y contratado como agente con plenos poderes para hacer efectiva» mi liberación y para tomar las medidas más adecuadas para lograrla, y con la orden de trasladarse a Luisiana con la mayor celeridad.*

El carácter apremiante de los compromisos profesionales y políticos del señor Northup retrasó su partida hasta diciembre. El día decimocuarto del mes salió de Sandy Hill y se dirigió a Washington. El honorable Pierre Soule, senador de Luisiana en el Congreso, el honorable señor Conrad, secretario de Guerra, y el juez Nelson, del Tribunal Supremo de los Estados Unidos, una vez escuchada la exposición de los hechos y tras examinar su mandato y las copias certificadas del memorial y las declaraciones juradas, le proporcionaron cartas abiertas para caballeros de Luisiana recomendando encarecidamente su ayuda para el cumplimiento del motivo de su nombramiento.

El senador Soule tomó un interés especial en el asunto e insistió, en términos contundentes, que ayudarme a recuperar la libertad era su deber y redundaba en el interés de todo dueño de

* Véase el Apéndice B, en la página 275.

una plantación de Luisiana, y que confiaba en que los sentimientos de honor y justicia en el seno de cada ciudadano de la comunidad lo apoyarían en mi nombre. Una vez logradas aquellas valiosas cartas, el señor Northup regresó a Baltimore y desde allí se dirigió a Pittsburgh. Aconsejado por amigos de Washington, su intención original era ir derecho a Nueva Orleans y consultar a las autoridades de la ciudad. Providencialmente, sin embargo, al llegar a la desembocadura del Río Rojo cambió de intención. De haber seguido adelante no se habría encontrado con Bass, en cuyo caso no habría tenido éxito en la búsqueda de mi persona.

Compró un pasaje en el primer barco de vapor que llegó y siguió remontando el Río Rojo, una perezosa y serpenteante corriente de agua que atravesaba una vasta región de bosques primitivos e impenetrables pantanos, casi deshabitados. Hacia las nueve de la mañana del primero de enero de 1853, abandonó el vapor en Marksville y se dirigió directamente a su juzgado, en un pueblecito situado a cuatro millas hacia el interior.

Debido a que la carta a los señores Parker y Perry había sido franqueada en Marksville, dio por supuesto que yo estaría en aquel lugar o su más inmediata vecindad. Al llegar a aquella población expuso su comisión al honorable John P. Waddill, un distinguido hombre de leyes y una persona extraordinaria, con los más nobles impulsos. Tras leer las cartas y los documentos que le fueron presentados, y una vez escuchada la narración de las circunstancias bajo las cuales yo había sido conducido a cautiverio, el señor Waddill ofreció de inmediato sus servicios y se implicó en el caso con gran celo y formalidad. Al igual que otras personas de carácter elevado, aborrecía a los secuestradores. El título de propiedad que constituía en gran parte la fortuna de sus conciudadanos y clientes no solo dependía de la limpieza con que eran efectuadas las transacciones de esclavos, sino que era un hombre en cuyo noble corazón surgían sentimientos de indignación ante semejante injusticia.

Pese a ocupar una posición prominente, y aunque figuraba en llamativas mayúsculas en el mapa de Luisiana, en realidad

Marskville tan solo es un pequeño e insignificante villorrio. Aparte de la taberna, atendida por un alegre y generoso mesonero, y del juzgado, ocupado cuando no había sesiones por vacas y cerdos fuera de la ley, y un patíbulo, poco hay que atraiga la atención del visitante.

El señor Waddill no había escuchado jamás el nombre de Solomon Northup, pero estaba seguro de que si en Marksville o sus alrededores había un esclavo con aquel nombre, su criado negro, Tom, lo conocería, así que Tom fue convocado, pero en todo su amplio círculo de conocidos no existía semejante personaje.

La carta a Parker y Perry estaba fechada en Bayou Boeuf. Por tanto, se llegó a la conclusión de que debían buscarme en aquel lugar. Pero entonces surgió por sí misma una dificultad de carácter muy grave. En su extremo más cercano, Bayou Boeuf se encontraba a una distancia de veintitrés millas y era la denominación que recibía una parte de la región que se extendía entre cincuenta y cien millas a ambas orillas del pantano. Había miles y miles de esclavos en las dos orillas, pues la notable riqueza y la fertilidad del suelo había atraído a gran número de dueños de plantaciones. La información en la carta era tan vaga e indefinida que hacía difícil optar por un procedimiento concreto. Sin embargo, al final se decidió, como único plan que ofrecía alguna posibilidad de éxito, que Northup y el hermano de Waddill, un estudiante en el despacho de este, se trasladarían al brazo del río y recorrerían arriba y abajo ambas orillas preguntando por mí en cada plantación. El señor Waddill ofreció su carruaje, y se decidió definitivamente que iniciarían el viaje el lunes por la mañana.

Como puede comprenderse, era muy probable que aquella opción no tuviera éxito. Les hubiera sido imposible recorrer los campos y examinar todas las cuadrillas trabajando. Y no tenían en cuenta que yo era conocido únicamente como Platt; si le hubieran preguntado al propio Epps, este habría afirmado sin mentir que no sabía nada de Solomon Northup.

Con todo, una vez tomada la decisión no se podía hacer nada más hasta que pasara el domingo. La conversación entre los señores Northup y Waddill, a lo largo de la tarde, se centró en la política de Nueva York.

—Apenas logro comprender las sutiles distinciones y los matices entre los partidos políticos de su estado —observó el señor Waddill—. Leo sobre *soft-shells* y *hard shells*, *hunkers* y «quemadores de establos» y soy incapaz de entender las diferencias precisas entre ellos. ¿Podría decirme cuáles son?

El señor Northup, mientras rellenaba la pipa, se explayó en una elaborada narración acerca del origen de las diversas secciones de los partidos y acabó diciendo que había otro partido en Nueva York, conocido como el de los *free-soilers* o abolicionistas.

—Sospecho que no habrá visto a uno solo de ellos por esta parte del país —comentó el señor Northup.

—Solo uno —repuso Waddill riéndose—. Tenemos uno en Marksville, una criatura excéntrica que predica el abolicionismo tan fervientemente como cualquier fanático del norte. Es un hombre generoso e inofensivo pero que siempre está en el lado equivocado en una discusión. Nos proporciona no poca diversión. Es un excelente mecánico y casi indispensable en la comunidad. Es carpintero. Se llama Bass.

Todavía se habló más en términos amistosos acerca de las particularidades de Bass, y de pronto Waddill quedó pensativo y preguntó de nuevo por la misteriosa carta.

—Déjeme pensar, dé-je-me pen-sar —repitió reflexivamente para sí mismo mientras recorría la carta con los ojos una vez más—. Bayou Boeuf, «15 de agosto», sellada aquí. «El que escribe en mi nombre...» ¿Dónde trabajó Bass el verano pasado? —preguntó de pronto volviéndose hacia su hermano.

Este fue incapaz de contestarle, pero se levantó y abandonó el despacho y no tardó en regresar con la noticia de que «Bass trabajó el verano pasado en algún lugar de Bayou Boeuf».

—¡Es él! —exclamó Waddill colocando enfáticamente la mano sobre la mesa—. Él es el hombre que puede contárnoslo todo acerca de Solomon Northup.

Se buscó de inmediato a Bass, pero no lograron localizarlo. Tras unas pesquisas, se supo que se encontraba en los muelles del Río Rojo. Después de procurarse un medio de transporte, el joven Waddill y Northup no tardaron en recorrer las pocas millas que separaban ambos lugares. A su llegada encontraron a Bass a punto de marcharse durante dos semanas o más. Después de presentarse, Northup solicitó el privilegio de hablar con él en privado un momento. Caminaban juntos hacia el río cuando tuvo lugar la siguiente conversación.

—Señor Bass —dijo Northup—, permítame preguntarle si se encontraba en Bayou Boeuf el pasado agosto.

—Sí, señor, estuve allí el último agosto —fue su contestación.

—¿Escribió usted desde aquel lugar una carta a un caballero de Saratoga Springs en beneficio de un hombre de color?

—Perdone, señor, pero eso es algo que no le incumbe —contestó Bass deteniéndose y mirando inquisitivamente a su interrogador a la cara.

—Es posible que vaya demasiado deprisa, señor Bass; le pido perdón; pero vengo del estado de Nueva York con vistas a lograr lo que pretendía quien escribió una carta fechada el 15 de agosto y franqueada en Marksville. Determinadas circunstancias me han llevado a pensar que quizá sea usted quien la escribió. Estoy buscando a Solomon Northup. Si lo conoce, le ruego que me diga sinceramente dónde está y le aseguro que la fuente de cualquier información que me ofrezca no será divulgada si usted desea que no lo sea.

Durante largo rato, Bass miró de hito en hito a su nuevo interlocutor sin despegar los labios. Parecía darle vueltas al posible intento de tenderle algún tipo de trampa. Al final dijo deliberadamente:

—No he hecho nada de lo que avergonzarme. Yo escribí la carta. Si ha venido usted a rescatar a Solomon Northup, estoy encantado de verle.

—¿Cuándo fue la última vez que lo vio y dónde está? —inquirió Northup.

—Lo vi por última vez en Navidad, hoy hace una semana. Es esclavo de Edwin Epps, un dueño de una plantación de Bayou Boeuf, cerca de Holmesville. No se le conoce como Solomon Northup; lo llaman Platt.

El secreto había sido desvelado, el misterio desentrañado. A través de la espesa y negra nube en cuyas oscuras y lúgubres sombras yo había deambulado durante doce años, surgió la estrella que iba a iluminarme de vuelta a la libertad. Los dos hombres dejaron de lado los equívocos y las dudas y conversaron largo y tendido sobre el tema que predominaba en sus pensamientos. Bass manifestó el interés que había puesto en beneficio mío, su intención de viajar al norte en primavera y declaró que tenía decidido lograr mi emancipación, si ello estaba en sus manos. Describió el principio y el progreso de su relación conmigo, y escuchó con ardiente curiosidad el relato que le ofreció Northup acerca de mi familia y la historia de mi vida anterior. Antes de separarse, Bass dibujó en una hoja de papel un mapa del pantano con un pedazo de tiza roja que mostraba dónde se encontraba la plantación de Epps y la carretera más directa hasta allí.

Northup y su joven acompañante regresaron a Marksville donde se decidió iniciar los procedimientos legales para probar la cuestión de mi derecho a la libertad. Se formalizó la demanda, con el señor Northup como demandante y Edwin Epps como demandado. El proceso se iba a entablar en la modalidad de «reclamación y entrega» e iba a ser dirigido al sheriff de la parroquia, pidiéndole que me tomara bajo su custodia y me retuviera hasta la decisión del tribunal. Los papeles no estuvieron listos hasta las doce de la noche, demasiado tarde para obtener la necesaria firma del juez, que residía a cierta distancia de la localidad. Por tanto, se suspendieron las operaciones hasta el lunes por la mañana.

Aparentemente, todo se estaba desarrollando de maravilla, hasta que el domingo por la tarde Waddill se presentó en la habitación de Northup para manifestarle su aprensión acerca de unas dificultades que no habían esperado encontrar. Bass se había alarmado y, dejando sus asuntos en manos de una persona en el embarcadero, le había comunicado su intención de abandonar el estado. Aquella persona había traicionado de alguna manera la confianza depositada en ella y por la ciudad corría el rumor de que el forastero alojado en el hotel, que había sido visto en compañía del abogado Waddill, venía a por uno de los esclavos del viejo Epps, en el pantano. Epps era conocido en Marksville ya que había visitado con frecuencia el lugar durante las sesiones del tribunal, y el consejero del señor Northup abrigaba el temor de que fuera informado aquella misma noche, dándole la oportunidad de ocultarme antes de la llegada del sheriff.

Aquella aprensión tuvo la virtud de acelerar las cosas considerablemente. Se pidió al sheriff, que vivía en una casa del pueblo, que estuviera preparado inmediatamente después de la medianoche al tiempo que se avisó al juez de que sería requerido a aquella misma hora. Es de justicia manifestar que todas las autoridades de Marksville ofrecieron de buena gana toda la ayuda posible.

Tan pronto como se cumplimentó la demanda a medianoche y se obtuvo la firma del juez, un carruaje con el señor Northup y el sheriff, conducido por el hijo del mesonero, salió a toda prisa de Marksville por la carretera que lleva a Bayou Boeuf.

Se daba por supuesto que Epps se opondría a la cuestión relativa a mi libertad, y ello sugirió al señor Northup que el testimonio del sheriff describiendo mi primer encuentro con él quizá podría resultar decisivo en el juicio. Consecuentemente, durante el viaje se acordó que, antes de que yo tuviera oportunidad de hablar con el señor Northup, el sheriff me plantearía una serie de preguntas acordadas de antemano, tales como los nombres y el número de mis hijos, el nombre de soltera de mi esposa, los lugares que yo conocía en el norte y cosas así. Si mis respuestas coincidían con los datos que le habían sido entregados, las pruebas debían considerarse concluyentes por fuerza.

Finalmente, y poco después de que Epps hubiera abandonado los campos con la consoladora aseveración de que no tardaría en volver para calentarnos, tal y como quedó dicho al final del capítulo precedente, llegaron a la plantación y nos encontraron trabajando. Tras bajarse del carruaje y dar instrucciones al cochero para que siguiera hasta la casa grande, pero ordenándole que no mencionara a nadie el objeto de su viaje hasta que volvieran a reunirse, Northup y el sheriff salieron de la carretera y se dirigieron hacia nosotros a través de los campos de algodón. Nosotros nos quedamos mirándolos a ellos y al carruaje, separados por varias varas. Era curioso e inusual ver aproximarse a unos blancos de aquella forma y en especial a aquellas horas de la mañana, y el tío Abram y Patsey hicieron comentarios que denotaban su asombro. Dirigiéndose a Bob, el sheriff preguntó:

—¿Dónde está el joven al que llaman Platt?

—Este es, amo —replicó Bob señalándome y retorciendo el sombrero.

Me pregunté qué podría querer de mí, y al volverme, lo miré hasta que estuvo a un paso de distancia. Durante mi larga estancia en Bayou Boeuf, me había familiarizado con los rostros de todos los dueños de plantaciones de varias millas a la redonda; pero aquel hombre era un completo extraño y daba por cierto que no lo había visto nunca.

—Su nombre es Platt, ¿verdad?

—Sí, amo —respondí.

Señalando en dirección a Northup, que estaba a varias varas de distancia, preguntó:

—¿Conoces a ese hombre?

Miré en la dirección indicada y, mientras mis ojos se posaban en su rostro, el cerebro se me atestó de imágenes: las de Anne y mis amados hijos, y mi anciano padre muerto; todas las escenas y los recuerdos de mi infancia y juventud; todos los amigos de días pasados y más felices aparecían y desaparecían, cambiaban y flotaban como sombras que se diluían ante la visión de mi imaginación, hasta que al final me vino el recuerdo exacto de aquel hombre, y, elevando las manos al cielo, exclamé, en voz más alta de la que hubiera podido emitir en un momento menos emocionante:

—¡Henry B. Northup! ¡Gracias a Dios, gracias a Dios!

Comprendí al instante la naturaleza de su visita y sentí que la hora de mi liberación estaba cerca. Me dirigí hacia él, pero el sheriff se interpuso:

—Espere un momento —dijo—. ¿Tiene usted algún otro nombre aparte de Platt?

—Mi nombre es Solomon Northup, amo —repliqué.

—¿Tiene familia? —quiso saber.

—Tenía esposa y tres hijos.

—¿Cómo se llaman sus hijos?

—Elizabeth, Margaret y Alonzo.

—¿Y el nombre de soltera de su esposa?

—Anne Hampton.

—¿Quién lo casó?

—Timothy Eddy, de Fort Edward.

—¿Dónde vive este caballero? —preguntó señalando de nuevo a Northup, que permanecía de pie en el mismo lugar en el que lo reconocí.

—Vive en Sandy Hill, en el condado de Washington, Nueva York —contesté.

Iba a seguir efectuando preguntas, pero lo dejé a un lado, incapaz de retenerme. Así las dos manos de mi antiguo conocido. No podía hablar. No pude contener las lágrimas.

—Sol —dijo al fin—, encantado de verte.

Traté de articular una respuesta, pero la emoción ahogaba mis palabras y permanecí en silencio. Profundamente confusos, los esclavos contemplaban la escena, y sus bocas abiertas y sus ojos girando en las órbitas delataban su asombro y su estupefacción extremos. Yo había vivido durante diez años con ellos, en la cabaña y en los campos, había padecido las mismas fatigas, había compartido la comida, había mezclado mis penas con las suyas y había participado en las mismas magras alegrías; a pesar de lo cual, y hasta aquel momento, el último que iba a pasar en su compañía, ninguno de ellos había tenido la más mínima sospecha de mi verdadero nombre, o el más ligero vislumbre de mi auténtica historia.

Por un rato nadie pronunció una sola palabra y durante aquel tiempo permanecí aferrado a Northup, mirándolo a la cara, temeroso de ir a despertar y descubrir que todo era un sueño.

—Deja ese saco —añadió Northup finalmente—. Tus días de recoger algodón han terminado. Ven con nosotros a ver al hombre con el que vives.

Lo obedecí y, caminando entre el sheriff y él, nos dirigimos a la casa grande. Hasta que no hubimos recorrido cierta distancia no recobré la voz lo suficiente como para preguntar si en mi familia estaban todos vivos. Él me informó de que había visto a Anne, Margaret y Elisabeth poco tiempo antes; que Alonzo seguía vivo y que todos estaban bien. Sin embargo, no volvería a ver a mi madre. Según me iba recobrando parcialmente de la súbita y gran emoción que me anegó, me sentía tan débil y ligero que a duras penas podía caminar. El sheriff me tomó del brazo y me ayudó porque de lo contrario me habría derrumbado. Al entrar en el patio, Epps estaba en la puerta conversando con el cochero. El joven, cumpliendo las instrucciones, no le dio ni la más mínima información en respuesta a sus repetidas preguntas acerca de lo que estaba ocurriendo. En el momento de llegar hasta él, estaba casi tan asombrado y desconcertado como Bob y el tío Abram.

Estrechó la mano del sheriff y, tras ser presentado al señor Northup, los invitó a entrar en casa y al mismo tiempo me ordenó que trajera leña. Tardé un rato en cortar una brazada, pues en cierto modo había perdido inopinadamente el poder de manejar un hacha de forma precisa. Cuando al final entré con la leña, la mesa estaba cubierta de papeles y Northup leía uno de ellos. Probablemente me costó más de lo necesario poner los troncos en el fuego, sobre todo en la posición exacta de cada uno de ellos. Escuché expresiones como «el antedicho Solomon Northup», «el demandante dice además» y «ciudadano libre de Nueva York» varias veces, y a raíz de aquellas manifestaciones comprendí que el secreto tan largamente guardado frente al amo y el ama Epps al fin se había desvelado. Me entretuve todo lo que permitía la prudencia y estaba a punto de abandonar la estancia cuando Epps preguntó:

—Platt, ¿conoces a este caballero?

—Sí, amo —respondí—. Lo conozco desde hace tanto tiempo como puedo recordar.

—¿Dónde vive?

—Vive en Nueva York.

—¿Tú has vivido allí alguna vez?

—Sí, amo, nací y crecí allí.

—Así que eres libre, maldito negro —exclamó—. ¿Por qué no me lo dijiste cuando te compré?

—Amo Epps —contesté en un tono algo diferente al tono con que acostumbraba a dirigirme a él—. Amo Epps, usted no se tomó la molestia de preguntármelo; además, le dije a uno de mis propietarios, el hombre que me raptó, que era un hombre libre y por ello me dio de latigazos hasta casi matarme.

—Parece que alguien escribió una carta en tu nombre. ¿Quién fue? —preguntó autoritariamente. No contesté—. Repito, ¿quién escribió esa carta? —preguntó de nuevo.

—Quizá la escribí yo mismo —dije.

—Sé que no fuiste hasta la oficina de correos de Marksville y volviste antes del amanecer.

Insistió en que lo informara y yo insistí en negarme. Lo amenazó violentamente, quienquiera que fuera, y me comunicó la sangrienta y feroz represalia que le infligiría si lo descubría. Todo su comportamiento y su lenguaje mostraban un sentimiento de ira hacia la persona desconocida que había escrito en mi nombre, y de incertidumbre ante la idea de perder tan valiosa propiedad. Dirigiéndose al señor Northup, le juró que solo con haber sabido una hora antes su llegada, le habría ahorrado la molestia de devolverme a Nueva York, porque me habría llevado al pantano, o a cualquier otro remoto lugar donde todos los sheriffs del mundo no habrían logrado encontrarme.

Salí al patio y, cuando entraba por la puerta de la cocina, algo me golpeó en la espalda. Al salir por la puerta trasera de la casa grande, con una cacerola de patatas, la tía Phebe me había arrojado una con innecesaria violencia para darme a entender que deseaba hablar confidencialmente conmigo un momento. Vino corriendo y me susurró al oído con gravedad:

—Dios, bendito, Platt, ¿qué te parece? Han venido a buscarte dos hombres. He oído al amo decir que eres libre, que tienes esposa y tres hijos donde vives. ¿Te vas con ellos? Estarías loco si no lo hicieras, ya me gustaría a mí irme. —Y la tía Phebe se marchó a toda prisa.

En aquel momento apareció en la cocina el ama Epps. Me dijo muchas cosas y se preguntó por qué no le había contado quién era. Manifestó su pesar y me halagó diciendo que hubiera preferido perder a cualquier otro sirviente de la plantación que a mí. Si aquel día Patsey hubiera estado en mi lugar, el ama Epps habría rebosado de alegría. Ya no quedaría nadie capaz de arreglar una silla o una pieza del mobiliario, nadie de utilidad para la casa, nadie que le tocara el violín, y a decir verdad el ama Epps estaba hecha un mar de lágrimas.

Epps le había pedido a Bob que le trajera su caballo de silla. Sobreponiéndose a su miedo al castigo, los demás esclavos también habían abandonado su trabajo y habían acudido al patio. Permanecían detrás de las cabañas, fuera de la vista de Epps. Me llamaron por señas y con entusiasta curiosidad, y, con suma emoción, hablaron conmigo y me hicieron preguntas. Si lograra repetir las palabras exactas que pronunciaron, con el mismo énfasis, y si pudiera pintar sus diversas actitudes y la expresión de sus rostros, sería un cuadro realmente interesante. A su juicio, yo me había elevado de pronto a una altura inalcanzable y me había convertido en un ser de inmensa importancia.

Una vez que se hizo uso de los documentos legales, Northup y el sheriff acordaron con Epps que se encontrarían en Marksville al día siguiente y montaron en el carruaje para regresar al pueblo. Cuando me disponía a subirme al pescante del vehículo, el sheriff dijo que debía decir adiós al señor y la señora

Epps. Volví al patio, donde permanecían de pie, y, quitándome el sombrero, dije:

—Adiós, señora.

—Adiós, Platt —dijo la señora Epps amablemente.

—Adiós, amo.

—Maldito negro —murmuró Epps en un tono malicioso y amargo—, no te emociones tanto porque todavía no te has librado, mañana trataremos este asunto en Marksville.

Yo no era más que un «negro» y conocía mi lugar, pero sentía con tanta fuerza como si fuera un blanco que si me hubiera atrevido a pegarle un golpe de despedida, habría sido un consuelo íntimo. De regreso al carruaje, Patsey salió de detrás de una cabaña y me echó los brazos al cuello.

—¡Platt! —gritó con lágrimas que le corrían por las mejillas—, vas a quedar libre, te marchas lejos, donde nunca volveremos a verte. Me has librado de un montón de latigazos, Platt; me alegro de que vayas a ser libre, pero, Dios mío, Dios mío, ¿qué va a ser de mí?

Me desasí de ella y subí al carruaje. El cochero restalló su látigo y nos fuimos. Miré hacia atrás y vi a Patsey, con la cabeza caída, medio reclinada en el suelo; la señora Epps seguía en el patio; el tío Abram, Bob, Wiley y la tía Phebe permanecían en la puerta mirándome. Los saludé con la mano, pero el carruaje tomó una curva en el pantano y los ocultó de mi vista para siempre.

Nos detuvimos un momento en la plantación de Carey, donde trabajan gran número de esclavos, porque un establecimiento así suscitaba la curiosidad de un hombre del norte. Epps nos adelantó con el caballo a todo galope, camino, como sabríamos al día siguiente, de Pine Woods, para ver a William Ford, que me había llevado a aquella región.

El martes 4 de enero, Epps y su abogado, el honorable H. Taylor, Northup, Waddill, el juez, el sheriff de Avoyelles y yo nos reunimos en una sala del pueblo de Marksville. El señor Northup expuso los hechos en mi nombre y presentó el memorial y las declaraciones juradas que lo acompañaban. El sheriff describió la escena en el campo de algodón. Yo también fui extensamente interrogado. Al final, el señor Taylor aseguró a su cliente que había tenido suficiente y que nuevos litigios no solo serían caros, sino del todo innecesarios. Siguiendo su consejo, se redactó un documento firmado por las partes y en el cual Epps reconocía que aceptaba mi derecho a la libertad y me entregaba oficialmente a las autoridades de Nueva York. También se acordó que se anotaría en la oficina de registros de Avoyelles.*

El señor Northup y yo nos dirigimos de inmediato al embarcadero y, tras adquirir pasajes para el primer vapor que llegara, no tardamos en descender por el Río Rojo, el mismo que había remontado doce años antes, con sentimientos de desesperanza.

* Véase el Apéndice C, en al página 286.

XXII

Mientras el vapor se abría camino hacia Nueva Orleans, tal vez no fuera feliz, tal vez nada me impidiera bailar de alegría por la cubierta, o tal vez no sintiera gratitud por el hombre que había recorrido tantos miles de millas por mí, tal vez no estuve pendiente de él ni de sus palabras o no atendiera su más mínimo deseo; si no lo hice, bien, espero que no se me culpe.

Nos detuvimos en Nueva Orleans dos días. Durante aquella estancia localicé el corral de esclavos de Freeman y la habitación en la que me compró Ford. Casualmente nos encontramos con Theophilus en la calle, pero creí que no merecía la pena reanudar la relación con él. Por ciudadanos respetables, supimos que se había convertido en un ínfimo y miserable pendenciero, un hombre roto y de pésima fama.

También visitamos al señor Genois, el registrador al que estaba dirigida la carta del senador Soule, y comprobé que era un hombre que hacía honor a la amplia y honorable reputación que tenía. Nos proveyó generosamente de una suerte de salvoconducto legal, con su firma y el sello de su departamento, y, puesto que incluye la descripción que el registrador hacía de mi aspecto, puede no ser inapropiado insertarla aquí. Lo que sigue es una copia.

Estado de Luisiana, ciudad de Nueva Orleans
Oficina de Registro, Distrito Segundo

A todos aquellos a quienes pueda interesar:

Certifico que Henry B. Northup, abogado, del condado de Washington, Nueva York, ha presentado ante mí las pruebas pertinentes para la libertad de Solomon, un mulato de unos cuarenta y dos años de edad, de cinco pies y siete pulgadas de altura, cabello encrespado y ojos castaños, que es un nativo nacido en el estado de Nueva York. Asimismo, certifico que el susodicho Northup está acompañando al mencionado Solomon a su lugar de nacimiento a través de rutas del sur, y se requiere a las autoridades civiles que permitan pasar al hombre de color Solomon sin molestarlo, ya que su comportamiento es bueno y correcto.

Extiendo el presente, al que estampo mi firma y el sello de la ciudad de Nueva Orleans, este 7 de enero de 1853.

[L.S.]   Th. Genois, registrador

El día 8 fuimos en tren al lago Pontchartrain y, a la hora prevista, siguiendo la ruta habitual, llegamos a Charleston. Tras subir a bordo del vapor y pagar el pasaje hasta dicha ciudad, el señor Northup fue requerido por un oficial de aduanas para que explicara por qué no había registrado a su criado. Él repuso que no tenía criado y que, en tanto que agente de Nueva York, estaba acompañando a un ciudadano libre de su estado en su paso de la esclavitud a la libertad y que no deseaba ni tenía intención de hacer ningún tipo de registro. De su conversación y su actitud deduje, aunque quizá estuviera equivocado por completo, que no serían precisas graves fatigas para solventar cualquier dificultad que los agentes de Charleston consideraran necesario plantear. Al final, no obstante, nos permitieron marcharnos y, atravesando Richmond, donde aproveché para echarle una ojeada al corral de esclavos de Goodin, llegamos a Washington el 17 de enero de 1853.

Nos aseguramos de que tanto Burch como Radburn seguían viviendo en aquella ciudad. Inmediatamente, se presentó una denuncia contra James H. Burch por raptarme y venderme como esclavo, ante un Tribunal de Primera Instancia de Washington. Este fue arrestado bajo una orden emitida por el juez Goddard y presentado ante el juez Mansel, quien le impuso una fianza de tres mil dólares. En cuanto lo arrestaron, Burch fue presa de una gran agitación y se mostró muy temeroso y alarmado, y antes de personarse en la Corte de Justicia en Luisiana Avenue, y antes de conocer la naturaleza exacta de la denuncia, solicitó autorización a la policía para requerir el asesoramiento de Benjamin O. Shekels, que fue traficante de esclavos durante diecisiete años y antiguo socio suyo. Este pasó a ser su fiador.

A las diez en punto del 18 de enero, ambas partes comparecieron ante el magistrado. El senador Chase, por Ohio, el honorable Orville Clark, de Sandy Hill, y el señor Northup ejercían de abogados de la acusación, y Joseph B. Bradley, de la defensa.

El general Orville Clark fue convocado y prestó juramento como testigo, y aseveró que me conocía desde la niñez y que yo era un hombre libre, al igual que lo había sido mi padre antes que yo. A continuación, el señor Northup testificó lo mismo y aportó pruebas de los hechos relacionados con su misión en Avoyelles.

Después, la acusación tomó juramento a Ebenezer Radburn, quien afirmó que tenía cuarenta y ocho años de edad, que residía en Washington y que conocía a Burch desde hacía catorce años; que en 1841 era guarda en el corral de esclavos de Williams y que recordaba mi confinamiento en el corral aquel año. Entonces el abogado defensor reconoció que yo había sido retenido en el corral de esclavos por Burch en la primavera de 1841, y en consecuencia la acusación cedió el turno.

A continuación, Benjamin O. Shekels fue presentado como testigo del acusado. Benjamin era un hombre grandullón y de aspecto tosco, y puede que el lector se haga una idea aproximada de él leyendo el lenguaje exacto que usó en respuesta a la primera pregunta del abogado defensor. Al preguntarle su lugar de nacimiento, respondió con una especie de actitud pendenciera, con estas palabras exactas:

—Nací en el condado de Ontario, Nueva York, ¡y pesé seis kilos trescientos!

¡Benjamin fue un bebé prodigioso! Después testificó que en 1841 poseía el hotel Steamboat, en Washington, y que me vio allí durante la primavera de aquel año. Se disponía a declarar lo mismo que había escuchado decir a dos hombres cuando el senador Chase planteó una objeción legal, a saber, que lo dicho por terceras personas, por ser de oídas, era una prueba improcedente. La objeción fue desestimada por el juez y Shekels prosiguió afirmando que los dos hombres se habían presentado en su hotel diciendo que poseían un hombre de color a la venta; que mantuvieron una conversación con Burch; que afirmaron ser de Georgia, aunque no recordaba de qué condado; que contaron la historia completa del chico, asegurando que era albañil y tocaba el violín; que Burch comentó que estaría dispuesto a comprarlo si ellos estaban de acuerdo; que los hombres salieron fuera y trajeron al chico, y que yo era el individuo en cuestión. Después testificó, con la misma tranquilidad que si dijera la verdad, que yo afirmé haber nacido y crecido en Georgia; que uno de los jóvenes que estaban conmigo era mi amo; que mostré un gran pesar por separarme de él, y que creía que «rompió a llorar», aunque insistí en que mi amo tenía derecho a venderme; que debía venderme; y que la notable razón que ofrecí, según Shekels, era que él, mi amo, «había estado jugando y ¡de juerga!».

Prosiguió con estas mismas palabras, extraídas de las actas del interrogatorio: «Burch interrogó al chico como de costumbre y le dijo que si lo compraba debería enviarlo al sur. El chico dijo que no tenía objeción y que, de hecho, quería ir al sur. Burch pagó seiscientos cincuenta dólares por él, que yo sepa. No sé qué nombre se le dio, pero creo que no fue Solomon. Tampoco supe cómo se llamaba ninguno de los dos hombres. Estuvieron dos o tres horas en mi taberna y durante aquel tiempo el chico tocó el violín. El contrato de venta se firmó en mi bar. Era un "impreso con espacios en blanco que rellenó Burch". Antes de 1838, Burch fue mi socio. Nuestro negocio era comprar y vender esclavos. Después se asoció con Theophilus Freeman, de Nueva Orleans. Burch los compraba aquí y Freeman los vendía allí».

Antes de declarar, Shekels había escuchado mi relato de las circunstancias relacionadas con la visita a Washington con Brown y Hamilton, y, sin dudar, habló de «dos hombres» y el violín. Fue una invención suya absolutamente falsa, pero aun así en Washington se encontró a un hombre que trató de encubrirlo.

Benjamin A. Thorn declaró que se encontraba en el local de Shekel en 1841 y que vio a un chico de color tocando el violín.

—Shekel dijo que estaba a la venta. Oí decir a su amo que debía venderlo. El chico me reconoció que era un esclavo. Yo no estaba presente cuando se entregó el dinero. No puedo jurar con seguridad que este sea el chico. El amo estuvo a punto de derramar lágrimas, y creo que el chico lloró. Llevo veinte años en el negocio de trasladar esclavos al sur. Cuando no puedo dedicarme a ello hago cualquier otra cosa.

A continuación se me llamó como testigo, pero al presentarse una objeción, el tribunal consideró inadmisible mi declaración. Me rechazaron por la mera razón de ser un hombre de color, sin que se discutiera el hecho de que era un ciudadano libre de Nueva York.

Al haber declarado Shekels que existía un contrato de venta, la acusación exigió a Burch que lo presentara porque el documento corroboraría el testimonio de Thorn y Shekels. El abogado del acusado se vio en la obligación de mostrarlo u ofrecer una explicación razonable del hecho de no presentarlo. Para cumplir lo segundo, el propio Burch se presentó como testigo en su propia defensa. La acusación popular se opuso a que se permitiera tal testimonio, pues contravenía cualquier norma en materia de prueba y en caso de que se permitiera traicionaría los fines de la justicia. No obstante, ¡su testimonio fue escuchado por el tribunal! Juró que aquel contrato de venta había sido redactado y firmado, pero que lo había perdido y no sabía qué había sido de él, en vista de lo cual se pidió al magistrado que enviara a un policía a casa de Burch con instrucciones de traer sus libros relativos a las facturas de venta de 1841. La petición fue concedida y, antes de que pudiera tomarse alguna medida para impedirlo, el oficial tomó posesión de los libros y los trajo al tribunal. Se encontraron y se examinaron cuidadosamente las ventas del año 1841, pero no se descubrió la venta de mi persona bajo nombre alguno.

Basándose en aquel testimonio, el tribunal dio por establecido el hecho de que Burch me había comprado de manera inocente y honesta y, en consecuencia, fue puesto en libertad.

Entonces Burch y sus cómplices intentaron atribuirme la acusación de haber conspirado con los dos hombres blancos para estafarlo, con el éxito que se recoge en el extracto tomado de un artículo aparecido en el *New York Times* y publicado uno o dos días después del juicio: «El abogado del acusado había redactado, antes de que el acusado fuera absuelto, una declaración jurada firmada por Burch, y obtuvo una declaración jurada contra el hombre de color por conspirar con los dos hombres blancos antes citados para estafar a Burch seiscientos veinticinco dólares. La declaración jurada fue expedida, y el hombre de color arrestado y llevado en presencia del juez Goddard. Burch y su testigo se presentaron al juicio, y el señor H. B. Northup se declaró dispuesto a ejercer de abogado del acusado y pidió que no hubiera ningún tipo de dilación. Burch, tras consultar en privado un momento a Shekel, declaró ante el juez que deseaba que este retirara la demanda porque él no tenía intención de llevarla adelante. El defensor del acusado adujo ante el magistrado que si la demanda se retiraba tendría que ser sin la solicitud o el consentimiento de este.

Burch pidió entonces al magistrado que le entregara la demanda y la orden de arresto, y se las guardó. El defensor del acusado se opuso a que se las entregaran e insistió en que debían formar parte de los registros del tribunal, y que este debía respaldar el procedimiento que había tenido lugar durante el proceso. Burch los devolvió y el tribunal dictó una sentencia de abandono a petición de la acusación, y la archivó en su oficina».

Habrá quienes se inclinen a creer la declaración del traficante de esclavos, aquellos en cuya mente pesen más sus argumentos que los míos. Soy un pobre hombre de color, miembro de una raza oprimida y pisoteada cuya humilde voz puede que no sea escuchada por el opresor, pero conociendo la verdad, y con el pleno sentido de mi responsabilidad, declaro solemnemente ante Dios y ante los hombres que cualquier acusación o afirmación de que conspiré directa o indirectamente con una o varias personas para venderme a mí mismo, y que cualquier otra relación de mi visita a Washington, mi captura y mi encierro en el corral de esclavos de William diferente a la que contienen estas páginas es total y absolutamente falsa. Jamás he tocado el violín en Washington. Jamás he estado en el hotel Steamboat, y, que yo sepa, jamás en mi vida había visto a Thorn o Shekels hasta el pasado enero. La historia del trío de traficantes de esclavos es una invención tan absurda como vil y sin fundamento. En caso de ser cierta, no me habría desviado de mi vuelta a casa con intención de denunciar a Burch, sino que lo habría evitado en lugar de buscarlo. Debería haber sabido que un paso así habría tenido por efecto crearme mala fama. Dadas las circunstancias, anhelante como estaba por abrazar a mi familia y eufórico ante la perspectiva de volver a casa, va contra toda razón suponer que, si las declaraciones de Burch y sus asociados contuvieran una partícula de verdad, yo iba a tentar el azar, no solo de ser descubierto, sino de un proceso y una condena penal, por ponerme en la situación que yo mismo habría creado. Tuve gran interés en buscarlo, enfrentarme a él en un tribunal y acusarlo del delito de rapto; y la única razón que me empujó a dar aquel paso fue el ardiente sentimiento del mal que me había infligido y el deseo de llevarlo ante la justicia. Fue absuelto de la forma y con los medios que han sido descritos. Un tribunal humano le ha permitido escapar; pero hay otro tribunal más alto donde el falso testimonio no prevalecerá y en el que finalmente confío que se me hará justicia, al menos en lo que a aquellos testimonios se refiere.

Salimos de Washington el 20 de enero y por Filadelfia, Nueva York y Albany llegamos a Sandy Hill la noche del 21. Mientras recreaba escenas familiares, mi corazón rebosaba de felicidad por encontrarme entre amigos de días pasados. A la mañana siguiente, en compañía de unos conocidos, me dirigí a Glens Falls, donde vivían Anne y nuestros hijos.

Mientras entraba en su agradable casa, Margaret fue la primera en recibirme. No me reconoció. Cuando me fui solo tenía siete años, era una niña parlanchina que jugaba con sus juguetes. Se había convertido en una mujer y estaba casada y con un niño de brillantes ojos claros que permanecía a su lado. Sin olvidar a su esclavizado e infortunado padre, había llamado a su hijo Solomon Northup Staunton. Cuando me presentaron, se quedó abrumada por la emoción sin poder hablar. En aquel momento, Elizabeth entró en la estancia y Anne, habiendo sido informada de mi llegada, vino corriendo desde el hotel. Me abrazaron y se colgaron de mi cuello con las mejillas bañadas en lágrimas. Pero corramos un velo sobre una escena más fácil de imaginar que de describir.

Cuando el arrobo de nuestras emociones quedó reducido a una santa alegría, cuando la familia se reunió en torno al fuego que expandía su cálido y chisporroteante calidez por toda la estancia, hablamos sobre los miles de hechos ocurridos, las esperanzas y los temores, las alegrías y las tristezas, las pruebas y los problemas experimentados por cada uno de nosotros durante la prolongada separación. Alonzo se encontraba en la zona oeste del estado. El muchacho había escrito poco antes a su madre acerca de la posibilidad de reunir dinero suficiente para comprar mi libertad. Desde su más temprana edad, ese había sido el objetivo principal de sus pensamientos y ambiciones. Sabían que yo estaba cautivo. La carta escrita en el bergantín, y el propio Clem Ray, les habían dado la información, pero hasta la llegada de la carta de Bass, el lugar en el que me encontraba era una incógnita. Elizabeth y Margaret regresaron un día de la escuela, según me contó Anne, llorando amargamente. Al inquirir la causa de aquel dolor infantil, se supo que mientras estudiaban geografía les había llamado la atención la imagen de unos esclavos trabajando en un campo de algodón y un capataz detrás de ellos con un látigo. Aquello les evocó los sufrimientos que su padre podría estar padeciendo en el sur, como en realidad ocurría. Me relataron numerosos incidentes como aquel, hechos que demostraban que me recordaban constantemente, aunque quizá no tengan el interés suficiente para el lector como para repetirlos.

Mi relato llega a su fin. No tengo nada que comentar acerca de la esclavitud. Quienes lean este libro podrán formarse su propia opinión sobre esa «peculiar institución». No pretendo saber lo que ocurre en otros estados; lo que sucede en la región del Río Rojo ha quedado verídica y fielmente reflejado en estas páginas. Esto no es ficción ni una exageración. Si en algo he fallado, ha sido en presentar al lector demasiado prominentemente el lado brillante del cuadro. No me cabe duda alguna de que centenares han sido tan desafortunados como yo, ni de que centenares de ciudadanos libres han sido raptados y vendidos como esclavos igual que yo y que en estos momentos intentan sobrevivir en Texas y Luisiana, pero no hago nada. Escarmentado y con el espíritu subyugado por los sufrimientos que he padecido, y dando gracias al Señor, gracias a cuya merced he sido devuelto a la felicidad y la libertad, espero en adelante llevar una vida recta aunque humilde y descansar al final en el mismo cementerio en el que duerme mi padre.

ROARING RIVER.

A REFRAIN OF THE RED RIVER PLANTATION.

Harper's creek and roarin' ribber,
Thar, my dear, we'll live forebber;
Den we'll go to de Ingin nation,
All I want in dis creation,
Is pretty little wife and big
    plantation.

Chorus:

Up dat oak and down dat ribber,
Two overseers and one little nigger.

Harper es un arroyo y un inmenso río,
donde tú y yo viviremos para siempre;
luego iremos a la nación india,
pues todo lo que quiero en esta vida,
es una bonita esposa y una gran
    plantación.

Estribillo:

Subiendo aquel roble y bajando
                            [aquel río,
dos supervisores y un negrito.

Apéndices

A– Página 244

Capítulo 375

Una ley más eficaz para proteger a los ciudadanos libres de este estado de ser raptados o reducidos a esclavitud.

[Aprobada el 14 de mayo de 1840]

El pueblo del estado de Nueva York, representado en el Senado y la Asamblea, decreta lo siguiente:

§ 1. Siempre que el gobernador de este estado reciba información satisfactoria de que cualquier ciudadano libre o habitante de este estado ha sido raptado o llevado fuera de este estado a otro estado o territorio de los Estados Unidos con objeto de retenerlo allí como esclavo, o de que ese ciudadano libre o habitante ha sido ilegalmente detenido, encarcelado o retenido como esclavo en cualquier estado o territorio de los Estados Unidos bajo la pretensión o la alegación de que dicha persona es un esclavo, o que en virtud de alguna costumbre o disposición de ley vigente en ese estado o territorio se lo considere o tome por esclavo, o como no poseedor del derecho a la libertad personal de todo ciudadano, será deber del mencionado gobernador tomar las medidas que considere necesarias para procurar la devolución de la libertad a esa persona y su retorno a este estado. Y a tal fin está autorizado a nombrar y hacer uso del agente o los agentes que considere necesarios para lograr la liberación y el regreso de tal persona, y debe proporcionar a dicho agente las credenciales y las instrucciones que se consideren oportunas para lograr el objetivo de su nombramiento. El gobernador puede determinar la compensación que deberá asignarse a tal agente por sus servicios aparte de los gastos necesarios.

§ 2. El agente procederá a reunir las pruebas necesarias para establecer el derecho a la libertad de esa persona y, bajo la dirección del gobernador, realizará los desplazamientos, tomará las medidas, dictará y establecerá todos los procedimientos legales que sean precisos para lograr que dicha persona sea liberada y devuelta a este estado.

§ 3. La factura por todos los servicios y los gastos ocasionados al llevar a efecto esta ley será auditada por el interventor y pagada por el tesorero, mediante justificante, con dinero del tesoro de este estado no asignado a otros menesteres. El tesorero puede adelantar a dicho agente, con el justificante del interventor, los anticipos que el gobernador certifique razonables para permitirle llevar a cabo los fines de su nombramiento, anticipos de los que el agente dará cuenta en la auditoría final de su cometido.

§ 4. Esta ley entrará en vigor de inmediato.

B– Página 245

MEMORIAL DE ANNE

A su Excelencia el Gobernador del Estado de Nueva York:

Memorial de Anne Northup, de la población de Glens Falls, en el condado de Warren, estado ya mencionado, que respetuosamente expone:

Que quien esto suscribe, cuyo nombre de soltera era Anne Hampton, tenía cuarenta y cuatro años de edad el pasado 14 de mayo, y que fue casada con Solomon Northup, entonces residente en Fort Edward, en el condado de Washington y el estado antedicho, el día 25 de diciembre de 1828, año del Señor, por Timothy Eddy, entonces juez de paz. Que el antedicho Solomon, tras su matrimonio, vivió y tuvo casa con quien esto suscribe en dicha localidad hasta 1830, en que se trasladó con su mencionada familia a la localidad de Kingsbury, en ese condado, y permaneció allí unos tres años, trasladándose entonces a Saratoga Springs, en el estado ya mencionado, y continuó residiendo en Saratoga Springs y la población anexa hasta más o menos el año 1841, tan aproximadamente como puede ser recordada la fecha, en que el antedicho Solomon se trasladó a la ciudad de Washington, en el distrito de Columbia, fecha desde la cual quien esto suscribe no ha vuelto a ver a su mencionado esposo.

Y quien esto suscribe expone asimismo que en el año 1841 fue informada mediante una carta dirigida a Henry B. Northup y franqueada en Nueva Orleans de que el antedicho Solomon fue raptado en Washington y metido en un barco, y que se encontró en dicho barco en Nueva Orleans, aunque no podría decir cómo se produjo esa situación ni cuál era su destino.

Que quien esto suscribe desde el último período mencionado ha sido totalmente incapaz de lograr cualquier información acerca de dónde se encontraba el antedicho Solomon hasta el pasado septiembre, en que se recibió otra carta del susodicho Solomon, franqueada en Marksville, en la parroquia de Avoyelles, en el estado de Luisiana, afirmando que estaba retenido allí como esclavo, afirmación que quien esto suscribe considera verdadera.

Que el susodicho Solomon tiene unos cuarenta y cinco años de edad, y nunca había residido fuera del estado de Nueva York, en el que nació, hasta el ya mencionado momento en que fue a la ciudad de Washington. Que el antedicho Solomon Northup es un ciudadano libre del estado de Nueva York y actualmente está ilegalmente retenido en cautiverio en o cerca de Marksville, en la parroquia de Avoyelles, en el estado de Luisiana, uno de los Estados Unidos de América, bajo la alegación o la pretensión de que el llamado Solomon es un esclavo.

Y quien esto suscribe expone además que Mintus Northup fue el bien conocido padre del antes mencionado Solomon, que era negro y murió en Fort Edward el día 22 de noviembre de 1829; que la madre del susodicho Solomon era mulata, o tres cuartas partes de blanca, y murió en el condado de Oswego, Nueva York, hace unos cinco o seis años, según fue informada y cree quien esto suscribe, y nunca fue esclava.

Que quien esto suscribe y su familia son pobres y totalmente incapaces de pagar o asumir cualquier parte de los gastos de devolver a la libertad al susodicho Solomon.

Se ruega a Su Excelencia que emplee al agente o los agentes que considere necesarios para llevar a efecto la liberación y el retorno del susodicho Solomon Northup en cumplimiento de la ley de la legislatura del estado de Nueva York, dictada el 14 de mayo de 1840, titulada «Una ley más eficaz para proteger a los ciudadanos libres de este estado de ser raptados o reducidos a esclavitud». Y quien esto suscribe rezará para siempre.

(Firmado) ANNE NORTHUP

Fecha: 19 de noviembre de 1852

Estado de Nueva York
Condado de Washington, mismo estado
 Anne Northup, de la población de Glens Falls, en el condado de Warren, en el mencionado estado, bajo el debido juramento, declara y dice que ella firmó el anterior memorial y que las declaraciones que contiene son verdaderas.

(Firmado) ANNE NORTHUP

Suscrito y jurado ante mí el 19 de noviembre de 1852
CHARLES HUGUES, juez de paz

Recomendamos que el gobernador designe a Henry. B. Northup, de la población de Sandy Hill, en el condado de Washington, Nueva York, como uno de los agentes para lograr la liberación y el regreso de Solomon Northup, nombrado en el precedente memorial de Anne Northup.

Fechado en Sandy Hill, condado de Washington, Nueva York.
20 de noviembre de 1852

(Firmado)

PETER HOLBROOK	DANIEL SWEET
B. F. HOAG	ALMON CLARK
CHARLES HUGUES	BENJAMIN FERRIS
E. D. BAKER	JOSIAH H. BROWN

ORVILLE CLARK

Estado de Nueva York
Condado de Washington, mismo estado

Josiah Hand, de la población de Sandy Hill, en dicho condado, bajo el debido juramento, dice tener cincuenta y siete años de edad, haber nacido en la misma población y haber residido siempre allí; que ha conocido desde antes del año 1816 a Mintus Nothup y su hijo Solomon, mencionado en el memorial anexo de Anne Northup; que Mintus Northup cultivó hasta la hora de su muerte una granja en las poblaciones de Kingsbury y Fort Edward, desde el momento en que el declarante lo conoció hasta su muerte; que al mencionado Mintus y su esposa, la madre del mencionado Solomon Northup, se los declaró ciudadanos libres de Nueva York, y el declarante cree que fueron libres; que el mencionado Solomon Northup nació en dicho condado de Washignton y que el declarante cree que se casó el 25 de diciembre de 1828 en el mencionado Fort Edward, y que su esposa y sus tres hijos —dos hijas y un hijo— viven actualmente en Glens Falls, condado de Warren, Nueva York, y que el mencionado Solomon Northup residió siempre en el susodicho condado de Washington o en su inmediata vecindad hasta aproximadamente 1841, fecha desde la cual el declarante no lo ha visto, aunque el declarante ha sido verosímilmente informado, y como tal lo cree verdad, que el mencionado Solomon en la actualidad está retenido como esclavo en el estado de Luisiana. Y el declarante dice además que Anne Northup, mencionada en el antedicho memorial, tiene derecho a ser creída y el declarante cree que las declaraciones incluidas en el mencionado memorial son verdaderas.

(Firmado) Josiah Hand
Suscrito y jurado ante mí el 19 de noviembre de 1852
Charles Hugues, juez de paz

Estado de Nueva York
Condado de Washington, mismo estado

Timothy Eddy, de Fort Edwards, en dicho condado, bajo el debido juramento, dice que tiene más de _____ años de edad y que ha sido residente de esa localidad durante más de _____ años, y que conocía bien a Solomon Northup, mencionado en el memorial anexo de Anne Northup, y a su padre, Mintus Northup, que era negro, _____ la esposa del susodicho Mintus era mulata; que el mencionado Mintus Northup y su mencionada esposa y su familia, dos hijos, Joseph y Solomon, residían en la mencionada localidad de Fort Edward desde hacía varios años antes de 1828, y que el mencionado Mintus murió en esa ciudad en 1829, año del Señor, según cree el declarante. Y el declarante dice además que era juez de paz en dicha localidad en el año 1828 y, como juez de paz, el 25 de diciembre de 1828 unió al susodicho Salomon Northup en matrimonio con Anne Hampton, que es la misma persona que ha suscrito el memorial anexo. Y el declarante dice expresamente que el mencionado Solomon era un ciudadano libre del estado de Nueva York y siempre vivió en dicho estado hasta aproximadamente el año 1840, fecha desde la cual el declarante no lo ha visto, pero ha sido informado recientemente, y el declarante lo considera verdadero, que el antedicho Solomon Northup está ilegalmente retenido como esclavo en o cerca de Marksville, en la parroquia de Avoyelles, en el estado de Luisiana. Y el declarante dice además que el antes mencionado Mintus Northup tenía cerca de sesenta años de edad en el momento de su muerte y fue durante más de treinta años, antes de su muerte, un ciudadano libre del estado de Nueva York.

Y este declarante dice además que Anne Northup, esposa del antes mencionado Solomon Northup, posee buen carácter y reputación, y, como se incluye en el memorial anexo, tiene derecho a ser creída.

(Firmado) TIMOTHY EDDY
Suscrito y firmado ante mí el día 19 de de noviembre de 1852
TIM'Y STOUGHTON, juez

Estado de Nueva York
Condado de Washington, mismo estado

Henry B. Northup, de la población de Sandy Hill, en el mencionado condado, bajo el debido juramento, dice tener cuarenta y siete años de edad y que siempre ha vivido en el antedicho condado; que conoció a Mintus Northup, mencionado en el memorial anexo, desde que el declarante tiene memoria hasta el momento de su muerte, que ocurrió en Fort Edward, en el antes mencionado condado, en 1829; que el declarante conoció a los hijos del llamado Mintus, a saber, Solomon y Joseph; que ambos nacieron en el ya mencionado condado de Washington, como cree el declarante; que el declarante conocía bien desde la infancia al mencionado Solomon, que es la misma persona mencionada en el memorial anexo de Anne Northup, y que el mencionado Solomon siempre residió en el mismo condado de Washington y los condados vecinos hasta aproximadamente el año 1841; que el mencionado Solomon sabía leer y escribir; que el citado Solomon, su padre y su madre eran ciudadanos libres del estado de Nueva York; que en algún momento del año 1841 el declarante recibió una carta del mencionado Solomon franqueada en Nueva Orleans afirmando que, encontrándose de negocios en la ciudad de Washington, fue raptado y le fueron arrebatados sus documentos de libertad, y que después se encontró a bordo de un barco, con grilletes y declarado esclavo, y que desconocía su destino, cosa que el declarante cree verdadera, y que rogaba ayuda al declarante para procurar la restitución de su libertad; que el declarante ha perdido o extraviado dicha carta y no puede encontrarla; que el declarante ha procurado localizar dónde se encontraba el mencionado Solomon, pero que no logró ninguna pista de él hasta el pasado septiembre, cuando el declarante fue alertado por una carta que afirmaba haber sido escrita bajo la dirección del mencionado Solomon, y decía que el citado Solomon se encontraba retenido y declarado esclavo en o cerca de Marksville, en la parroquia de Avoyelles, Luisiana, y que el declarante cree que tal información es verdadera, y que el mencionado Solomon está ilegalmente retenido como esclavo en la ya citada Marksville.

(Firmado) HENRY B. NORTHUP

Suscrito y jurado ante mí el 20 de noviembre de 1852
CHARLES HUGUES, juez de paz

Estado de Nueva York
Condado de Washington, mismo estado

Nicholas C. Northup, de la población de Sandy Hill, en dicho condado, bajo el debido juramento, declara y dice tener cincuenta y ocho años de edad y que ha conocido desde que nació a Solomon Northup, mencionado en el memorial anexo de Anne Northup. Y el declarante dice que el mencionado Solomon tiene ahora unos cuarenta y cinco años de edad y nació en el ya mencionado condado de Washington, o en el condado de Essex, en ese estado, y que siempre residió en el estado de Nueva York hasta aproximadamente el año 1841, fecha desde la cual el declarante no lo ha visto ni ha sabido dónde estaba hasta hace unas pocas semanas, cuando el declarante fue informado, y lo tiene por cierto, que el mencionado Solomon estaba retenido como esclavo en el estado de Luisiana. El declarante afirma además que el mencionado Solomon se casó en la localidad de Fort Edward, del antedicho condado, hace unos veinticuatro años, y que su esposa y sus dos hijas y su hijo residen ahora en la población de Glens Falls, en el condado de Warren, en el mencionado estado de Nueva York. Y el declarante jura que el susodicho Solomon es un ciudadano libre del mencionado estado de Nueva York y que nació libre y que desde su primera infancia vivió y residió en los condados de Washington, Essex, Warren y Saratoga, en el estado de Nueva York, y que los mencionados esposa e hijos nunca han residido fuera de los mencionados condados desde el momento en que Solomon se casó; que el declarante conoció al padre del llamado Solomon Northup; que dicho padre era un negro llamado Mintus Northup, muerto en la localidad de Fort Edward, en el condado de Washington, estado de Nueva York, el día 22 de noviembre de 1829, y fue enterrado en el cementerio del mencionado Sandy Hill; que durante más de treinta años antes de su muerte vivió en los condados de Essex, Washington y Rensselaer y en el estado de Nueva York, y dejó esposa y dos hijos, Joseph y el mencionado Solomon, todavía vivo; que la madre del llamado Solomon era mulata y está muerta, y murió, según cree el declarante, en el condado de Oswego, Nueva York, hace entre cinco y seis años. Y el declarante dice además que la madre del susodicho Solomon Northup no era esclava en el momento de nacer el llamado Solomon Northup, que no ha sido esclava en ningún momento de los últimos cincuenta años.

(Firmado) N. C. Northup

Suscrito y jurado ante mí el 19 de noviembre de 1852

Charles Hugues, juez de paz

Estado de Nueva York
Condado de Washington, mismo estado

Orville Clark, de la población de Sandy Hill, en el condado de Washington, Nueva York, bajo el debido juramento, declara y dice ____ que él, el declarante, tiene más de cincuenta años de edad; que en los años 1810 y 1811, o la mayor parte de esos años, el declarante residió en el antedicho Sandy Hill y en Glens Falls; que el declarante conoció entonces a Mintus Northup, un hombre negro o de color; entonces era un hombre libre, tal como ha creído y entendido siempre el declarante; que la esposa del llamado Mintus Northup, y madre de Solomon, era una mujer libre; que, desde el año de 1818 hasta su muerte, el llamado Mintus Northup, en torno al año 1829, el declarante conocía bien al llamado Mintus Northup; que este era respetado en la comunidad en la que residía, y que era un hombre libre, así aceptado y considerado por todos sus conocidos; que el declarante también conocía a su hijo Solomon Northup, desde el mencionado año de 1818 hasta que abandonó esta parte del país, en torno al año 1840 o 1841; que se casó con Anne Hampton, hija de William Hampton, un vecino próximo del declarante; que la mencionada Anne, esposa del antedicho Solomon, vive y reside ahora en esta vecindad; que el llamado Mintus Northup y su familia, y el antedicho William Hampton y su familia, desde el más primitivo recuerdo y conocimiento del declarante (desde 1810), siempre fueron tomados, considerados y reconocidos, y el declarante lo cree, por ciudadanos libres del estado de Nueva York. El declarante sabe que el antedicho William Hampton, bajo las leyes de este estado, tenía derecho a votar en las elecciones, y cree que el antedicho Mintus Northup también tenía derecho a votar al ser un ciudadano libre y tener propiedades. Y el declarante dice también que el llamado Solomon Northup, hijo del antedicho Mintus y esposo de la mencionada Anne Hampton, cuando abandonó este estado era un ciudadano libre del estado de Nueva York. Y el declarante dice también que la llamada Anne Hampton, esposa de Solomon Northup, es una mujer respetable, de buen carácter; que cree en sus declaraciones y cree que son ciertos los hechos relacionados con su esposo e incluidos en su memorial dirigido a Su Excelencia el Gobernador.

(Firmado) ORVILLE CLARK

Jurado ante mí el 19 de noviembre de 1852

U. G. PARIS, juez de paz

Estado de Nueva York
Condado de Washington, mismo estado

Benjamin Ferris, de la población de Sandy Hill, en el antedicho estado, bajo el debido juramento, declara y dice_____que tiene cincuenta y siete años de edad y que ha vivido cuarenta y cinco años en la población antes mencionada; que conocía bien a Mintus Northup, mencionado en el memorial adjunto de Anne Northup, desde el año 1816 hasta el momento de su muerte, ocurrida en Fort Edward en otoño de 1829; que conoció a los hijos del llamado Mintus, a saber, Joseph Northup y Solomon Northup, y que el susodicho Solomon Northup es la misma persona que la mencionada en ese mismo memorial; que el llamado Mintus residió en el mencionado condado de Washington hasta el momento de su muerte, y que durante todo ese tiempo fue un ciudadano libre del estado de Nueva York, cosa que el declarante cree verdadero; la ya mencionada autora del memorial, Anne Northup, es una mujer de buen carácter y la declaración incluida en su memorial merece ser creída.

(Firmado) BENJAMIN FERRIS

Jurado ante mí el 19 de noviembre de 1852

U. G. PARIS, juez de paz

Estado de Nueva York
Cámara Ejecutiva, Albany
30 de noviembre de 1852

Por la presente certifico que la precedente es una copia correcta de determinadas pruebas archivadas en el Departamento Ejecutivo y mediante las cuales he nombrado a Henry B. Northup agente de este estado para que lleve a cabo los procedimientos adecuados en beneficio de Solomon Northup, allí mencionado.

(Firmado) WASHINGTON HUNT

por el gobernador

J. F. R., secretario privado

Estado de Nueva York
Departamento Ejecutivo

Washington Hunt, gobernador del estado de Nueva York, a quien corresponda, saluda y hacer saber:

Considerando que he recibido información bajo juramento, y que me resulta satisfactoria, de que Solomon Northup, que es un ciudadano libre de este estado, está injustamente sometido a esclavitud en el estado de Luisiana, y considerando que es mi deber, por las leyes de este estado, tomar las medidas que estime necesarias para lograr que cualquier ciudadano ilegalmente sometido a esclavitud sea devuelto a la libertad y retornado a este estado, para que conste, en cumplimiento del capítulo 375 de las leyes de este estado, promulgadas en 1840, he constituido, nombrado y empleado a Henry B. Northup, abogado, del condado de Washington, en este estado, como agente con poder absoluto para llevar a cabo la restitución del llamado Solomon Northup, y dicho agente está autorizado y, en consecuencia, se le confiere poder para efectuar los procedimientos adecuados y legales para reunir las pruebas, contratar a los abogados y tomar las medidas que mayores probabilidades ofrezcan de conseguir el objetivo de este nombramiento.

Asimismo, tiene instrucciones de trasladarse al estado de Luisiana con la celeridad necesaria para ejecutar la gestión encargada por la presente.

En fe de lo cual, estampo mi nombre e imprimo el sello privado del Senado, en Albany, este día 23 de noviembre en el año de Nuestro Señor, 1852.

(Firmado) WASHINGTON HUNT

JAMES F. RUGGLES, secretario privado

Estado de Luisiana
Parroquia de Avoyelles

Ante mí, Aristide Barbin, registrador de la parroquia de Avoyelles, ha venido y se ha presentado personalmente Henry B.
Northup, del condado de Washington, en el estado de Nueva
York, quien ha declarado que en virtud de una comisión como
agente del estado de Nueva York, otorgada y garantizada por Su
Excelencia Washington Hunt, gobernador del mencionado estado de Nueva York, con fecha del día 23 de noviembre de 1852, se
autoriza y se concede poder al citado Northup para buscar y liberar de la esclavitud a un hombre libre de color llamado Solomon
Northup, que es un ciudadano libre del estado de Nueva York y
que fue raptado y vendido como esclavo en el estado de Luisiana,
y actualmente está en posesión de Edwin Epps, del estado de Luisiana, de la parroquia de Avoyelles; él, el antedicho agente, abajo
firmante, reconoce que en el día de hoy el llamado Edwin Epps le
ha entregado, en su calidad de agente, al llamado Solomon Northup, hombre libre de color, tal y como se ha mencionado antes, a
fin de que le sea restituida la libertad y sea devuelto al mencionado estado de Nueva York, conforme con la antedicha comisión;
el llamado Edwin Epps se considera satisfecho con las pruebas
aportadas por el mencionado agente de que el llamado Solomon
Northup tiene derecho a su libertad. Las partes consienten que
una copia certificada del antedicho poder sea añadida a esta acta.

Terminada y firmada en Marksville, parroquia de Avoyelles, en este día 4 de enero de 1853, en presencia del abajo firmante, testigo legal y competente, quien ha firmado asimismo aquí abajo.

(Firmado) HENRY B. NORTHUP

EDWIN EPPS

ADE. BARBIN, registrador

Testigos:
H. TAYLOS
JOHN P. WADDILL

Estado de Luisiana
Parroquia de Avoyelles

Por la presente certifico que la anterior es una copia auténtica y correcta del original archivado en mi departamento.

Dada por mi propia mano y con el sello oficial como registrador en y por la parroquia de Avoyelles en este día 4 de enero de 1853, año del Señor.

(Firmado) ADE. BARBIN, registrador

ÍNDICE DE CONTENIDOS

VIII

IX

X

XXI

XXII

El papel utilizado para la impresión de este libro
ha sido fabricado a partir de madera
procedente de bosques y plantaciones
gestionados con los más altos estándares ambientales,
garantizando una explotación de los recursos
sostenible con el medio ambiente
y beneficiosa para las personas.
Por este motivo, Greenpeace acredita que
este libro cumple los requisitos ambientales y sociales
necesarios para ser considerado
un libro «amigo de los bosques».
El proyecto «Libros amigos de los bosques» promueve
la conservación y el uso sostenible de los bosques,
en especial de los Bosques Primarios,
los últimos bosques vírgenes del planeta.

Papel certificado por el Forest Stewardship Council®